KB253101

FANTASTIC ORIENTAL HEROES
참마도 新무협 판타지 소설

귀협 2
참마도 新무협 판타지 소설

초판 1쇄 찍은 날 § 2012년 6월 19일
초판 1쇄 펴낸 날 § 2012년 6월 26일

지은이 § 참마도
펴낸이 § 서경석

편집부장 § 권태완
편집책임 § 주소영
디자인 § 이혜정

펴낸곳 § 도서출판 청어람
등록번호 § 제1081-1-89호
등록일자 § 1999. 5. 31
어람번호 § 제2-2235호

주소 § 경기도 부천시 원미구 심곡2동 163-2 서경B/D 3F (우) 420-822
전화 § 032-656-4452 팩스 § 032-656-4453
http://www.chungeoram.com
E-mail § chungeorambook@daum.net

ⓒ 참마도, 2012

ISBN 978-89-251-2912-9 04810
ISBN 978-89-251-2910-5 (세트)

귀월

鬼月

FANTASTIC ORIENTAL HEROES

참마도 新무협 판타지 소설

2

도서출판 청어람

제1장 성도에서   7

제2장 지살토   37

제3장 서림을 향해   66

제4장 월도제 진소군   100

제5장 초진도   132

제6장 진가장   166

제7장 쌍요악 1   195

제8장 쌍요악 2   231

제9장 거성, 떨어지다   267

제10장 항자웅의 무위   292

1

세월에는 장사가 없다.

흔히들 하는 말이고, 그래서인지 참 많이도 듣는다. 보통 때라면 그저 그러려니 하며 웃으며 넘기는 말이기도 하다.

하나 눈앞의 경우라면 그럴 수가 없었다. 같은 다탁에 앉은 세 사람과 그 뒤에 있는 아홉 사람은 세월 따위에 흔들려서는 안 되는 사람들인 것이다.

아홉 명은 구파일방의 대표들이다. 사실 개중엔 어린 사람들도 있으니 이런 표현은 어울리지 않는다. 그러나 같은 다탁에 앉은 세 사람은 설마 이렇게 변할 줄 몰랐다.

"허허, 외무원주께서 너무 민감한 것이 아니오이까? 제아무리 무림 세력이라고는 하나 이들은 일개 살수, 그들의 힘이 강호를 위협할 수 있을 것이라고는 생각지 않소이다."

진짜 세월에 변한 사람들의 대표 격이라 할 수 있다. 넉넉한 웃음과 함께 여유로움이 묻어나는 승려, 현 천약련의 련주인 소림의 제신승(制身僧) 방양(方陽) 대사였다.

십 년 전만 해도 그는 이렇지 않았다. 진육협이 마교와의 싸움에서 승리를 거두었을 때 눈물을 흘리며 감격해했던 그다. 그 누구보다도 열혈의 무인이었던 것이다.

그런데 이젠 그렇지 않다. 좋은 게 좋은 거라고 유야무야 넘어가는 것이 한둘이 아니다. 구렁이가 담을 넘어가더라도 이렇게 부드럽게 넘어갈 수는 없어 보일 정도다.

"저도 련주님의 의견에 동의합니다. 제아무리 천살토가 힘을 좀 얻었다 한들 그것이 빙궁을 덮을 정도로 강하다고는 생각하지 않습니다. 아무래도 외무원주께서는 괜한 우려를 하는 것이 아닐까 합니다."

이자도 마찬가지다. 한때 저 커다란 두 주먹으로 마교도를 울렸던 개방의 동자패권(銅字敗拳) 우호(遇浩). 그러나 이젠 그 주먹보다 더 커다란 배가 먼저 눈에 들어온다.

현재 그는 이 천약련의 내무원주를 맡고 있다. 련주에 이어서 내무원주까지 이렇게 나온다면 이미 이야기는 끝난 것이나 다름없다.

"하면 이 안건은 일단 두고 본다는 쪽으로 결론이 날 수밖에 없겠군요. 확실히 구파일방에 협조를 요청하기 전에 신중해야 할 수밖에 없는 사안입니다. 혜안이십니다."

마지막으로 비수를 꽂는 사람은 화산의 화천사(火天士) 은향인(銀響引)이다. 십 년 전에는 마교와 동귀어진을 부르짖었던 철혈의 사내지만 이젠 그렇지 않다. 감찰원주(監察院主)를 맡아 그저 어떻게든 구파일방의 힘을 보존하기에만 급급할 따름이다.

"하면 빙궁에 관한 것은 이렇게 처리하도록 하지요. 혹 외무 원주께서는 하실 말씀이라도 있으시오?"

사내는 감았던 눈을 뜨며 주변을 바라보았다. 하나같이 그를 보며 뚱한 표정들을 짓는 것을 보고 그저 빙긋 웃었다.

그의 이름은 진덕승. 현재 이 천약련의 외무원주를 맡고 있는 사람이다. 흔히들 말하는 진육협의 일인이며 무당의 무인이다. 이곳 천약련뿐만 아니라 무당에서도 그의 위치는 작지 않다.

"흐음, 정호가(正護家)의 엄한 교육을 받고 성장하셨으니 당연히 걱정되시겠지요. 이 천약련에 진 원주가 있는 것은 그야말로 천복이외다."

은향인이 입을 열어 이야기한다. 칭찬인지 묘한 꼬임이 있는 비웃음인지 모를 음성. 하지만 진덕승은 여전히 웃는 얼굴이다.

정호가라는 것은 그의 가문을 이야기하는 것이다. 진덕승의 가문은 무당파가 있는 호북의 명망 있는 가문으로서 균현의 진가를 모른다면 그건 무당파를 모른다는 것과 마찬가지였다.

그의 할아버지, 아버지, 그리고 그까지 모두 무당파에 헌신했는데, 그러면서 강호의 대소사에 깊숙이 관여했다. 속가이면서도 헌신한 그 공로를 높이 사 강호에서 정호가라는 이름을 붙여주었던 것이다.

"저도 한 해 한 해 나이가 들어가니 걱정이란 것이 좀 붇나 봅니다. 어르신들 앞에서 나이 이야기를 하게 되니 좀 민망하지만 쓸데없는 기우 한두 가지 궁리하는 것으로 여겨주시지요."

"아미타불, 아니오이다. 확실히 은 원주의 말씀도 틀린 것이 없지. 진육협의 일인인 그대가 이곳에서 헌신하고 있기에 오늘도 강호는 평온한 것입니다."

깊숙이 허리를 숙이며 합장을 하자 진덕숭은 자리에서 일어섰다. 그 합장의 의미는 이제 더 할 말이 없다는 뜻이다.

쉽게 말해 그만 끝내자는 것이다. 더 붙잡아 할 일도 없고 하니 진덕숭은 웃음을 한층 짙게 만들었다. 이미 마음이 떠나도 한참 전에 떠난 이상, 괜한 시비 붙을 필요가 없었다.

"자자, 마침 요즘 화산의 매화가 그 봉오리를 맺는지라 본 파에서 이 사람에게 매화주 몇 통을 보내왔습니다. 오늘 이렇게 모인 기념으로 개봉하려 하니 모두 이 사람의 집무실로 가시는 것이 어떻는지요?"

"오! 듣던 중 반가운 소리입니다. 이것으로 머리 아픈 것은 싹 사라지게 되겠군요. 어서 갑시다. 진 원주도 어서 같이 가십시다."

누가 걸인 아니랄까 봐 우호는 입맛을 다시며 진덕숭을 채근했다. 그러나 진덕숭은 전혀 생각이 없었다.

"아닙니다. 전 조금 이따가 합류하도록 하지요. 마침 수하들이 소식을 전해올 시기가 되어서 말입니다."

"그러시겠습니까? 하면 이따 뵙지요. 자~ 어서들 갑시다!"

두 번 권하지도 않는다. 술 마실 생각에 우호는 사람들의 등을 떠밀었고, 그렇게 우르르 사람들은 사라졌다. 병풍처럼 착석해 아무 말도 하지 않던 자들까지 모두 사라지자 갑자기 세상은 적막 속에 휩싸였다.

하지만 그 적막은 오히려 진덕숭이 원하는 것이었다. 그는 태사의에 몸을 기대며 작게 중얼거렸다.

"빌어먹을 인간들, 삼 개월 만에 모여 한다는 짓이 고작 술판이냐? 아호!"

지금까지와는 전혀 다른 음성이 튀어나왔다. 짜증이 진득하게 묻어난 음성. 솔직히 진덕숭이 확 내보이고 싶은 음성은 이쪽이었다.

그도 그럴 것이, 이 작자들은 회의는커녕 한데 모이는 것 자체도 힘들었다. 오늘 이 회합도 진덕숭이 채근하고 또 채근해서 겨우 모인 자리였다.

당연히 안건은 빙궁에 관한 것이지만 결과는 예상했던 대로다. 이럴 거면 그냥 확 성질대로 해버리고 보고해 버릴 것을 괜히 이야기한 셈이다.

여유롭게 웃던 얼굴도 사라져 그의 얼굴은 짜증이 극에 달한 모습이 되었다. 그는 그 얼굴 그대로 새로 나타난 사내를 맞았다.

"원래 그런 자들 아닙니까? 신경 쓰시면 원주님만 더 힘들어지실 뿐입니다."

"안다, 운산(韻算). 그런데 너무 웃으려 해서 얼굴에 주름이 생길 정도라 절로 짜증이 올라오는구나."

운산이란 사내는 빙긋 웃었다. 삼십대의 장부로 자색 무복을 입고 허리춤엔 송문고검을 차고 있는 것이 무당과 관계있는 사람인 듯싶었다.

"그나마 너라도 만나니 오늘은 좀 기분이 풀릴 듯하구나. 그래, 알아본 것은 어찌 되었더냐?”

“그리 큰 것은 없습니다. 다만 보고에 의하면 광서성 쪽에서 조금 특이 사항이 전달되었습니다. 그리고 개인적인 서신이 와 있습니다.”

“광서성? 개인적인 서신?”

진덕숭의 시선이 운산에게 향했다. 광서성이라면 별로 볼 것도 없다. 그곳엔 별다른 무림 세력도 없거니와 지금 한창 머릿속에 걸리는 세력 중 그 어느 하나도 그곳과는 관련이 없었다.

“오인우살이 죽었습니다. 보고에 의하면 화인을 제외하고는 모두 당했다 하는군요.”

“뭐라?”

진덕숭의 눈이 좁혀진다. 오인우살이라면 그곳이 아니라 빙궁 쪽에서 죽어야 한다.

“그놈들이 언제 그곳까지 내려갔다는 거지? 빙궁 앞에서 죽치던 놈들이 아닌가?”

“그놈들뿐만이 아닙니다. 참수광도 팽호도 당했다는군요. 죽지는 않았지만 거의 죽었다고 봐도 될 정도라 합니다. 참도수들과 같이 움직여 정보를 얻기가 쉽지 않았지만 일단 그가 당한 것은 확실한 것 같습니다.”

“……”

진덕숭은 눈을 껌벅였다. 이거 지금 강호에서 무슨 일이 일어나고 있다는 뜻인데 그 징후를 전혀 눈치채지 못한 것이다.

아무리 기억을 살려봐도 이런 이야기들을 미리 접해본 기억이 없다. 그건 그놈들이 그만큼 은밀하게 움직였다는 뜻이기도 했다.

"오인우살과 팽호를 친 자가 누구라 하더냐? 그것도 알아보았더냐?"

"그럼요. 굳이 알 것도 없었습니다. 이미 누구인지 소문이 빠르게 퍼져 가고 있습니다. 원주님의 친구 분이시도 하지요."

"응? 내 친구?"

더 모를 소리다. 운산은 활짝 웃으며 다시 말했다.

"쌍룡검객 손소 대협입니다. 마침 그놈들이 있던 곳에 있으셨나 봅니다. 협의를 몸소 실천하시는 분이지요."

"호오, 손소가? 그 녀석이 손을 댔다고?"

말과 함께 진덕승은 고개를 갸웃거렸다. 오랜만에 들어보는 이름이라 반갑기도 하지만 그가 알고 있는 손소는 이런 일을 거리낌없이 벌일 놈이 아니다.

손익 계산이 빠른 놈이다. 물론 가장 빠른 놈은 한구사 놈이지만 손소도 그놈 못지않다. 이득이 없는 일은 절대 하지 않는 것이다.

"아마도 우연히 진우현을 지나시다 이놈들이 야료를 부리는 것을 보셨겠지요. 진육협의 일인이나 당연히……."

"잠깐! 지금 어디라고? 진우현이라고 했나?"

진덕승의 일갈에 운산은 흠칫 놀랐다. 그가 대답을 하기도 전에 진덕승은 혼잣말을 시작했다.

"광서성 진우현, 광서성 진우현이라……. 분명 거기 뭔가 있었는데?"

아릿한 기억이 문제였다. 오래전 기억 속에 그곳과 관계된 것이 있었는데 영 기억이 안 난다.

그냥 지나칠 문제가 아니다. 그저 그런 기억이라면 솔직히 머릿속에 담아두지도 않았을 것이다.

중요한 것이 분명했다. 다만 기억이 나질 않을 뿐.

"예, 진우현입니다. 그곳의 한 장원에서 일어난 일인데 그 이름이… 음……."

"항씨세가!"

우당탕!

벌떡 일어서며 의자가 뒤로 넘어졌다. 평소의 진중하던 진덕숭은 어디에도 없는지라 운산은 조심스럽게 입을 열었다.

"어떻게 아십니까? 그곳에서 일어난 일입니다. 아마 그 장원을 지키려 손 대협이 그들을……."

"아니, 손소가 아니야. 항자웅, 항자웅이란 이름의 사람이 한 짓일 거다!"

기억이 났다. 아주 확실한 기억이. 절대 잊지 말아야 할 이름이 말이다.

"예, 확실히 보고에 그런 이름이 있기는 하지만 그보다는 손 대협이 했을 확률이……."

"아니야! 손소가 아니야. 내가 아는 손소는 그런 놈들 거들떠보지도 않아. 만일 그놈들이 손소의 물목을 건드렸다면 모를까. 그런 접점은 있지 않을 거야."

이건 추측을 넘어 확신이었다. 운산은 입을 다문 채 진덕숭의 표정만을 살폈다. 그의 표정 속에 짜증은 이제 완전히 사라진 후였다.

대신 무언가 잔뜩 흥분된 듯한 표정을 짓고 있었다. 그러다 갑자기 생각난 듯 진덕승은 운산에게 손을 내밀었다.

"개인적인 편지가 있다 하지 않았나? 집에서 온 건가?"

"아, 맞다. 아닙니다. 진우현에서 온 것이지요. 아마 손 대협께서……."

탁.

운산의 말을 듣는 와중에도 그의 눈은 점점 커지더니 갑자기 손을 뻗어 운산이 꺼내 든 서신을 빼앗았다. 그리곤 거칠게 펼쳐 안의 내용을 읽었다.

"……!"

진덕승의 두 눈이 부릅떠졌다. 운산이 그를 모신 지 어언 십 년. 이렇게 놀라는 표정은 본 적이 없다.

대체 무슨 내용이기에 저러는지 궁금하기 짝이 없다. 운산은 자리를 옮겨 슬쩍 안의 내용을 바라보았다. 그곳엔 간단한 글이 쓰여 있었다. 딱 세 줄이다. 첫 줄의 내용인즉슨…….

내 칼 다시 줘.

황당하기 그지없는 내용이다. 천약련의 외무원주이자 정호가의 장자에게 보내는 서신치고 너무도 싸가지 없다. 하지만 당사자인 진덕승은 전혀 그리 생각하지 않는 듯했다.

"우핫핫하! 이 빌어먹을 놈! 결국 네놈이 세상에 나오게 되는구나! 주지! 줘야지! 내 반드시 주지!"

진덕승은 너무도 즐겁게 웃었다. 흡사 광인이라도 된 듯한 그

의 얼굴을 한참 동안이나 바라보다 운산은 다시 두 번째 줄로
시선을 옮겼다.

　그리고 빙궁 좀 도와줘.

　이번 글은 그도 단박에 알 수 있는 내용이었다. 대체 왜 이런
글을 썼는지 모르지만 운산으로서는 이해할 수 없는 내용이다.
당연히 싹 무시해야 할 것이고.
　"호오, 뭔가 잡은 건가, 이 녀석. 그럼 일단 그리해 주지. 암,
해주고말고."
　"……."
　이번에도 운산은 놀랐다. 냉철하기로 소문난 진덕승이 갑자
기 이렇게 생각없이 바로 결정을 짓다니, 그간 보여주었던 모습
과 비교한다면 있을 수 없는 일이다.
　"망할 놈, 순서가 바뀌었잖아. 이걸 먼저 써야 되는 거 아냐?"
　진덕승의 중얼거림에 운산은 생각을 멈추었다. 그가 보고 있
는 것은 마지막 줄이었다. 여전히 짧은 글이다.

　참, 그리고 오랜만이야. 잘 있지?'

　황당하리만치 어이없는 글. 하나 한 가지는 확실히 알 수 있
었다. 이 글을 쓴 사람과 진덕승은 참으로 친한 친구라는 것이
그것이다.
　"그 죄로 곱게는 못 주네요. 나도 반가운 마음에 야료 좀 부려

야겠다, 친구."

빙글빙글 웃으며 진덕승은 서신을 접었다. 그리고는 뭔가를 생각하는 듯 뒷짐을 진 채 걸으며 빙글빙글 돌기 시작했다. 무언가를 골똘히 생각할 때 나타나는 그의 버릇이다.

"큭큭, 결국 그 방법이 최고로군. 좋아, 그렇게 해주지."

달칵, 탁.

탁자 위의 연적을 기울여 먹물을 따르더니 진덕승은 세필을 들어 글을 쓰기 시작했다. 한데 그 내용도 방금 전에 본 글만큼이나 간결했다.

펄럭펄럭.

빨리 마르게 하려고 그는 종이를 들어 흔들었다. 이윽고 다 마르자 곱게 접어 운산에게 건네었다.

"운산, 이 서신을 전해. 아마 손소를 찾아 전해주면 될 것이다."

"네, 원주님."

"그 어떤 것보다 우선한다. 최대한 빨리 보낼 수 있도록."

"알겠습니다. 그리하지요."

운산은 대답과 함께 서신을 받았고, 이내 그 겉봉으로 눈길이 갔다. 그곳엔 받아야 할 사람이 쓰여 있었다.

손소가 아니다. 항자웅이라는 글씨가 뚜렷하게 쓰여 있었다.

"자, 그럼 오늘은 나도 그 매화주라는 것을 좀 즐겨볼까? 생각해 보니 딱 맞는 때야. 아주 좋은 날 좋은 술이 주변에 있어. 우핫핫핫!"

가벼운 발걸음으로 진덕승은 움직이기 시작했다. 세상 모든 고민을 혼자 짊어진 듯한 그의 모습은 이제 그 어디에서도 찾아볼 수 없었다.

고작 한 통의 서신에 의해 말이다.

＊　　＊　　＊

"어째 이상해. 오한이 살짝 오는 것이 뭔가 이상한데?"

"고뿔이라도 오는 거 같아?"

하이화의 목소리에 항자웅은 고개를 좌우로 저었다. 고뿔은 무슨, 저 몸뚱어리가 어디 아프다는 것 그 자체가 더 이상할 터였다.

"아무래도 이 마차가 좀 이상한 거 같아. 이거 혹시 무슨 사연 있는 마차 아니야?"

"생긴 걸 봐라. 사연이 없어 보이나. 모르긴 해도 여럿 이 안에서 죽었을 거다."

피식 웃으며 손소가 말하자 항자웅과 하이화의 얼굴이 동시에 일그러진다. 두 사람은 고개를 돌려 주변을 바라보기에 여념이 없었는데 과연 이 마차에서는 왠지 모르게 한기가 느껴지고 있었다.

아마도 그건 이 마차가 원래 쓰였던 용도 때문일 터였다. 죄수 호송용이었는데, 그것도 상당히 흉악한 죄인들을 이송할 때 쓰는 것이었다.

물론 처음엔 참 좋았다. 이렇게 커다란 마차는 정말 보기 힘든 것이었고, 특히나 몸이 큰 항자웅은 반색을 했다. 손소의 입장에서도 항자웅을 태울 말을 찾느니 그냥 마차를 찾는 것이 훨씬 쉬운 일이었다.

한데 문제는 이 빌어먹을 실내 장식이다. 단출한 건 둘째 치고 창문에 섬뜩한 창살이 쭉쭉 쳐져 있으니 이것이 무슨 용도에 쓰였던 것인지 적나라하게 알 수 있었다.

"빌어먹을, 기왕지사 이럴 거 저 창문이라도 좀 어떻게 안 되냐? 최소한 저건 떼고 와야 했어."

"바깥 경치 보기에 이 이상 좋은 게 어디 있나? 시원하게 확 보이잖아."

마차의 사면 모두 커다란 창이 나 있었는데 전면을 제외한 세 군데에 아주 튼튼한 쇠창살이 쭉쭉 박혀 있었던 것이다. 이거야 아무리 좋게 생각해도 호송당하고 있는 기분이다.

물론 손소도 이 창문만은 좀 바꾸고 싶었지만 시간이 없었다. 집안에서 최대한 빨리 나가고 싶어 하는 항자웅의 채근에 그냥 움직였던 것이다.

그 결과 이렇게 주변의 주목은 있는 대로 끌고 있다. 뭐, 사실 항자웅의 입장에서는 그리 신경 쓰이는 것도 아니지만 말이다.

"오오, 마침 보이는구만. 저기 보이는 것이 성도 남녕이네. 어때요, 하 소저? 꽤나 웅장하지 않소?"

"어디요? 우아아아아!"

하지만 이런 상황이라면 좀 다르다. 태어나 빙궁을 벗어나 본 적이 없다는 그녀는 연신 감탄성을 발했다. 자금성처럼 거대한 성곽은 아니지만 최소한 성곽의 형태는 제대로 갖추고 있는 남녕이었다.

하이화는 그 작은 몸을 창살에 착 붙인 채 풍경을 보기에 여념이 없었다. 양손으로 창살을 꽉 쥔 채 힘껏 매달려 바라보는 그녀의 모습은 왠지 모를 작은 오해를 일으키기에 충분했다.

"어이, 꼬마 아가씨. 웬만하면 그런 자세는 좀 자제해 주면 안 될까? 이 마차가 밖에서 어떻게 보인다는 것 정도는 좀 예상하고 살자고."

"우와! 저기가 성문인가 봐요! 지금 들어갈 수 있으려나? 한참 기다려야 되는 거 아니에요?"

"저기… 이봐."

항자웅은 하이화를 불렀지만 그녀의 신경은 이미 창밖에 꽂혀 있었다. 여전히 매달린 채 한껏 구경하는 데만 집중하고 있었다.

"하하하! 뭐 어떠냐, 자웅. 신기한가 본데 보게 놔두자. 점차 나아지겠지."

"누가 뭐래냐? 문제는 바깥의 사람들이지. 이대로 가면 우리가 갈 곳은 저 성도의 관아일 거다. 저 봐. 벌써 신고하러 냅다 뛰어가네."

뚱한 표정으로 항자웅은 말했지만 손소는 그저 웃을 뿐이었다. 그는 잠시 바깥의 광경을 살피다 다시 중얼거렸다.

"뭐 그것도 좋지. 저 성문 앞에서 줄 서기 싫었는데 잘됐다."

"응?"

"그런 게 있다. 그냥 두고 보면 알아."

뭘 생각하는지 모르지만 손소는 장난스런 웃음을 가득 머금었다. 왠지 그 웃음이 조금은 소름 끼친다고 생각하는 항자웅이었다.

2

"망할 시키, 그래도 친구라 생각했거늘."

"당연히 친구지. 그러니 이렇게 튼튼하고 빠른 마차도 내 자비로 구해준 거 아니겠나? 어찌 됐든 빨리 들어왔으니 된 거잖아."

"맞는 말이긴 한데 묘하게 짜증나. 왠지 거슬려, 너."

항자웅의 눈이 가늘어졌고, 손소는 그저 빙글빙글 웃을 뿐이었다. 항자웅이 이렇게 삐친 건 남녕으로 들어올 때 겪은 소동 때문이었다.

그야말로 난리가 났었다. 죄수 호송차가 들어오고 있으니 군사들까지 동원되었고, 당연히 마차 수색은 필수였다.

그 과정에서 항자웅은 죄수 취급을 받았다. 굳이 따지자면 진육협의 일인인 손소가 잡아오는 범죄자 정도?

하이화는 피해자였다. 그렇게 말 한마디 안 했는데도 희한하게 맞춰져 버린 상황 때문에 항자웅은 굵은 동아줄에 포박당할 뻔했다. 물론 그냥 있을 항자웅이 아니다.

책임자 나오라고 고성방가는 물론이고 나중엔 대로변에 대자로 누워 있기까지 했다. 결국 손소가 나서서 해결하긴 했지만.

"그냥 저 마차 앞에 너희 표국 깃발 하나 꽂으면 해결될 일을 왜 이리 키우는 거냐?"

"내가 국주라고 표국의 깃발을 함부로 할 수는 없는 거지. 그렇게 너나 우리 아랫사람들이 모두 깃발을 꽂고 다닌다면 정작 중요할 때 사용할 수 없잖아."

일리있는 말이다. 표국의 깃발을 거는 것이 뭐 대수냐고 하겠지만 그건 표국의 얼굴과도 같은 것이다.

또한 어디든 통과할 수 있는 통행증이기도 했다. 깃발을 달면 웬만한 성도의 정문도 빠르게 들어올 수 있었다.

그건 표국이 관과 좋은 관계를 유지하고 있기 때문일 터였다. 일이 있을 때마다 항상 성의 표시를 하며 관계를 돈독히 해야만 이런 일이 가능했다.

즉, 깃발을 달면 무사통과하기는 하지만 나중에 그만한 일을 해주어야 하는 것이다. 그런 부담을 함부로 질 수 없다는 이야기였다.

"아이고, 대단한 친구 분 나셨네. 그 공명정대함에 머리가 숙여집니다, 아주."

"알아주니 고맙다. 자, 그럼 일하러 가자고."

"망할 놈."

웃음으로 무마하는 손소를 보며 항자웅은 고개를 돌렸다. 그들이 있는 곳은 이 남녕에서도 가장 번화한 곳이었는데, 기루와 객잔이 끝없이 늘어서 있었다.

"어이, 꼬마 아가씨. 대충 보고 이리 와. 그러다 우리 놓칠라."

여기저기 뽀르르 뛰어다니며 하이화는 구경하기에 바빴다. 항자웅은 한 번 더 부르려다가 한숨을 내쉬었다. 왠지 오늘 영 의도대로 되는 일이 없는 것이다.

"하 낭자도 걱정이지만 우리 일도 걱정을 하자고. 저기야. 저 붉은 대문."

"…기루야?"

손소는 묵묵히 고개를 끄덕였고, 항자웅은 입을 다물었다. 더 이상 그의 얼굴에서 장난기는 느껴지지 않았다.

항자웅이 이곳 남녕을 온 것은 아주 단순한 이유다. 그가 말한 대로 이제 원살토를 박살 내기 위함이었는데 이곳은 원살토, 그중 지살토의 광서지부가 있는 곳이었다.

그나마 알려져 있는 곳 중 하나이다. 앞으로 어떻게 상황이 전개되든 일단 이곳에서부터 시작해야 했다.

"해가 떨어지고 홍등이 켜지면 그때부터 의뢰를 받기 시작한다더군. 알아보려면 그 시간에 움직여야 할 거야."

"그렇군. 하면 그리하지."

"그때까지는 일단 객잔으로 들어가자고. 표국에서 이용하는 객잔이 있으니 그곳으로 가는 것이 여러모로 좋을 거야."

"좋아, 앞장서. 아참, 저 꼬마 아가씨…… 흡!"

하이화를 찾아 눈을 돌리던 항자웅은 흠칫 놀랐다. 어느새 그의 옆에 그녀가 와 있었던 것인데 양손 가득 뭔가를 들고 있었다.

경단이다. 그것도 족히 열 줄은 되어 보인다. 양손에 나눠 들고는 싱글벙글 웃고 있었다.

"이… 뭐… 경단 장사 하시려고? 그러면 네가 만들어야지, 남의 거 사서 되파는 건 이문이 안 남아."

"다 먹을 거네요. 아저씨 줄 건 없으니 생각도 말아요."

경단 한 줄을 입에 쏙 밀어 넣더니 쪽쪽 빨기 시작한다. 항자 웅은 가늘게 눈을 뜨며 샐쭉한 표정을 지었다.

"그런 거 먹자고 달려들기엔 내 나이가 좀 많다고 생각하지 않냐? 꼬마 아가씨나 실컷 드시지."

"흥, 걱정 마요. 난 나이 같은 거 생각하지도 않으니까. 아저 씨나 나이 생색내며 노인네처럼 굴라구요."

"참으로 가끔 울컥하게 만드는 처자로세."

"그럼 그쪽은 자주 짜증나게 만드는 아저씨네요."

"이 망할 지지배가!"

"지옥에나 떨어질 노털!"

항자웅과 하이화 사이에 기이한 기류가 흐르기 시작하자 결 국 손소가 나섰다. 그는 두 사람 사이에 끼어들며 손가락을 빙 빙 돌렸다.

"다 좋은데 주위는 좀 보면서 놀아라. 이만한 공연을 무료로 상영할 생각이냐?"

어느새 주변에 흥미진진한 눈을 한 채 사람들이 모여들고 있 었다. 싸움 구경과 불구경은 돈 주고도 한다지 않는가?

"어이고, 뭐 볼 게 있다고 이렇게들 관심들을 가져주시나? 일 끝났으니 각자들 갈 길 가시죠?"

삐딱한 항자웅의 다소 위협적인(?) 목소리에 여기저기서 입맛 다시는 소리가 들려왔다. 대체 뭘 기대했는지 물어보고 싶지도 않다.

한낮의 관도는 다시 바빠지기 시작했고, 사람들의 흐름은 이 내 흐르는 물처럼 부드럽게 이어졌다. 문득 손소의 목소리가 항

자웅의 귓가에 들어왔다. 아주 작은, 거의 전음 수준의 목소리
였다.

"뒤쪽, 푸른색 옷 입은 점소이."

"아아, 알고 있어. 그냥 놔두자고."

호기심 어린 눈과 달리 감정이 섞인 눈길 하나가 뒤통수를 근
질이고 있었다. 작은 살기가 담긴 그 눈빛은 명백한 적의였다.

이곳에 오자마자 이런 눈길을 받는다면 그 대상은 명백하다.
지살토의 인물인 것이다.

당연한 일이다. 참수광도 팽호를 패대기친 지 오늘로 일주일.
저들에게는 이미 알려질 대로 알려진 사실일 터였다.

한데 그 당사자가 다가오는데 꼬리 하나 붙지 않는다면 그게
더 이상한 일이다. 어쩌면 실망했을지도 몰랐다.

어쨌든 지금은 서로 탐색하는 시간. 부딪치는 시간은 이따 어
두워진 후가 될 터였다. 그전까지는 일단 쉬는 게 상수다.

"저기요."

갑자기 하이화의 목소리가 들려왔다. 양손에 경단을 든 채 그
녀는 심각한 얼굴을 하고 있었다.

보는 사람도 덩달아 긴장될 정도로 말이다. 그녀는 진중한 목
소리로 손소에게 물었다.

"이런 일로 돈 받아도 돼요?"

"……."

어이어이, 그게 중요한 게 아니잖아, 지금.

손소네 표국이 거래한다는 객잔은 상당한 시설을 가진 곳이

었다. 크기가 큰 것은 물론이고 깨끗한데다 음식 맛도 괜찮았다.

역시 표국이 거래하는 곳들은 믿을 만하다는 통설을 다시 한 번 확인하는 순간이었다. 항자웅은 기분 좋은 미소를 지으며 의자 등받이에 몸을 기대었다.

끼이이이.

"의자 부러지겠다. 웬만하면 좀 정자세를 유지하는 게 어떠냐?"

"밥 먹고 이 정도 포만감도 표현하지 못한다면 그게 무슨 삶이야? 냅둬."

손소의 말은 싹 무시한 채 항자웅은 의자 고문을 계속했다. 손소는 쓴웃음을 지으며 한상 거나하게 차려진 탁자 위로 눈길을 던졌다.

이 객잔에서 나올 수 있는 요리는 모두 다 올라와 있다. 그리고 그 요리들은 흡사 전쟁이라도 만난 듯 여기저기 헤쳐져 있었다. 참으로 공평하게(?) 시식을 해준 셈이다.

하나 눈썰미가 있는 사람이라면 느낄 수 있을 터였다. 지저분하게 헤집어놓았지만 의외로 먹은 것은 별로 없다는 것을 말이다. 항자웅의 몸을 생각해 볼 때 놀랍도록 적은 양이 사라져 있었다.

먹는 양으로 따진다면 오히려 하이화가 놀랍다. 그녀는 항자웅과 거의 맞먹는 정도로 먹고 있다. 저 작은 몸 안에 어떻게 음식이 다 들어가고 소화되는지가 의문스러울 정도다.

"진짜 불가사의다. 어떻게 그렇게 먹고도 몸이 그러냐? 혹시 어릴 때 먹지 말라고 누가 말리던?"

"아뇨. 나이 들면서 점점 줄어들고 있는 걸요. 그래서 아버지가 걱정 많이 해요. 밥 잘 안 먹는다고."

왠지 살짝 할 말이 없어지는 것을 느끼며 항자웅은 눈을 가늘게 떴다. 그의 눈길은 그녀의 왼손에 꽉 쥐어진 경단으로 향해 있었다.

아직도 남은 경단이 여섯 줄이나 있었다. 무슨 욕심인지 밥 먹을 때도 그녀는 왼손에 꽉 쥔 채 먹었던 것이다.

"그딴 거 먹고 밥 먹으니 당연히 양이 줄지. 이쯤에서 한두 개쯤 손에서 놓지 그래?"

"지금까지 꽉 쥐고 있던 시간이 아깝거든요. 줄 생각 절대로 없으니 꿈도 꾸지 말아요."

"다시 한 번 말하지만 난 그런 거 먹기엔 너무 나이가 많단다, 꼬마야."

"잘 알고 있으니 염려 마시죠, 노인네 같은 아저씨."

퉁.

또 한 번 두 사람의 눈에서 불꽃이 튄 순간 손소는 손을 움직였다. 검집째 탁자 위에 올려놓으며 주위를 환기시킨 것이다.

"참 싸우는 방법도 가지가지다. 부탁인데 그냥 조용히 먹을 수 없을까? 너희 둘 아니더라도 충분히 골치 아플 거 같거든."

진심에서 하는 소리다. 말을 하면서도 손소의 눈은 두 사람을 향하고 있지 않았다. 그가 보고 있는 곳은 이층으로 올라오는 계단 쪽이었다.

그리 넓지 않은 계단이었는데 그곳에서 지금 인기척이 들려오고 있었다. 항자웅과 하이화가 고개를 돌려 바라보았는데, 일단의 인물들이 우르르 올라오는 것이 보였다.

"뭐야, 이건?"

항자웅의 목소리가 흘러나왔지만 나타난 사람 그 누구도 대답하는 이는 없었다. 대신 그들의 눈길은 오로지 한 사람에게 향해 있었다.

"오! 손 대협! 혹시라도 또 바람같이 사라지면 어떻게 하나 걱정했습니다! 드디어 오늘에야 뵙게 되는군요!"

"그렇습니다! 진육협의 첫 손가락에 꼽히는 사람을 만났으니 이 사람, 삼생의 영광으로 알겠습니다."

참으로 낯 뜨거운 대사를 눈 한번 깜박이지 않으며 해치우는 자들을 보며 항자웅은 미간을 찡그렸다. 나타난 자들은 십여 명. 모두 상당히 어린 친구들이었다.

기껏해야 이십, 많아도 이십오 세를 넘겨 보이는 이가 없었다. 앳된 얼굴 그대로 두 눈을 초롱초롱하게 빛내며 손소를 바라보고 있었다.

"보잘것없는 소생을 이리 환대해 주시다니 이 사람이야말로 고맙지요. 한데 귀하들은 누구신가요?"

"……"

항자웅의 눈도 동그래졌다. 그 눈은 놀람과 함께 다른 의미도 담고 있었다. '너 미쳤냐, 그따위 말을 하게?' 라는 의미가 분명했다.

단 한 번도 손소가 이런 말을 한 것을 들어본 적이 없다. 아직도 그는 잘못 들은 것이 아닐까 생각될 정도였다.

"소생들은 이곳 남녕에 있는 무가의 후손들입니다. 어릴 때부터 같이 자란 사이로 커서 협행을 위해 목숨을 바치기로 했지요. 부끄럽지만 천무회(天武會)라는 이름을 두고 협행을 하려 합니다."

진짜 부끄러워지는 이름이다. 천무회라니. 거창한 이름에 항자웅은 입술 사이로 비웃음이 새어 나오려는 것을 간신히 참았다. 손소의 얼굴이 너무 진지했기 때문이다.

"아, 천무회 분들이셨군요. 죄송합니다. 이 사람의 식견이 낮아 아직 귀 단체의 이름을 들어보지 못했군요."

"아닙니다. 당연하지요. 천무회가 결성된 지 얼마 되지 않습니다. 오히려 지금부터 손 대협이 알아주신다면 저희가 영광이지요."

"그렇습니다, 손 대협!"

여자도 있다. 꽤 예쁜데 등에 쌍검을 차고 있었다. 눈동자가 부담스러울 정도로 반짝이는 것을 보니 손소를 꽤나 사모하고 있는 것처럼 보였다.

물론 손소가 마음을 줄 리는 없다. 저 상긋한 웃음은 가식 그 자체다. 받는 여인은 죽는시늉을 하지만.

"저희가 이렇게 온 것은 다름이 아니오라 작은 힘이나마 보태기 위함입니다. 손 대협께서 강호의 해악인 원살토에 정면으로 맞서신다고 하는데 무사로서 어찌 그냥 있을 수 있단 말입니까?"

"그렇습니다. 해서 저희 천무회가 대협을 모시고 원살토에 정면으로 부딪치려 합니다. 부디 이 작은 진심을 알아주시길 바랍니다."

항자웅의 인상이 확 구겨졌다. 이래저래 달리 말하지만 결론은 하나다. 그저 영웅놀이 한번 해보고 싶다는 이야기다.

혹시나 하는 생각에 그는 다시 한 번 나타난 자들의 면면을 살펴보았다. 그러나 결론은 역시나이다.

좋은 무복에 좋은 병기들을 가지고 있다. 하나 얼마만큼 그 병기를 사용했을지는 의문이다. 관리가 너무 잘되어 있다.

아니, 관리가 잘되어 있는 정도가 아니라 조금 전에 그냥 사서 온 것 같은 무기도 있다. 잔 녹 하나 없이 동백기름에 푹 절여진 금속이 번들거리니 말이다.

단언하건대 이놈들이 도움 될 것이란 생각은 버리는 것이 좋다. 게다가 애당초 도움을 줄 것이라 확신하고 온 놈들도 아니다.

무공 수준을 보면 단번에 알 수 있다. 느껴지는 감으로 봐서 이들은 이류무사 정도의 수준도 되지 않는다. 아주 높게 쳐줘서 말이다.

만일 천살토의 살수들을 만나면 왜 죽는지조차 모르고 살해당할 것이다. 항자웅의 입장에서 본다면 완벽한 짐이었다. 딱 한 놈만 빼고 말이다.

"호오……"

항자웅의 입에서 나직한 감탄사가 흘러나왔다. 열아홉 아니면 스물 정도 되어 보이는 사내가 눈에 들어왔다. 제일 뒤쪽에서 마치 일행이 아닌 듯 쭈빗거리며 있는 녀석이 바로 그 주인공이었다.

그 나이에 벌써 눈빛이 갈무리되어 있었다. 과거 진육협에 비할 바는 아니지만 충분히 놀라울 만했다. 항자웅은 그제야 그를 자세히 보기 시작했다.

약간 마른 듯하지만 근골이 잘 발달되어 있다. 앳된 티가 확실한 얼굴에 키는 보통 정도? 즉, 외모상으로 본다면 그리 특별한 것이 없다.

조금 특이한 것은 그 병기였다. 일반적으로 파는 병기가 아니라 상당히 휘어진 월도(月刀)의 형상을 하고 있었는데 그 너비가 문제였다.

박도에 육박하는 크기였던 것이다. 월도는 빠름을 그 무기로 삼는 법인데 이 월도는 위력도 중시하는 것 같았다.

주의 깊게 보니 옷도 다른 녀석들과는 좀 다르게 마로 된 것을 입고 있다. 보통 정도의 옷이지만 이 녀석들에 비한다면 정말 싸구려라 할 수 있었다.

"허허, 여러분의 성원은 참으로 감사하지만 아무래도 서로간에 오해가 있나 봅니다. 본인이 원살토와 적대적인 관계가 된 것은 맞지만 어디까지나 도움을 주는 입장일 뿐입니다."

"네? 그 무슨 말씀이십니까?"

제일 앞에 선 놈이 이해를 못하고 중얼거렸다. 개중 가장 화려한 옷을 입고 있는 놈이었고, 남자인데도 불구하고 주렁주렁 장신구를 달고 있다. 차고 있는 검은 화려, 아니, 아예 말을 말자. 입 아프다.

좌우간 제일 쓸모없는 놈이다. 그런 녀석을 위해 가증스런 목소리로 손소는 한 번 더 이야기했다.

　"말 그대로 내가 주인공이 아니란 것이오. 그들과 싸우기로 결심한 것은 여기 있는 나의 벗이오. 항자웅이란 친구인데 소문을 듣지 못했소이까?"

　"……."

　모든 눈길이 일제히 항자웅에게 쏟아졌다. 이런 상황이라면 가슴을 쭉 펴며 턱도 좀 들어 올려야 하거늘 그럴 수가 없었다. 눈길의 내용이 문제였다.

　어디서 이런 개뼈다귀 같은 것이 나왔냐는 눈길이다. 양쪽 눈동자에 각기 한 글자씩 '무', '시' 란 단어가 쓰여 있음을 항자웅은 분명히 느낄 수 있었다.

　순간적으로 피가 싹 가시는 느낌이 들었다. 손발이 근질거리는 것이 당장에라도 출수하고 싶은 마음을 꽉 억누르는 순간이었다.

　"그 소문을 듣기는 했습니다만 과장된 것이라 생각했습니다. 무명소졸이나 다름없는 자에게 팽호와 오인우살이 당했다고 어찌 믿겠습니까?"

　맨 뒤에 있는 그놈이다. 꽤나 낭랑한 목소리로 말하는 것을 보니 살짝 마음에 든다. 항자웅은 그를 향해 씨익 웃었다.

　"어이, 꼬마, 무명소졸이 뭐 어쨌다는 거지? 그렇게 따지면 너 역시 앞으로 명성 얻는 것은 불가능하다는 뜻이 아니겠나?"

　항자웅의 말에 사내의 얼굴이 살짝 달아올랐다. 이 녀석, 감정이 쉬이 드러나는 체질인 듯하다.

　물론 그건 아직 어려서일 터였다. 그는 한 걸음 앞으로 나서며 힘주어 말했다.

“그런 뜻이 아니오이다! 어디까지나 손 대협의 이름도 같이 있기에 하는 말이오! 그리고 난 꼬마가 아니오!”

말이 잘못된 것을 부끄러워하는 것이 아니라 이름 대신 꼬마라 불린 것이 더 화가 나는 듯했다. 아무래도 어린놈이 확실하다.

“그만두게나! 아무리 무명이라 한들 손 대협의 친우라 하지 않는가! 비록 행색이 종자나 다름없다 하더라도 그만한 예우를 갖추시게!”

“…….”

제일 앞에 있는 놈이 버럭 소리를 지른다. 그런데 이놈이 하는 말이 항자웅을 도와주는 건지 업신여기는 것인지 당최 판단이 서질 않았다.

그런데 그 판단을 확실히 내려주는 일이 생겼다. 여태껏 조용히 앞에서 밥 먹고 있던 하이화, 그녀의 입꼬리가 살짝 말려 올라간 것이다.

그 비웃음 걸린 입술을 보는 순간 항자웅의 판단은 내려졌다. 가만 안 두는 것으로.

“종자? 이 빌어먹을 놈이 진짜 앞뒤 모르고 대놓고 설쳐 보시겠다 이거냐? 원살토가 아니라 내 손에 죽고 싶은가 보구나?”

물론 진짜 죽일 생각은 없다. 하지만 그에 준하는 벌은 내리고 싶었다. 그렇지 못하면 지금까지 먹은 음식이 다 체할 것만 같았다.

“아니, 이자가 진짜! 내 손 대협의 친우 분이라 해서 참고 참았거늘 하늘 높은 줄 모르는 자로고! 정말 내 손에…….”

놈이 발끈하며 자리에서 벌떡 일어섰다. 더 듣고 싶은 생각도 없었기에 항자웅은 오른발에 힘을 주었다. 판자로 만든 마룻바닥이 살짝 휘어진다.

끼이이이이이.

괴이한 소리에 젊은이들의 눈이 커졌다. 항자웅은 그 반응을 볼 것도 없다는 듯 눈길을 돌리며 오른발을 확 들어 올렸다. 그러자 천무회원들이 있던 곳에서 기이한 일이 일어났다.

투우우웅.

"헛!"

"우아악!"

"뭐, 뭐야!"

모두의 몸이 허공에 둥실 떠올랐다. 무당의 진각(振脚)을 응용한 것으로 여기 있는 놈들이 버틸 수 있을 만한 힘이 아니었다.

물론 그리 높게 올라가진 않았다. 고작해야 약 두 치 정도? 그러나 본인들로서는 땅이 쑥 꺼져 버리는 느낌으로 당황스러운 일일 터였다.

허공에 올라온 것은 그들뿐만이 아니었다. 항자웅의 앞에 있던 젓가락 통도 올라왔는데 정확히 이들의 숫자만큼 통에서 젓가락이 삐져나왔다.

항자웅이 왼손을 들어 길게 후려쳤다. 그러자 열 개 남짓한 젓가락이 허공으로 비산했다.

파앙, 타타타타타탁!

둔탁한 소리를 남긴 채 젓가락은 모두 사라졌고, 천무회원들도 신형을 바로잡았다. 그들은 얼굴이 벌게진 채 항자웅에게 독기 어린 시선을 흘려보내기 시작했다.

"감히 우리 천무회를 업신여기다니! 이 소무량, 강호의 정의를 위해 널……!"

스스로를 소무량이라 외친 자는 호통을 날렸지만 이미 그의 얼굴은 벌겋게 달아 올라 있었다. 진짜 제대로 놀란 표정이었던 것이다.

무의식적으로 오른손에 힘을 주며 검을 뽑으려 했다. 그런데 그 순간 그는 자신의 검이 뭔가 이상함을 느꼈다.

검이 뽑히질 않았다. 그런데 그 이유가 너무도 황망했다. 검집에 젓가락 하나가 관통되어 박혀 있었다.

검집 안에 있는 쇠로 된 검날까지 같이 말이다. 그 가공스런 광경에 놀란 소무량이지만 이내 부릅뜬 눈을 더욱더 크게 떠야만 했다.

그만이 아니었다. 같이 있던 자들 모두 병기가 이런 식으로 봉쇄되어 버린 것이다. 진정 대단한 실력인 것이다.

"자, 이제 그만 꺼져. 그렇지 않으면……."

"……."

"원살토건 뭐건 간에 네놈 대가리부터 박살 내주마."

"……!"

달그락.

젓가락 통을 흔드는 항자웅의 모습에 소무량은 뒤로 비칠비칠 물러났다. 이제야 뭔가 잘못되었다는 것을 알게 된 그의 모습은 그야말로 처량하기 그지없어 보였다.

그 잘난 주둥이는 꽉 닫은 채 말이다. 다른 녀석들 역시 마찬 가지였는데 딱 한 명 예외가 있었다.

"비무를 신청하오이다!"

그놈이다. 제일 뒤에 서 있던 놈. 그 녀석의 병기엔 젓가락이 박혀 있지 않았다.

대신 호구에서 작은 혈흔이 보였다. 위기를 느끼고 순간적으 로 손목을 돌려 도면이 아닌 도날로 막아낸 모양이다.

좋은 임기응변이었다. 상책은 피해 버리는 것이겠지만 그게 말처럼 쉬운 일이 아니다. 아직 그 정도의 무공은 아닌 듯했다.

"비무? 이봐, 꼬마, 진심으로 하는 이야기야?"

항자웅은 흥미 어린 시선으로 그를 바라보았고, 어린 사내는 두 눈을 부릅뜨며 앞으로 걸어왔다. 탁자 앞까지 바싹 다가온 그는 항자웅을 향해 말했다.

"최악의 경우 비무에서 목숨을 잃을 수도 있다는 정도는 알 고 있소이다. 그리고 난 꼬마가 아니오!"

항자웅을 향해 턱을 들어 올리며 사내는 외쳤다. 콧김을 팡팡 내뿜으며 그가 다시 말했다.

"진월(晋月), 난 진월이란 이름을 가진 사람이오!"

항자웅의 입가에 미소가 진하게 흐르기 시작했다. 왠지 그 이 름도 마음에 드는 녀석이다.

1

"후우우우."

진월은 긴 한숨을 내쉬었다. 그리고는 이 모든 것이 현실인지 아닌지 다시 한 번 생각하기 시작했다. 슬쩍 오른손을 들어 옆구리를 매만졌다.

"우극……."

상상 속이라면 느껴지지 말아야 할 고통이 찌릿찌릿하게 밀려온다. 상상은 아니었고 틀림없는 현실이다.

확실하게 보지는 않았지만 최소한 시커멓게 멍이 들어 있을 만한 상처다. 물론 처음엔 숨조차 쉬지 못할 정도로 아팠지만 한 시진쯤 지나니 이제 견딜 만하다.

"많이 아파? 그런가 보네. 하긴 아까 보니 좀 심하게 맞더라."

"……"

　짜랑한 여인의 목소리에 진월은 두 눈을 질끈 감았다. 분명 나를 생각해서 하는 말 같은데 왠지 듣기 싫은 내용이다.
　"아저씨도 참, 비무라면서요? 그럼 살살 좀 하지."
　"살살 한 거야. 봐줄 땐 봐주더라도 일단 내가 살아야 봐주지. 죽기 살기로 칼 들고 덤비는데 뭘 어떻게 하라고? 일단 눕히고 보는 게 정상이지."
　고개를 끄덕이며 항자웅이 말했다. 진월은 고개를 푹 숙이며 머릿속으로 다시 한 번 떠올렸는데 지금 생각해 봐도 황당했다.

　"병기를 뽑으시오! 무기도 없는 자를 핍박했다는 소리는 듣기 싫소이다!"
　"병기? 없는데, 그런 거?"
　"……."
　시작부터 꼬였다. 육장으로 싸우는 자라 하더라도 수갑 정도는 가지고 다니는 것이 일반적이다. 그런데 아무것도 없다.
　"내 무기는 지금 이곳에 없고 아마 지금쯤 오고 있을 거다. 고로 지금은 병기가 없지. 이해되냐?"
　당연히 이해된다. 별로 어려운 이야기는 아니니 말이다. 그럼 지금 승부를 어떻게 내야 하는지 그게 힘들게 되어버렸다.
　한데 다행히 그 방법은 항자웅이 제시했다. 그는 오른 손바닥을 허공에 펼치며 말했다.
　"이렇게 하지. 내가 공격을 하고 네가 막아. 난 단지 이 오른손 하나만을 가지고 공격하겠다."
　"뭐요?"

황당했다. 이건 그냥 장난이라 생각해도 틀림없을 정도다. 표적이 이미 정해진 것이라면 이건 승부도 아니다.

그것도 저 작은 손바닥으로 공격만 한다면 바로 베면 그만이다. 아무리 진월의 무공이 낮다 한들 이건 일도 아닌 것이다.

"좀 불공평한가? 그럼 하나 더 추가하자. 삼 초, 삼 초 안에 내가 못 때리면 네가 이긴 것으로 하지."

"……."

그제야 진월은 알 수 있었다. 이자는 지금 자신을 놀리고 있는 것이다. 그는 말없이 월도를 들며 내력을 끌어올렸다.

"호오, 이 조건이면 된다 이거군. 좋아, 그럼 해볼까?"

"아예 이기면 노예라도 하라고 하시지. 나잇살이나 먹고 사람 놀리는 게 재미있나?"

진월은 비아냥거렸고, 항자웅은 피식 웃었다. 그러더니 작은 웃음과 함께 다시 말했다.

"뭐 그것도 좋기는 한데 애들 부리는 성격은 아니어서 말이야. 아니, 참, 한 가지 더 걸 게 있기는 하구만."

어울리지도 않게 그가 생글생글 웃는다. 왠지 모를 기분 나쁜 느낌이 확 밀려오는 가운데 항자웅이 한 걸음 앞으로 다가왔다.

"마침 우리 마차에 마부가 없어. 네가 좀 해줬으면 하는데, 그건 어때?"

"어서 오시오!"

더 들을 것도 없다. 일단 저 항자웅의 손목부터 잘라놓고 말을 하는 게 순서일 듯하기에 그는 소리쳤다. 그러자 항자웅이 고개를 끄덕였다.

"좋아, 그럼 가지."

토오오웅!

"……!"

일 장의 거리, 분명 진월은 그렇게 느꼈다. 더욱이 그와 자신의 중간엔 탁자도 하나 놓여 있었다. 한데 그 거리라는 것이 일순간 사라졌다.

갑자기 눈앞에 항자웅의 거대한 몸이 나타났던 것이다. 소스라치게 놀라며 진월은 한 걸음 뒤로 물러났다.

그와 함께 항자웅의 오른팔을 눈으로 좇았다. 다행히 오른팔은 대번에 보였다. 신법이 좀 놀랍긴 하지만 신법만으로 자신을 이길 수는 없었다.

저 오른팔만 주의하면 될 일이다. 진월은 월도를 들어 올리며 길게 휘파람을 불었다.

"휘이이이이!"

가슴속에 치밀어 오르는 내력을 느끼며 진월은 오른손을 내밀었다. 비무장 상태의 사람 손에 병기를 대는 것은 그리 내키는 일은 아니지만 지금은 어찌할 도리가 없었다.

눈앞의 항자웅이란 사내는 당해봐야 정신을 차릴 사람이었던 것이다. 잘리진 않더라도 약간의 상처만 내면 아마 그것으로 족할 터였다.

피이잇!

유려한 곡선을 그리며 그의 월도가 휘어져 들어간다. 모르는 사람들은 그저 초승달처럼 휘어져 간다고 생각하겠지만 천만의 말씀이다.

초진도(草進刀)라 한다. 마치 초승달의 그것과도 같은 궤적을 그려 그런 줄 알지만 실제로는 전혀 다른 내용이다. 달빛에 비친 풀잎들이 이루어내는 궤적이 바로 초진도였다.

좌우로 흔들리듯, 때로는 이지러지듯 들어가는 그의 도법은 처음 보는 사람이라면 절대 피할 수 없었다. 아니, 몇 번 보더라도 쉽게 피할 수가 없다. 시전하는 그조차 어디로 칼날이 흔들리며 날아갈지 모르는 상황이니 말이다.

삽시간에 그의 칼은 항자웅의 손목 위로 닿았고, 진월은 살짝 힘을 뺐다. 근골이 상하지 않도록 최소한의 배려를 한 것이었는데, 바로 그때였다.

슥.

항자웅의 오른손이 움직였다. 뭔가 화려한 움직임이 있는 것은 아니었고 그저 검지를 말아 엄지로 꼭 누른 것뿐이다.

쉽게 말해 꿀밤이라도 때리려는 듯한 모습이다. 그러나 조준점이 머리가 아니었다. 위에서 내려쳐지는 월도의 옆면이 그 대상이었다.

따아아앙!

"흡!"

진월은 헛바람을 삼켰다. 고작 손가락으로 튕긴 것이 마치 몽둥이로 후려친 듯한 위력을 보여주었던 것이다.

하마터면 월도를 놓칠 뻔한 일격이었다. 정신이 번쩍 드는 것을 느끼며 진월은 오른팔에 힘을 꽉 준 후 그 힘으로 내리눌렀다. 겨우 항자웅의 힘을 해소한 것이다.

하지만 정작 중요한 점을 놓친 후였다. 항자웅의 오른손, 그

것은 이미 진월의 지척에 와 있었다.

옆구리에 조용히 대고 있었던 것이다. 순간 진월은 온몸에 한기가 돋는 것을 느꼈다.

"여기까지 뭐, 일 초라 해두지. 그럼."

항자웅이 징그럽게 웃는다고 생각했다. 순간 그는 옆구리에 강렬한 고통을 느꼈다.

파아아앙!

"커억!"

거대한 장력이 몸 안으로 들어와 오장육부를 헤집어놓자 진월은 몸을 웅크렸다. 다행히 병기를 놓치는 꼴불견은 면했지만 그보다 더 큰 문제가 생겼다.

"이초. 내가 이겼지?"

졌다. 완벽하게.

"성내에서 마차 타고 다닐 생각은 없으니 일단은 쉬라고. 하나 볼일 마치면 타야 하니까 네가 정비 좀 해놔. 좀 특이하게 생겨서 성문 쪽에 놓고 왔으니."

"……."

진월은 남몰래 한숨을 쉬었다. 이젠 진짜로 이들의 마부나 해야 한다니 절로 나오는 한숨을 어찌할 도리가 없었다.

물론 진짜 그렇게 할 줄은 몰랐지만 문제는 진월 스스로 부정하지도 않았다는 데 있다. 긍정한 것이 아니라고 우길 수도 있었지만 왠지 그렇기엔 자존심이 허락하질 않았다.

끼이이익.

의자를 밀며 그는 일어났다. 왠지 살짝 답답해져서 찬바람을 좀 쐬고 싶어졌다. 아직 여름도 아니니 저 객잔 문만 나서면 바로 찬바람을 맞을 수 있을 터였다.

"어라? 도망가는 거야?"

"누가 도망갑니까! 잠시 찬바람 좀 쐬려는 것뿐이라구요!"

버럭 소리 한번 지르고는 발길을 돌렸다. 멀어져 가는 그의 모습을 항자웅은 그저 재미있다는 듯 웃으며 바라볼 뿐이었다.

"진짜 데리고 다니려는 거야? 저 녀석, 누군지 알고는 있는 거지?"

"그럼. 그냥 보기만 해도 딱 알겠던데. 진소군 그 노인네 손자쯤 되는 거 같아."

"맞아. 바로 봤어. 그 어르신 손자지. 알면서도 진짜 거느리겠다고?"

"아는… 사람이에요?"

하이화의 목소리에 항자웅은 씨익 웃었다. 아는 정도가 아니라 꽤 친분이 있는 사이다. 왜 아니겠는가? 한때 그의 스승 중 한 명이었는데.

초진도 또한 아주 잘 알고 있는 도법 중의 하나다. 그렇기에 진월의 움직임을 단번에 간파할 수 있었다. 그렇지 않았다면 이 초 안에 승부를 낸 다는 것 자체가 무리였다.

"예전에 좀 알던 사람의 손자야. 누가 그 핏줄 아니랄까 봐 대쪽 같기 그지없구만. 설마 진짜 남으려고 고민할 줄이야."

"진가 사람이라면 당연한 거야. 누군가에게 한 말이라면 목에 칼이 들어와도 지켜야 한다는 것이 그들의 생각이잖아. 잘 알면서 왜 이래?"

"기분 좋아서 그런 거지, 뭐. 어쨌든 좋은 마부를 얻었으니 된 거지. 으흐흐!"

요란하게 웃는 그를 보며 손소는 쓴웃음을 지었다. 진짜로 진월을 놀려먹기 위해 데리고 다니려는 것은 아닐 터였다.

진소군 때문일 터이다. 그에게 분명 받은 것이 있으니 돌려주는 것이라고나 할까?

다른 육협들과 달리 항자웅은 스승들에게 빚을 졌다고 생각하고 있었다. 그리고 언젠가 그 빚을 갚겠노라 이야기했던 것이다.

하이화를 데리고 다닌 것도, 팽호를 살려준 것도 그 때문이다. 아마도 그가 아는 초진도를 가르쳐 줄 것이다. 또한 그 이상의 무공을 전수해 줄지도 모르는 일이다.

"대체 왜 강호에 나왔는지 모를 일이구만. 이러다 사람들 줄줄이 달고 다니는 것 아닌지 모르겠네."

"뭐 그럴 수 있다면 그런 것도 나쁘진 않겠지. 하지만 이제 슬슬 강호에 내가 나온 이유를 실행해야 할 것 같은데, 이 정도 시간이면 되지 않았을까?"

"아마도… 지금쯤 준비란 준비는 잔뜩 해놓고 있겠지."

항자웅과 손소는 자리에서 일어났다. 서서히 해가 뉘엿뉘엿하게 저물어가는 창밖을 바라보며 두 사람은 가볍게 손목을 돌렸다. 그 모습은 싸움이 아니라 그저 놀러 나가려는 듯한 모습이다.

"여기 있을 거 아니라면 이제 그만 가자고, 꼬마 아가씨."

눈을 동그랗게 뜨며 일어서는 하이화를 보며 항자웅은 피식 웃었다. 습관처럼 웃는 항자웅이지만 왠지 하이화를 향해 웃는 웃음은 좀 묘하다. 어떤 진심이 담겨 있다고나 할까? 그러나 그 진심은 쉽게 표현되지 않았다.

"그쯤 되면 한 개쯤 넘기시지? 다 녹는다, 그러다."

"흥! 절대 못 준다니까요. 나 먹기에도 모자란다구요!"

남아 있던 두 줄의 경단을 한꺼번에 입속으로 밀어 넣으며 하이화는 쫑알거렸다. 항자웅도 그렇지만 이 아가씨도 참 강적이다.

"말했듯 그걸 먹기엔 내 나이가 좀 많다니까."

"우에, 우에에에, 우에!"

입안 가득 경단을 밀어 넣은 채 뭐라고 해대는데 뭐라는지 알고 싶지도 않다. 그러면서도 착 붙어 움직이는 두 사람을 보니 그저 헛웃음만 나는 손소였다.

겉으로 보기엔 그저 작은 장원일 뿐이었다. 붉은 홍등이 묘한 느낌을 주는 색주가. 일행이 목표로 하는 곳은 그 색주가 중에서도 제일 눈에 띄지 않는 곳이었다.

그러나 그 장원에서 비쳐지는 느낌은 그리 녹록지 않았다. 왠지 모를 음산함과 함께 섬뜩함이 같이 느껴지고 있었다.

"신기하군요. 여기가 이렇게 조용할 때가 있다니. 마치 오늘은 전부 다 영업을 하지 않는 것 같네요."

정말 색다른 광경을 본다는 듯 진월은 눈을 동그랗게 뜬 채 주변을 두리번거렸다. 원래 이 시간이면 이곳 색주가는 너무도 북적거리는 곳이다.

　호객꾼의 힘찬 소리부터 아가씨들의 간드러진 웃음소리까지. 이곳은 술과 청춘을 파는 곳이다. 홍등은 그 상징이라고나 할까?

　그러나 오늘만은 좀 달랐다. 켜진 홍등은 영업을 한다는 표시가 아니라 위험한 곳임을 말하는 경고와도 같은 것이다. 원인은 바로 자신들이었다.

　"영업만 하지 않으면 다행이겠지. 하나 다른 쪽으로 영업을 시작하고 있을 거야. 자, 보라고. 마중 나와 있잖아."

　항자웅의 목소리에 진월은 눈을 가늘게 떴다. 어느새 십여 장 앞에 두 사람이 나와 있었다. 보이는 것으로 봐서 절대 호객꾼은 아니다.

　진월은 객잔 밖에 있다가 바로 낚여서 온 길이었다. 대관절 무슨 일인지조차 알지 못한 채 막무가내로 온 것인데 이곳에 오자마자 무슨 일인지 알 수 있었다.

　두고 볼 것도 없이 바로 본론을 향해 온 것이다. 하루 이틀쯤 쉬고 움직일 줄 알았건만 완전 예상외였다. 꽤 빠른 행보를 보여주는 항자웅과 손소였던 것이다.

　"마중이라……. 하면 저들이 그 유명한 원살토 사람들이라 이거군요! 의뢰를 받는 사람들인가?"

　묻기는 항자웅이나 손소를 향해 한 것이지만 실은 저 두 사람들으라고 크게 외친 것이었다. 다행히 두 사람은 그 진의를 알아들었는지 일행을 향해 서서히 다가오기 시작했다.

　가까이서 보니 꽤나 나이 든 사람과 젊은 친구였다. 나이 든 사람은 한 팔이 없었는데 목면 천으로 칭칭 동여맨 것을 보니 최근에 한 팔을 잃은 듯했다.

"귀한 손님들이 왔는데 대접이 이러니 죄송하외다. 어서 오십시오, 손소 대협, 항자웅 대협, 하이화 낭자, 그리고 진월 공자."

"……."

순간 진월은 입이 턱 막히는 것을 느꼈다. 그가 이들에 합류한 것은 그야말로 몇 시진 전의 일. 한데 이들은 이미 잘 알고 있었다.

감시의 눈이 있었다는 뜻이다. 한데 그는 그 눈을 느낀 적이 없었다.

과연 살수. 그 한 가지만으로도 충분히 긴장하게 만드는 자였다.

"오랜만이라고 반갑게 인사할 상황은 아니니 인사는 생략하지. 우리가 왜 왔는지는 이미 알고 있을 거라 생각한다."

"물론입니다. 당연한 것이지요. 한데 그간 일행 분이 한 분 더 느셨군요."

진월을 향한 이야기였다. 진월은 양쪽 눈에 힘을 꽉 준 채 우천간을 노려보았다. 상대는 살수들, 일체의 방심도 허용할 수 없었다.

"진월 공자는 제가 누구인지 모르니 이 기회에 다시 말씀드리죠. 한때 이곳의 책임을 맡았던 우천간이라 합니다. 이 친구는 저와 같이 움직였던 호인이라 하지요."

"한때?"

항자웅은 되물었다. 푸근한 몸뚱이와는 달리 매처럼 날카로운 눈길이 우천간의 전신을 훑었다. 그간 무슨 일이 있었는지 추측이라도 하는 것처럼 말이다.

"그렇습니다. 한때지요. 지금은 이 잘려 나간 팔과 함께 자리를 잃었습니다. 곧 새로 살행을 시작하는 녀석들에 의해 표적이 될 운명입니다."

담담한 그의 목소리에 손소의 눈이 날카로워진다. 그는 슬쩍 주변을 한번 돌아보며 조용히 내력을 올렸다.

"그렇다면 우리 앞에 이렇게 서 있을 것이 아니지. 지금이라도 멀리 도망쳐야 할 자가 어째서 막고 있는 것이지?"

손소의 반응에 호인의 몸이 한 발 앞으로 나섰다. 손소의 몸에서 느껴지는 기운에 자동으로 반응한 것이다.

그만큼 지금 적의를 불태우고 있었다. 그리고 그 원인은 너무도 간단했다.

"일단은 이 녀석들의 대표로 나와 있지요. 이대로 그냥 돌아가 주실 수 없는가 하는 말을 전하러 말입니다."

한두 놈이 아니다. 우천간이 말을 하고 있는 와중에도 여기저기서 흐릿한 기운이 느껴졌다. 모두 숨어 있는 살수들로 이곳의 살수들이 모두 나와 있는 듯했다.

"등 뒤에 칼날을 감춘 채 봐달라는 건가? 거참, 희한한 제안이로군. 그럼 냉큼 우리가 봐줄 줄 알았나?"

"배운 게 그거니 어떡하겠습니까? 몸이 자동으로 반응하는 놈들입니다."

손소의 입가에 진한 미소가 어리기 시작했다. 약간은 차가운 그 웃음은 명백한 비웃음이었다. 슬슬 진짜 성격이 나오기 시작한 것이다.

"그럼 우린 참고 봐주는 것만 배웠다고 생각하나? 내 손에 들린 이 검들은 장식품 같아?"

"후, 결국 이렇게 되는 겁니까? 어쩔 수 없군요."

손소의 결단에 우천간은 뒤로 물러났다. 이제 그가 할 수 있는 일은 다 했다. 정면으로 부딪치는 것만이 남은 일의 전부인 것이다.

"쌍방 간에 불미스러운 일이 생기기 전에 우선 항자웅 대협께 감사 인사를 먼저 드리겠습니다. 이 팔을 이렇게 만들어놓은 것이 오인우살이었거든요."

"흠, 그런 줄 알았으면 살려놓을 걸 그랬나? 등신 같은 놈들, 목을 칠 것이지 힘들게 왜 팔은 잘랐대."

호인의 눈이 일그러지며 신형을 낮게 움츠렸다. 마치 고양이가 되는 듯한 그 모습은 싸우기 직전의 형상이었다.

"그러게 말입니다. 하나 그래서 전 두 분을 상대하는 것이 얼마나 어처구니없는 일인지 잘 알고 있습니다. 꽤나 오랜 시간 동안 여러분을 보며 충분히 생각을 해본 결론이지요."

아무래도 그간 항상 주변에서 보이지 않던 눈이 바로 이 친구의 것인 듯 했다. 더 이상 말없이 뒤로 쭉 물러나는 우천간을 바라보며 항자웅은 입술을 살짝 깨물었다.

"앞은 내가, 뒤는 손소 네가 맡아라. 꼬마는 거기 꼬마 아가씨를 좀 봐줘. 막는다 해도 새는 놈들이 좀 있을 거야."

"비록 한 방에 당했다 해도 나도 무공 하는 놈입니다. 그리 쉽게 살수들에게 당하지 않아요.”

월도를 들며 진월이 중얼거리자 항자웅은 씨익 웃었다. 그 정도는 이미 예상한 일이다.

“그리고 나 꼬마 아닙니다. 엄연히 진월이라는 이름이 있다고 분명 말씀드렸을 텐데요?”

“아아, 듣기는 들었다. 근데 말이야.”

항자웅은 갑자기 진월의 앞에 섰다. 그러자 진월의 키가 비교되었는데 머리끝이 항자웅의 명치에서 조금 위로 올라오는 정도다.

“작잖아. 그러니 꼬마지.”

“…적을 앞에 두고 한번 해보자는 겁니까?”

항자웅은 씨익 웃고는 휑하니 사라졌다. 어느새 그의 모습은 십여 장 밖 허공에서 볼 수 있었다.

양손을 움켜쥔 채 거대한 몸을 공중에 띄우고 있었다. 보이지 않는 살수들을 향해 손을 내밀면서 말이다. 그렇게 항자웅과 살수들과의 싸움은 시작되었다.

2

털컹! 펄럭!

길 중간에서 뭔가 열리더니 누군가 빠르게 뛰어나왔다. 튀어나오지 않았다면 뭐가 있는 줄도 모를 정도로 잘 위장했다.

섬전같이 나타난 흑의인은 항자웅을 향해 오른손을 뻗고 있었다. 그 오른손엔 단검 하나가 시퍼런 기운을 뿜고 있었는데,

그저 닿기만 해도 살갗을 베어버릴 정도로 날카로웠다.

하나 진짜 공격은 오른손이 아니다. 허리춤에 가 있는 왼손이 진짜였다. 옆구리에 착 붙어 있는 손안에 작은 원통이 보였다.

직감적으로 항자웅은 왼발에 힘을 주며 옆으로 이동했다. 그러자 흑의인의 왼손에서 불꽃이 번뜩였다.

콰아앙! 피피피핑!

가느다란 침이 항자웅이 있던 곳으로 쏟아졌다. 거의 금용암기(禁用暗機)에 필적한다는 폭우침(暴雨針)이 쏜살같이 날아간 것이다.

비릿한 내음이 바람결에 느껴지는 것을 보니 독이 발린 듯하다. 항자웅은 바로 신형을 잡으며 다음 일격에 대비했다. 그런데,

덜컹덜컹!

바로 옆에서 길이 열리더니 두 명의 살수가 허공으로 떠올랐다. 그들의 양손에는 예의 폭우침이 하나씩 들려 있었기에 항자웅은 신형을 낮추며 다시 움직였다.

숫, 스숫.

사람이 아닌 그림자만이 보인다는 종남파의 잠영신보가 다시 한 번 펼쳐지는 순간 살수들의 눈동자가 살짝 흔들렸다.

둘 다 항자웅의 신형을 놓쳐 버린 것이 분명했다. 전장에서 싸우는 상대의 종적을 모른다는 것은 곧 죽음을 의미한다.

하지만 이내 두 사람은 서로 등을 붙이며 양손을 쭉 뻗어냈다. 양손에 각기 한 개씩 들려 있던 폭우침이 폭발했다. 이들의 임기응변 또한 상당히 뛰어났다.

퍼퍼퍼펑!

그야말로 사방으로 침이 비산한다. 어느 방향에 있더라도 맞을 수밖에 없는 상황. 그러나 항자웅은 맞지 않았다.

펄럭!

그의 옷자락이 바람에 날리는 소리가 들려온다. 두 사람의 눈길은 동시에 위를 향했고, 그러자 허공 가득 가리고 있는 검은 그림자를 볼 수 있었다.

양손을 쫙 편 채 허공에서 내려오는 항자웅이었다. 그는 순간 오른손을 휘두르며 마치 물고기라도 잡듯 오른 손바닥을 꽉 쥐었다.

콰카, 부우웅!

한 사내의 멱살이 잡히며 허공으로 떠올랐다. 항자웅의 큰 몸은 그 뒤에 가려졌는데, 그러자 사내의 등 뒤에서 섬뜩한 소리가 흘러나왔다.

후두두두.

"흐흑……."

사내가 고통에 찬 소리를 흘렸다. 땅에 내려서며 항자웅은 오른손을 풀었고, 그는 쓰러졌다. 이미 사내의 눈은 하얗게 뒤집혀져 있었다.

가는 경련을 쉼없이 일으키는 그의 등 뒤엔 작은 침이 수도 없이 박혀 있었다. 처음 만났던 살수가 조용히 암기를 다시 날린 모양이다.

"아주 맹탕들은 아니라 이건가."

살아남은 두 사람이 다시 품속에 손을 넣는 것은 보며 항자웅은 웃었다. 짐짓 여유있는 웃음이지만 그 웃음은 입가에만 지어질 뿐이었다.

두 눈은 전혀 웃고 있지 않았다. 날카롭게 빛나며 이미 내려앉은 어둠 속을 꿰뚫어 보고 있었다. 이들이 아니라 숨어 있는 다른 살수들의 기척을 찾고 있는 것이었다.

"오인우살에 참수광도 팽호까지 겪은 사내에게 일반적인 방법은 안 통하리라 생각했소이다. 우리의 거의 모든 힘이라 생각하시면 될 것이오."

"기뻐하라고 하는 소리라면 그리해 주지. 아주 기뻐 미치겠구나."

우천간의 말에 비죽 토를 단 후 항자웅은 기파를 내보냈다. 보이지 않는 내력이 움직이자 주변 상황이 느껴진다. 적어도 이십여 명이 살수가 이 주변에 매복해 있었다.

함정이다. 뭐 그런 것이야 어느 정도 예상하고 온 것이지만 이건 좀 다른 경우다. 처음 땅에서 튀어나온 놈부터 다음 두 놈까지 모두 항자웅을 죽이는 것보다 어느 한군데로 밀어 넣는 것을 목표로 삼고 있는 것이다.

대로변의 중앙이었다. 그리고 기척들은 그 중앙을 기준으로 방사형으로 느껴지고 있었다.

"아무래도 안 되겠군요. 이건 너무 무모해요!"

진월은 월도를 고쳐들었다. 항자웅은 그에게 하이화를 지키라 했지만 상황은 그리 손 놓고 있을 수만은 없었다.

이미 폭우침이 허공에 나타났을 때부터 예견된 일이다. 제아무리 무공 고수라 한들 폭우침 한 방이면 벌집이 된다. 더욱이 그 폭우침에 독까지 발라져 있다면 상황은 두말할 것도 없다.

제작이 어려워 하나에 금 한 냥씩 날아간다는 폭우침. 그 위력은 두말할 것도 없다. 항자웅 혼자서 막아낼 상황이 아닌 것이다.

"까불지 마라. 네가 나선다고 될 상황이 아니야. 보면서도 모르겠나?"

문득 옆에서 들려오는 손소의 목소리에 진월은 신경질적으로 고개를 돌렸다. 손소는 팔짱을 낀 채 그저 상황을 방관하고만 있었다.

후면을 봐달라는 항자웅의 말과는 달리 모든 공격은 저 전방에 집중되고 있었다. 아무래도 병력을 나누는 짓 따위는 하지 않은 것처럼 보였다.

덕분에 그는 지금 편안하게 바라보고만 있었다. 왠지 그 모습이 조금은 얄미워 보이기까지 한다.

"그럼 손 대협이 나서면 되겠군요. 최소한 저보다는 훨씬 낫지 않겠습니까?"

설득인지 비아냥거림인지 모를 소리가 진월의 입에서 흘러나왔다. 어린 친구에게 이런 말을 듣게 되면 누구라도 화가 치밀어 오르겠지만 이상하게도 손소는 전혀 반응이 없었다.

아니, 있기는 있었다. 다만 의외의 반응이었다.

"물론 그럴 수는 있겠지. 하지만 난 그러기 싫다."

"……."

친구라고 생각했다. 아니, 그보다 이 손소라는 인물에 대해 뭔가 좀 다른 평가를 내려야 할 것 같았다.

말하는 것이나 행동거지로 봐서 그야말로 정파의 표상 같은 인물이라 생각했었다. 쌍룡검객이란 이름 그 하나만으로도 가슴 뛰는 젊은이들이 어디 한둘인가?

그런데 직접 본 쌍룡검객은 뭔가 달랐다. 굉장히 이기적이면서도 남 생각은 별로 하지 않는다. 이건 그가 생각해 왔던 모습과는 완전히 상반된 모습이다.

"하면 항 대협의 죽음을 그냥 보고만 있으란 말인가요? 정말 그게 손 대협의 생각이십니까?"

어처구니없다는 듯 진월은 손소에게 언성을 높였다. 하지만 손소는 요지부동이었다.

"그냥 봐. 그럼 알게 된다. 내가 왜 나서지 않았는지."

"무슨……."

진월은 다시 한 번 손소에게 따지려다 입을 다물었다. 누군가 그의 옷가지를 잡아당겼기 때문인데 바로 하이화의 손길이었다.

그녀는 두 눈을 초롱초롱하게 빛내며 진월을 바라보고 있었다. 대체 무슨 일인가 싶었는데 이내 그녀의 목소리가 들려온다.

"두고 봐. 아저씨도 그랬어. 별일 없을 거라고. 그리고 아저씨 강해."

"에?"

이건 또 무슨 말인가 싶어 진월은 되물었지만 그녀에겐 그게 한계였다. 하지만 손소는 그 말에 크게 고개를 끄덕이고 있다.

"역시 같이 지내니 느끼나 보구만. 그 말이 맞아. 별일 없을
거다."

진월은 이제 반쯤 포기했다. 대체 왜 이렇게 편하게 팔짱 끼
고 보고만 있는지 도무지 이해할 수 없지만 그것이 최선이라면
그리할 수밖에 없는 것이다.

"저놈, 나보다 고수거든."

"……."

못 들을 소리를 들었다고 그는 생각했다. 저 퉁퉁한 아저씨가
손소보다 고수라는 말은 어떤 상상을 하더라도 받아들이기 힘
든 사실이다.

"그러니 지켜봐라, 꼬마. 두 눈 똑바로 뜨고."

"아씨, 꼬마 아니라니까요!"

또 벌컥하는 진월이었다.

간만에 내력을 일으키니 이마에 땀이 흐른다. 하지만 그 땀은
참으로 기분 좋은 느낌으로 다가왔다. 아직은 차가운 바람이지
만 항자웅에게는 시원하게 느껴질 뿐이었다.

극한의 긴장감, 참으로 오랜만이다. 근 이십 년 전에는 싫도
록 느낀 것 중에 하나지만 그동안은 느낄 이유가 없었다.

그 감각이 지금 하나하나 깨어나고 있었다. 가슴의 두근거림
부터 시작해 혈관에 흐르는 핏줄기의 뜨거움, 그리고 기운차게
흐르는 내력의 흐름.

우득, 우드득!

그 자신도 모르게 몸이 변하기 시작했다. 저 멀리서 지켜보던

우천간의 눈길이 빛나는 것이 보인 순간 항자웅은 몸을 웅크렸다. 그리고는 힘차게 펴면서 허공으로 도약했다.

파아아앙!

순식간에 그의 몸이 이 장이 넘게 도약했다. 아직은 어스름한 저녁 하늘위에서 항자웅의 모습은 그저 어렴풋하게만 보일 뿐이다.

하지만 그 몸 주변에 흐르는 검은 기운은 확실하게 볼 수 있었다. 마치 검은 뇌전이라도 치는 듯한 모습. 그와 함께 항자웅의 주변으로 강렬한 기운이 뻗어나갔다.

"……!"

그 누구라도 느낄 수 있을 정도로 엄청난 살기였다. 그저 느끼는 것만으로도 몸이 떨릴 만큼 말이다. 그 반응은 숨어 있는 살수들에게도 마찬가지로 전해졌다.

달칵, 달카닥.

여기저기 땅바닥이 일어서는 것이 느껴진다. 아마도 순간적인 살기에 반응한 것이리라. 그 수는 거의 삼십이 넘어 보였다.

항자웅은 공중에서 허리를 숙였다. 고개를 내리며 오른 어깨를 앞으로 밀어 넣자 그의 모습은 한 개의 공처럼 둥글게 말려졌다.

그와 함께 몸 안에 휘도는 내력 역시 크게 움직였다. 몸 주변을 흐르던 검은 뇌전은 더욱 강해졌는데 항자웅은 왼손을 크게 휘두르며 가속을 시작했다.

위이이이잉!

허공에서 회오리처럼 회전하기 시작한 것인데, 그 회전은 그리 많은 것은 아니었다. 하지만 적어도 십여 회 이상 돌았을 정도로 빠른 회전이었다.

허공에 뜬 사람은 결국 내려올 수밖에 없었다. 어느새 이 장의 높이에서 떨어진 항자웅의 신형은 곧 땅에 곤두박질칠 것처럼 보였다. 그러나 이건 좀 다른 의미의 곤두박질이었다.

부우우웅!

막 땅에 부딪치려 할 순간 항자웅의 몸이 쫙 펴졌다. 그는 허공을 보고 눕는 자세를 취하고 있었는데, 이윽고 그의 몸이 등부터 땅에 떨어졌다.

등과 같이 왼팔도 휘돌려지고 있었다. 부드러운 곡선을 그리며 휘둘러졌지만 그 위력은 절대 부드럽지 않았다.

쩌어어어엉! 파자자자자작!

거대한 땅 울림과 함께 지면에 검은 번개가 같이 퍼져 나갔다. 항자웅을 기준으로 근 삼 장이 넘는 공간에 촘촘하게 퍼져 나가자 전황이 일변했다.

텅, 터터터텅!

마치 두더지들이 튀어나오듯 살수들이 허공으로 튀어 오른 것이다. 그런데 그들의 모습이 좀 이상했다. 왠지 제대로 뛰어 오른 사람이 한 명도 보이질 않았다.

귀를 손으로 틀어막거나 입에서 붉은 피를 흘리는 사람들이 대부분이었다. 다들 본인들의 의지로 튀어 오른 것이 아닌 것이다.

땅을 치는 반동으로 항자웅은 용수철처럼 다시 일어났고, 이내 오른발에 힘을 주었다. 항자웅의 신형이 바람처럼 허공에 흐르기 시작했다.

텅, 터엉!

살수 두 명의 신형이 허공에서 튕겨 나갔다. 항자웅의 왼손이 그들의 명치에 꽂힌 것이 그 이유였다. 아니, 그 이후로도 십여 명의 살수들이 그렇게 허공으로 튕겨 나갔다.

그들의 신형이 땅에 떨어져 내릴 즈음, 항자웅의 신형도 움직임을 멈추었다. 그의 눈앞 반 장 앞엔 한 팔이 없는 우천간이 서 있었다.

"곤륜의 초상비(草上飛)까지……. 아무래도 우리 원살토는 건드려선 안 될 분을 건드린 것 같군요."

"이제 와 후회한들 소용없다는 뻔한 이야기는 하지 않겠다."

분위기로는 바로 손을 쓸 것 같았지만 항자웅은 그저 우천간의 앞에 서 있을 뿐이었다. 우천간은 빙긋 웃으며 손을 들어 올렸다.

"이것이 우리가 준비한 마지막이었으니 패배를 받아들여야겠지요. 고통 없이 부탁드립니다."

손을 든 것은 남아 있는 살수들을 향해서였다. 더 이상 덤비지 말라는 뜻. 항자웅은 문득 고개를 들어 우천간의 뒤를 향했다.

홍등이 걸려 있는 작은 건물, 그 안에서 꽤 많은 사람들의 기척이 느껴졌다. 그들이 다 살수인지 아니면 기생인지는 모르지만 분명한 것은 이곳에 있는 사람들의 세 배가 넘는 숫자다.

"물론 그것도 좋겠지. 내가 온 이유가 그것이니 말이야. 하지만……."

항자웅은 꽉 쥔 손을 풀었다. 그와 함께 그의 몸에서 흐르던 검은 뇌전 또한 서서히 사라져 갔다.

"보고 싶군. 네 마지막 패."

항자웅의 목소리에 우천간은 두 눈을 질끈 감았다. 가슴 졸이던 순간들은 이것으로 모두 해결된 것이나 다름없었다.

도박은 성공한 것이다.

한 시진 간격으로 보고했다. 광서성 남녕 분타의 명운이 걸린 일이니 어떻게든 상부의 명령을 받아 움직이려 했다.

오인우살은 그를 자리에서 내쫓았지만 아직 정식으로 윗선에서 내려온 것은 아무것도 없었다. 그 점이 그를 아직까지 이 남녕분타의 분타주로 인정하는 유일한 이유였다.

결국 항자웅과 손소가 올 때까지 아무런 연락도 오지 않았고, 이는 스스로 알아서 하라는 이야기밖엔 되지 않았다. 그래서 우천간은 이런 방법을 생각해 내었다.

그냥 두 손 들고 항복하는 것은 나중에라도 큰 화를 입을 수 있었다. 혹시라도 윗선에서 이런 방법을 죄라고 묻는다면 어찌할 도리가 없다. 그들이 가진 힘은 그리 크지 않다. 감히 윗선에 대항하는 것은 생각도 하지 못한다.

싸우긴 하되 그 힘을 최대한 아끼는 것이 최선이다. 그래서 도망치지 않고 항자웅과 일전을 벌였다. 그들이 가장 아끼는 폭우침까지 동원해 최고의 살수들을 배치했던 것이다.

그리고는 깔끔하게 졌다. 처음부터 암살을 목적으로 덤볐다면 결과는 좀 달라졌을지 모르지만 위험부담이 너무 컸다. 더 이상 항자웅을 건드렸다간 이곳에 남아 있는 것은 아무것도 없게 될 것이 뻔했다.

게다가 항자웅은 혼자 있는 것이 아니다. 진육협의 일인인 손소가 그 뒤에 있다. 그것 하나만으로 피곤하기 그지없는 상황이다.

"생각보다 검소하게 살고 있군그래. 청부업이 꽤 돈이 된다고 알고 있었는데 아닌가?"

"돈이 된들 우리가 가질 수 없는 돈이지요. 매인 몸들이 사는 방법이 다 이렇지 않겠습니까?"

항자웅의 말에 우천간은 차분히 답했다. 싸움을 수습하고 그는 항자웅 일행을 오히려 안으로 들였다. 적의가 없다는 것을 충분히 보여주어야 했다.

분타라고 해봤자 이 작은 방이 전부다. 대나무로 된 집기류가 전부고 고급 옷장 따윈 있지도 않다. 궁벽하게 산다고 보는 것이 맞을 정도의 살림살이다.

"일단 차라도 한 잔씩 하시지요. 호인, 차나 좀 내어오겠나?"

"살수 분타에 와서 그들이 대접하는 차를 마시라 이거요? 간 떨려서 어디 먹겠소이까? 어서 본론으로 들어가는 것이 낫겠다고 생각하오만."

진월의 말에 항자웅은 살짝 놀랍다는 표정을 지었다. 진월은 그런 항자웅을 싹 무시한 채 우천간에게 시선을 고정하고 있었다.

"그도 그렇군요. 하면 할 말을 하지요. 여기서 끝내신다면 항대협의 집안은 털끝만치도 손대지 않을 것을 약속합니다. 물론 우리뿐만이 아니라 지살토 전부가 그리할 것입니다. 지살토 내에서는 적어도 제 말이 아주 소용없지는 않습니다.”

“그건 본론이 아니야. 지살토가 하지 않더라도 천살토도 있고 어차피 원살토 전부를 파내 버릴 수밖에 없어. 그렇게 되면 자연스럽게 내 가족은 안전하게 되지. 패가 그것뿐이라면 판단 잘못한 거다.”

항자웅의 몸에서 자연스럽게 살기가 흘러나왔다. 역시나 되도 않는 소리임을 우천간은 다시 깨달았다. 항자웅은 겉으로는 이리 둔해 보이지만 상당히 심계가 깊은 자였다.

“네, 그렇군요. 하면 거기에 한 가지 더해드리지요. 이곳의 일을 보고할 때 항자웅 대협의 이름은 빼겠습니다. 손 대협만 보고하도록 하겠습니다.”

“호오, 정보를 조작해 준다?”

이건 좀 구미가 당기는 일이었다. 앞으로의 강호행을 두고 봤을 때 항자웅의 이름이 다른 사람들의 입에 오르내리는 것은 결코 바람직하지 않았다.

놀러 온 길이 아니다. 원살토와 싸우러 오는 것이니 우리쪽의 창은 숨길 수 있다면 깊숙이 숨기는 것이 순리였다.

“하나 오늘 일은 결국 소문이 돌게 된다. 그 보고는 오래가지 않아서 잘못된 것임을 알게 되겠지. 결론은 이것도 별로 내키지 않는다.”

“나도 동감한다, 손소. 내 이름이 자꾸 묻히는 것도 짜증나고. 이러면 서로 간에 대화라는 것은 무의미하다고 생각하지 않나?”

우천간은 입술이 말랐다. 이들이 원하는 의중을 파악하는 것이 쉽지가 않았다. 손소나 항자웅 둘 다 강호에서 뼈가 굵은 존재들인 것이다.

살짝 어르고 달래면 되는 강호 초출들이 아니다. 그 점이 가장 우천간을 피곤하게 만들었다.

"아무래도 내가 원하는 것을 말해야 될 것 같군. 대체 빙궁을 건드린 이유가 뭐지?"

우천간은 침을 삼켰다. 항자웅이 원하는 것, 솔직히 그도 잘 모르는 일이다.

아니, 솔직히 이 원살토의 그 누구도 알 수 없을 것이다. 이건 정말 전격적으로 결정된 것으로 다른 사람들이 반대할 시간조차 주지 않고 이루어진 일이었다.

"솔직히 모른다면 이해하시겠습니까?"

"이해할 것이라 믿나?"

역시 쉽지 않은 상대다. 우천간은 솔직히 그가 아는 모든 것을 쥐어짜냈다.

"들리는 말에 원살토주의 전격적인 결정에 의한 것이라 알고 있습니다. 토주의 결정에 따라 바로 움직여진 사항이기에 이유를 아는 사람이 아무도 없습니다."

항자웅과 손소의 눈길이 매서워졌다. 어떤 기관이든 그런 결정이 가능하긴 하지만 징후라는 것이 있다. 한데 눈치를 보니 그런 것이 전혀 없었던 모양이다.

독단적인 것도 정도가 있는 것이다. 이건 금은보화에 눈이 뒤집혀 관아를 습격하는 일 따위가 아니다. 사람의 목숨을 담보로

하는 상황에서 그리 쉽게 결정한다는 것은 뭔가 좀 석연치 않은
구석이 있다.

"하나 현재 그 때문에 상당한 불만이 쌓여 있는 상황입니다.
애당초 쉽게 함락될 줄 알았던 빙궁이 건재하게 버티고 있지요.
게다가 천약련의 도움까지 받았습니다."

"빙궁이 무사하다고요?"

하이화의 뾰족한 목소리가 들린다. 말은 안 했어도 빙궁 이야
기가 나올 때부터 가장 안절부절못한 것은 그녀였다. 이 소식은
그녀에게 너무도 좋은 소식이었던 것이다.

"천약련? 천약련이 움직인 것인가? 련주가 련의 힘을 파견했
다는 말이야?"

"정확히는 외무원주 진덕승의 힘이지요. 무당의 속가 몇몇
가문을 움직여 그들을 돕고 있습니다."

항자웅과 손소는 고개를 끄덕였다. 예상했던 일이다. 더욱이
항자웅이 편지까지 보냈으니 그는 그리해 줄 것이다.

정호가의 도움이라면 일단 빙궁은 안전하다 볼 수 있었다. 그
들의 힘은 결코 작지 않으니 말이다.

"그래서인지 천살토에서 기이한 움직임이 나타났습니다. 다
음 표적의 말살을 시작한다 하더군요."

"다음 표적? 말살?"

사용되는 용어들이 좀 이상하다. 왠지 살생부를 이미 적어놓
고 시작한다는 느낌을 지울 수가 없었다.

큰 계획에 의해 움직여지는 것 같은 느낌이 들었던 것이다.
항자웅은 좀 더 생각하고 싶었지만 이어진 우천간의 목소리에

그만두어야 했다.

"다음 표적은 이곳 광서성의 서림진가(西林進家)라 합
니……."

쾅!

"당신 지금 그게 무슨 개소리야!"

탁자가 부서지며 진월의 몸에서 살기가 피어올랐다. 서림진
가라면 진월이 모를 수가 없는 곳이다.

그가 태어나고 자란 그의 가문이었던 것이다.

1

두두두두두두!

거대한 마차 한 대가 관도를 내달리고 있었다. 관도를 꽉 채운 채 내달리는 마차는 일반적인 마차보다 훨씬 큰 것으로 창문에 쇠창살이 끼워져 있었다.

바로 항자웅 일행이 타고 있는 마차였다. 질풍이라는 말이 딱 들어맞을 정도로 빨랐는데 얼마나 빠른지 마차 바퀴가 돌아가는 것이 전혀 보이지 않을 정도다.

"이놈이 정말 날 죽이려 하는구나! 야, 좀 천천히 가! 이러다 바퀴 빠지면 다 죽어!"

마차 안에서 항자웅은 버럭 소리를 질렀지만 마차는 여전히 무섭게 달렸다. 마차를 모는 진월이 전력을 다했기 때문이다.

진월의 운전 실력은 탁월했다. 남녕을 떠나 서림으로 전력을 다해 달렸는데 내리 하루를 꼬박 달렸는데도 위험한 상황이 없었다.

하루 사이에 서림까지 가는 길의 삼분지 일을 달려왔으니 그 속도가 어느 정도인지는 두말할 것도 없었다. 보통의 경우라면 적어도 일주일 이상 걸리는 거리다.

텅! 터텅!

"꺄악!"

하지만 아무리 진월이 마차를 잘 몬다 해도 바닥에 있는 돌멩이 하나까지 모조리 볼 수는 없었다. 그 반동에 하이화는 허공으로 몸이 튕겨 올랐고, 항자웅은 재빨리 손을 뻗어 그녀의 허리를 휘감았다.

"저 자식이 진짜……. 이러다간 도착하기도 전에 말부터 뻗겠다. 어이, 손소, 저놈 좀 어떻게 해봐."

"말몰이꾼 시킨 건 내가 아니라 너다. 웬만하면 직접 해결하는 것이 어떨까?"

"여기 혹 하나 가진 것도 피곤하다. 부탁인데 이번만은 좀 원만히 해결해 주라."

하이화의 작은 신형은 완전히 항자웅의 옆구리에 착하니 달라붙어 있었다. 귀찮아하는 것인지 기분 좋아하는 것인지 영 판단이 서질 않는 장면이다.

쓴웃음을 지으며 손소는 신형을 움직였다. 아무리 거칠게 움직이는 마차라 하더라도 손소라면 그리 어렵지 않게 움직일 수 있었다. 두어 발 움직이더니 그의 신형은 어느새 마차 밖의 마부석으로 나가 있었다.

"멍청한 놈! 진짜 다 죽자는 거냐! 고삐 이리 내!"

파앗!

다짜고짜 진월의 손에서 고삐를 잡아채며 말의 속력을 줄이기 시작했다. 그러자 진월의 눈이 매서워진다.

"뭐하는 겁니까! 그놈 말 듣지 못했나요? 지금 저의 본가로 원살토의 고수들이 갔다고 하지 않습니까!"

"그래서 하는 말이다. 이렇게 가다가는 그전에 뻗어버리겠어. 뭐가 나은 길인지 냉정하게 판단 좀 해."

끼히히힝!

긴 말울음 소리가 들리더니 말의 속력이 현저하게 줄었다. 진월은 다시 뭐라고 할 듯 험악한 얼굴을 만들었지만 손소의 목소리가 먼저 흘러나왔다.

"눈이 있으면 봐. 저 녀석들 입에 문 거품이 보이지도 않나? 이대로 가다간 반 시진도 안 돼 저 말들은 죽고 만다."

"……."

진월의 입이 다물어졌다. 손소의 말이 틀리지 않음을 그도 잘 알고 있는 것이다. 그러나 문제는 그의 마음이었다.

너무도 급했다. 살수들이 본가로 향했다는데 어찌 마음이 편할 수 있을런가? 당연히 말을 채근할 수밖에 없었다. 그러는 사이 마차는 완전히 멈추었다.

"그럼 경공으로 가면 될 것 아닙니까! 그러니……."

"멍청한 소리 한 번만 더 하면 그 주둥이부터 뭉개 버린다! 여기서 네 본가까지 경공으로 간다면 아무리 빨리 가도 열흘이야!

경공이 말보다 빠르다는 건 반나절 거리나 해당하는 일이다!"

마차의 문을 벌컥 열리며 항자웅이 소리쳤다. 붉어진 얼굴로 하이화와 함께 엉덩이를 주무르며 내려선 것이다.

항자웅이 한 말은 틀림없는 사실이다. 가까운 거리야 말보다 경공이 빠를 수 있을지 몰라도 먼 거리라면 어림도 없다. 급격하게 체력이 떨어지니 당연한 일이다.

아무리 내력이 강한 사람이라도 일단 기본적으로 체력이 받쳐줘야 하는 것이다. 기껏해야 삼 일 정도가 최대한이라는 것이 일반적인 관점이다.

게다가 서림까지 가는 길에 마을도 몇 개 없다. 말을 살 수 있는 곳도 없으니 지금은 이 두 필의 말이 가장 빠른 수단인 셈이었다.

"그러니 지금 할 일은 딱 한 가지. 쉰다. 적어도 해가 뜨기 시작하는 두 시진 이상. 알겠나, 꼬마?"

"……."

진월은 어금니를 질끈 깨물며 입을 다물었다. 하지만 그렇다고 답답한 가슴이 진정된 것은 아니었다.

"후우……."

긴 한숨과 함께 진월은 신형을 돌렸다. 그리곤 조금 떨어진 곳에 있는 바위 위에 엉덩이를 붙이고 앉았다. 일행을 향해 등을 돌린 채 말이다.

"망할 놈, 성질머리하고는."

"당연한 거다, 자웅. 너도 가족의 일 때문에 이렇게 나오게 되었잖아."

한마디 톡 내뱉었지만 항자웅은 고개를 끄덕이며 동의를 표했다. 왜 모르겠는가? 그 마음이 지금 얼마나 조급한지 말이다.

그러나 재촉해서 될 일이 아니다. 물론 최선을 다해 가보되 적어도 가서 도움이 될 힘은 가지고 가야 한다. 가서 힘없이 쓰러지면 무슨 도움이 된단 말인가?

화르르륵.

손소가 솜씨 좋게 작은 모닥불을 피워 올리자 하이화와 항자웅은 모닥불로 가까이 다가왔다. 항자웅은 솥뚜껑만 한 손을 들어 불을 쬐며 진월에게 말했다.

"어이, 꼬마, 아직 밤은 춥다. 도착해서 제대로 싸우고 싶거든 여기서 몸이나 녹여. 얼른."

하이화가 내민 육포를 받아 들며 항자웅은 진월을 살폈다. 진월은 움찔거리며 뭔가 갈등하는 듯하더니 이내 빙글 신형을 돌려 다가왔다.

"다행히 똥고집은 아니구만. 받아. 먹으며 체력을 보충해."

항자웅은 육포를 찢어 건네었지만 진월은 받아만 들었을 뿐 먹지는 않았다. 쉽게 음식이 들어갈 정도로 마음이 진정된 것은 아닌 듯했다.

"후. 그나저나 참으로 이해 못하겠네. 원살토란 놈들, 원래 이렇게 미친 짓을 잘하는 놈들이었어?"

화제를 돌리려는 듯 항자웅이 말했고, 손소는 얼굴이 굳어졌다. 원살토에 관한 것이라면 손소도 놀라는 중이었다.

"사실 이해 못하겠는 것은 나도 마찬가지야. 원래 원살토는 지살토를 일컫는 것인데, 그들은 그야말로 살수의 일에 충실했지. 또한 그들이 할 수 없는 일이나 파장이 큰 일은 건드리지 않았어. 그다지 이 강호에서 주목받는 녀석들이 아니었지.”

말을 하며 손소는 기억을 다시 더듬었지만 틀림없었다. 과거 지살토는 살수의 일에 충실할 뿐 이렇게 분란을 일으키는 곳은 아니었다.

“모든 것은 천살토와 합병하여 원살토로 개명한 이후에 생겨난 것 같아. 그래도 이건 좀 도가 지나치다 싶군. 빙궁에 이어 서림진가까지 치다니……. 상식적으로 그만한 인물들이 있는가 싶다.”

손소가 고개를 갸웃거렸다. 그는 현재 표국을 운영하는 국주, 당연히 이 강호의 무림 세력들에 관해서는 모두 꿰고 있다. 한데 그런 손소에게도 이번 원살토의 행사는 다소 의외였다.

여러 말이 많아도 원살토는 결국 일개 살수 조직일 뿐이다. 비록 천살토 안에 고수들이 좀 많다고는 하더라도 그건 다른 무림 세력도 마찬가지다. 꽤 알려진 곳 중에서 원살토가 만만히 볼 수 있는 곳은 없다.

빙궁에 덤벼든 것만 해도 놀랄 일인데 동시에 서림진가까지 두 곳을 친다니 과연 그만한 힘이 있는지가 의문스러웠던 것이다. 게다가 빙궁과 서림진가의 힘은 그리 만만한 곳이 아니다.

빙궁이야 이미 그 힘이 널리 알려져 있었고, 서림진가가 좀 문제가 될 듯하지만 사실 서림진가의 힘도 대단하다. 그들 모두 강호에 나서서 움직이는 것을 자제하는 편이라 알려지지 않았을 뿐이다.

과거 십무원의 교관 중 한 명을 배출했을 정도이니 그 무공의 정교함은 다시 말할 필요도 없다. 더욱이 그곳엔 구파일방의 장문인이라도 함부로 무시할 수 없는 사람이 버티고 있었다.

월도제(月刀帝) 진소군. 젊은 날 구파일방을 상대로 비무행을 벌였던 사람이다. 단 한 번도 이긴 적이 없지만 그렇다고 진 적도 없는 특이한 내력의 사내다.

아마도 일부러 무승부를 만들었을 터였다. 상대방을 배려할 줄 아는 성격이기에 그의 별호에는 '제(帝)'라는 글자가 붙어 있다. 물론 그 강함이야 두말할 것도 없다.

지금쯤은 가주 자리에서 물러나 편히 여생을 보낼 나이가 되었을 테지만 그렇다고 그 무공이 사라지는 것은 아니다. 그런 사람이 지금 서림진가에 버티고 있다.

"일개 살수 집단이 강호에서 손꼽히는 세가와 궁을 동시에 친다……. 확실히 상식적으로 이해가 가질 않아. 게다가 대부분의 원살토 무인들은 빙궁 쪽으로 가 있다 하지 않았나?"

"그렇게 알고 있다. 하나 그 우천간이란 자의 말에 의하면 자신들도 모르는 천살토의 인물이 수두룩하다 하니 어떤 놈들이 갔을지 모르겠어. 게다가 새로운 인물을 천살토로 영입했을 수도 있고."

항자웅은 굳은 얼굴로 고개를 끄덕였다. 그것이야말로 항자웅과 손소가 가장 염려하고 있는 것이다. 새로운 방수의 초청. 이 강호에는 살수가 아니더라도 돈을 받고 싸워줄 수 있는 사람들이 널려 있다.

비단 돈이 아니더라도 원하는 것을 들어준다면 참가하는 사람도 부지기수다. 무공을 하는 무림인들이라면 누구나 그 싸움의 무대를 원한다. 서림진가라면 더할 나위 없는 큰 무대인 것이다.

"누가 본가로 가든 그리 쉽지는 않을 것입니다! 우리 서림진가, 아직은 할아버님이 건재하십니다, 적어도 아직은."

"……."

진월의 말에 항자웅과 손소의 눈이 동시에 좁혀졌다. 말 속에 왠지 모를 불안한 느낌이 깃들어 있는 것이다.

"어이, 어린 친구. 지금이라도 솔직해지는 것이 좀 좋을 것 같군. 네 할아버님에게 무슨 일이라도 있는 거냐?"

손소는 얼굴을 굳혔다. 월도제 진소군의 몸에 무언가 이상이 있다면 그것만큼 위험한 일은 없다.

아무리 진가의 힘이 융성한다 한들 진소군의 존재는 진가가 가진 힘의 오 할 이상이다. 그런 그가 이상하다면 진가 자체가 흔들리는 것이다.

손소의 채근에 진월의 표정이 시무룩해졌다. 아니라고 박박 우기지만 이럴 땐 영락없는 어린애다.

"아무리 할아버님이라도… 흐르는 세월은 어찌하실 수 없나 봅니다. 가끔… 정신이 맑지 않으실 때도 있으십니다."

"음……."

항자웅은 침음성을 흘렸다. 그의 나이를 헤아려 보니 약 백여 세에 달한다. 과거 십무원에서 봤을 때도 그는 칠순이 넘은 노인이었다.

세월 앞에 장사는 없다. 누구든 귀천을 하게 되는 법. 아무리 대단한 무인이라 한들 세월의 이치는 거스를 수 없는 것이다.

"그렇군. 하면 그놈들은 그걸 알고 갔다는 것인가? 솔직하게 말해. 진가의 힘은 지금 얼마나 되나? 혹 다른 고수가 배출되었나?"

한 명의 고수가 가진 힘은 그리 크지 않다. 그러나 그 힘은 상징적인 것이라서 그를 기준으로 뭉칠 수가 있었다. 혈족이라면 더욱더 쉽게 말이다.

그래서 고수는 꼭 필요하다. 진소군의 아들도 있고 여러 속가 제자도 있으니 그중 고수가 나올 확률은 높았다. 그러나 진월은 고개를 좌우로 저었다.

"손 대협 같은 고수는 없습니다. 왠지 할아버지께서는 오래전부터 가르치시는 것에 그리 흥미를 느끼지 못하시는 것 같더군요. 저도 할아버님보다 아버님께 사사했습니다."

"가르치지 않으신다고?"

항자웅이 되물었다. 그가 아는 진소군은 정열적인 사람이다. 안 되는 것이 있다면 될 때까지 옆에 붙어서 가르치고 또 가르쳤던 사람이다.

그런 사람이 그렇게 변했다는 것이 믿어지질 않았다. 뭔가 큰 변화가 있는 것 같았다.

"언젠가 아버님께서 여쭈어보셨다고 합니다. 왜 가문의 무공에 소홀하게 되셨냐고 말입니다. 무례하다 할 수 있지만 그만큼 아버님은 간절하셨던 것이지요."

"……."

"그때 할아버님께서는 그저 웃으며 손을 들어 달을 가리키셨답니다. 그게 무슨 뜻인지 잘 모르겠지만 그 이후로도 할아버님은 일체 무공에 대해서는 말씀하시지 않으셨답니다."

"훗."

항자웅은 웃었다. 그야말로 실없는 웃음. 진월의 입장에서는 울컥할 수도 있는 그런 웃음이었다.

그러나 진월은 화를 내지 못했다. 그 웃음이 걸린 항자웅의 얼굴, 그 얼굴 속에는 비웃는 감정 따윈 털끝만치도 없었다. 전혀 예상하지 못한 표정이 떠올라 있었던 것이다.

그리움, 눈빛과 함께 같이 떠오른 감정은 아주 진한 그리움이었다. 그가 아는 이 항자웅이란 자에게서 나온 표정이라고는 믿기 힘들 만큼 순수한 표정이었다.

입만 열면 사람 속을 박박 긁어놓는 항자웅이다. 그런데 이런 우수에 찬 표정이라니, 실로 놀라지 않을 수가 없는 노릇이다.

"할아버님을… 아십니까?"

약간의 놀람을 섞어 진월이 물었다. 손소야 진육협의 한 명이니 진소군을 모를 리가 없다. 십무원의 교관이었으니 말이다.

그런데 항자웅도 아는 눈치이니 의외였던 것이다. 항자웅의 과거를 모르니 알 턱이 없었다.

"아아, 약간 면식이 있을 뿐이야. 물론 저 녀석은 제자였고. 그건 알고 있겠구나."

약간의 면식이라지만 그 표정은 약간이 아니었다. 더 묻고 싶지만 왠지 남의 과거를 캐는 것 같아 진월은 그만두기로 했다.

"참 꼬장꼬장하신 분이었어. 당신께서는 우리를 가르치기는 했지만 제자로 받아들이시질 않았지. 정말 눈이 높으신 분이었던 것으로 기억해."

손소의 말에 진월은 고개를 끄덕였다. 그 말이 틀린 것이 없었다. 십무원이 아니라 본가에서도 똑같이 행동했던 것이다.

"가문에서도 마찬가지셨습니다. 들리는 말에 십오 년 전 십무원에서 돌아오시고 난 후 후계자를 단 한 명도 키우지 않으셨다더군요."

침울한 진월의 목소리에 손소는 쓴웃음을 지었다. 진소군이 왜 그랬는지 그는 알고 있었다. 그건 아주 오래전에 항자웅과 함께 무공을 배웠을 때 있었던 일이다.

슬쩍 고개를 돌려 항자웅을 보니 그가 고개를 좌우로 살짝 젓고 있었다.

말하지 말라는 뜻이다. 손소는 고개를 끄덕이고는 조용히 입을 다물었다.

"전 제가 어느 정도의 무공인지, 또 제대로 길을 가고 있는지조차 모릅니다. 할아버님께 한번 사사해 보고 싶었지만 그저 달만 가리키실 뿐 다른 반응이 없으셨지요."

"그래서 집을 나온 거냐? 그 말도 안 되는 놈들하고 어울리기도 하고?"

"……"

묵묵히 진월은 고개를 끄덕였다. 어떻게 흘러가다 보니 남녕까지 갔고, 그곳에서 또래들을 만날 수가 있었다. 광서성의 무림문파는 사실 거의 없다시피 했다.

그나마 성도 남녕에 몇 군데 있는데 그 녀석들은 그곳의 자식들이었다. 겉멋만 잔뜩 든 채 실력이라고는 손톱만큼도 없는 녀석들임을 그는 잘 알고 있었다.

하지만 할 수 없었다. 당장 강호 유람을 시작할 수도 없었고 또 비무행을 할 수도 없었다. 그래서 일단 그 녀석들과 같이 움직이며 상황을 살피려 했던 것이다.

"판단을 해도 한참 잘못한 것 같구나, 꼬마. 그 녀석들하고 같이 다녀봤자 네게 해가 되지 득이 되진 않을 거다. 지금이라도 본가로 들어가 연공하는 게 네게는 훨씬 나을 거야."

항자웅의 목소리에 진월은 말을 할 수가 없었다. 그것이 옳은 것이라는 것을 너무도 잘 알고 있기 때문이다.

"하지만 그것도 일단 서림진가가 무사했을 때 이야기겠지. 정보가 너무 없으니 곤란한데, 이거."

턱을 괴며 손소는 미간을 찡그렸다. 사실 그곳을 노리는 자들이 누구인지도 모를 정도로 정보가 전무한 상태다.

아니, 어쩌면 서림진가가 위험하다는 것 자체도 사실인지 아닌지 판단하기가 쉽지 않았다. 그렇다고 중간에 큰 마을에 들러 여기저기 연락을 해볼 수도 없다.

물론 남녕에서 출발하기 전 기본적인 것들을 알아보라 표국 쪽에 연통은 넣었다. 하나 이렇게 달려간다면 표국에서 알아보기도 전에 이쪽이 먼저 도착할 판이었다.

"그, 그래서 이렇게 부탁드립니다!"

갑작스런 진월의 목소리에 모두의 시선이 그를 향했다. 그리고는 두 눈을 동그랗게 떴다.

"…뭐하냐, 너?"

흙바닥에 두 무릎을 꿇은 채 진월이 굳은 얼굴을 하고 있었던 것이다. 그의 두 눈에는 간절함이 가득했다.

"본가를… 본가를 도와주십시오! 저를 종자로 쓰셔도 좋고 꼬마라고 계속 불러도 좋습니다! 그러니 본가를… 한 번만 도와주십시오!"

쿵!

하이화가 깜짝 놀랄 정도로 큰 소리가 들려왔다. 그대로 머리를 숙여 땅에 찧으며 나는 소리인지라 혹 다쳤을지도 모를 일이다.

꼴사나운 모습이지만 정말 간절하다는 것을 느낄 수 있었다. 일순, 손소의 입가에 미소가 지어진다.

"훗, 거참, 웃기는 친구로세. 진소군 어르신은 참 재미있는 손자를 두셨어."

"동감이다. 아우, 진짜 손발이 다 오글거리네."

"…예?"

두 사람의 반응에 진월은 고개를 들었다. 이마 한가운데가 지저분하게 흙투성이가 되어 있었는데 다행히 피는 나오지 않았다.

"설마 우리가 지금 놀러 가는 거 같아? 저 뒤에서 싸움 구경하면서 누가 이길까 내기하러 가는 거 같냐?"

"……"

"당연히 돕기 위해 간다. 내가 아니라면 여기 있는 이 친구가 돕겠지. 진육협의 일인이 가는데 그 정도면 최선의 방수가 아닌가?"

"가, 감사합니다! 감사합니다, 손 대협!"

진월은 연신 인사를 하며 기쁜 표정을 지었다. 왜 아니겠는가? 든든한 방수 하나를 데리고 본가로 가는데 말이다. 적어도 손소 정도라면 억만금을 주고서도 데려올 수 없는 사람이다.

"그리고 남자는 부모 이외에는 함부로 무릎 꿇는 거 아니다. 어서 일어나."

손을 휘휘 저으며 항자웅이 말하자 진월은 벌떡 일어섰다. 그리고는 활기찬 목소리로 외쳤다.

"그럼 전 말과 마차를 살펴보겠습니다. 곧 출발할 테니 준비해야지요."

타탓.

뭐라고 말리기도 전에 진월은 이미 튀어나갔고, 이내 마차 바퀴부터 시작해 말까지 두루 살펴보기 시작했다.

"후우, 진가는 좋은 재목을 두었네. 무공의 재질이야 어떨지 몰라도 가주로서는 훌륭한데."

"그래, 저 나이에 남에게 진솔하게 고개를 숙일 수 있다니, 확실히 물건은 물건이네."

항자웅은 동의를 표했다. 진월의 나이 기껏 해봤자 스물 정도? 남에게 고개를 숙이는 것은 쉬운 일이 아니다.

오히려 버럭버럭 소리치며 세상 무서운 줄 모르고 날뛰어야 정상인데 벌써부터 저토록 침착했다. 그만큼 상황 판단이 빠르다는 뜻이기도 했다.

"번성하겠어, 서림진가는. 부러운데, 진 어르신이."

진심을 다해 손소가 말하자 항자웅은 고개를 끄덕였다.

그때 항자웅이 육포 하나를 입에 물어 불리려 하는데 문득 옆쪽에서 기이한 느낌이 느껴졌다.

하이화다. 그녀는 무슨 이유에서인지 항자웅을 뚫어지게 바라보고 있었다. 뭔가를 결심하려는 듯한 표정이었는데, 항자웅이 피식 웃으며 중얼거렸다.

"아서라, 꼬마 아가씨. 네가 꿇어봤자 별다른 감홍도 없다. 그리고 한번 느껴본 감홍이라 똑같이 하면 그리 효과도 없어."

"……."

아마도 정식으로 빙궁에 대한 부탁을 하려는 것 같았다. 하이화는 그저 입만 벙긋거리며 뭔가 할 말을 찾는 것 같았는데, 이윽고 그녀의 작은 목소리가 흘러나왔다.

"나… 아저씨… 고수라는 거 알아요. 아버지는 떠나서 다시는 돌아오지 말라 했지만……."

항자웅은 고개를 돌렸다. 아랫입술을 질끈 깨물며 바르르 떠는 하이화가 보인다. 참 언제 봐도 비루한 육신이다.

"난 빙궁이 없어지는 걸… 원치 않아요. 그러니……."

"이미 이야기했다, 도와주겠다고."

솥뚜껑 같은 손을 들어 하이화의 머리를 쓰다듬는다. 하이화의 작은 머리가 통째로 흔들리는 가운데 항자웅의 목소리가 나직이 들렸다.

"어차피 이번 일이 끝나면 바로 빙궁으로 갈 생각이었다. 원살토의 본진이 어디인지 모르는 이상 내가 할 수 있는 것은 드러나 있는 그들의 행사를 막는 것뿐이다. 그러니 당연히 갈 거야."

씨익 웃으며 항자웅은 입을 우물거렸다. 입속에 넣은 육포를 서서히 씹기 시작한 것이다.

하이화도 기쁜 표정을 지으며 항자웅의 옆에서 같이 육포를 입에 털어 넣었다. 두 사람은 나란히 우물거리며 바라보는 손소로 하여금 절로 헛웃음을 짓게 만들었다.

"그 참 정말……."

'어이없게 잘 어울리는 놈들이다' 라는 말을 삼키며 손소는 등을 기대며 몸을 편하게 했다. 아직 그런 말을 하기엔 조금 이른 시기라 판단되었기 때문이다.

하이화의 정신이 온전치 못하다는 것은 잘 알고 있다. 몸 안에 빙정을 갖고 있는 그녀이기에 당연하다. 오히려 빙정을 가진 것치고는 상당히 정상인과 가깝다고 볼 수 있을 정도다.

하지만 그렇다고 해서 눈감고 넘어갈 정도는 아니다. 화를 내며 가까이 오지 말라고 하는 것이 보통 사람들의 반응. 한데 항자웅은 다르다.

친구처럼, 혹은 아빠처럼 굴면서 살갑게 굴어준다. 아마 그것이 더욱더 하이화가 항자웅을 따르게 만드는 요인이 아닐까 싶다. 항자웅이 하이화를 좋아하지 않는다면 있을 수 없는 반응이다.

"뭐야, 그 눈길은? 어째 꼴사나운 연인 보는 듯한 비틀어진 눈길이다?"

"풉."

항자웅의 목소리에 손소는 고개를 들었다. 덩치는 저래도 눈치 하나는 진짜 빠른 놈이다. 처음 만났을 때부터 저놈은 그랬다.

문득 그의 눈에 하늘의 풍경이 들어온다. 아주 오래전 같이 강호를 움직였을 때와 똑같은 하늘이다. 별이 폭포수처럼 쏟아지는 밤이었고, 검은 하늘이 보석처럼 빛날 뿐이었다. 그러나 이상하게도 오늘은 좀 달리 느껴졌다.

항자웅이 옆에 있어서일까? 이상하게도 강호 초출의 청년처럼 작은 흥분이 느껴지는 손소였다.

2

"읍, 우읍……."

"참아라. 별것 아닌 상처다. 이 정도면 약도 아까운 법이니라."

짐짓 대수롭지 않은 것처럼 이야기하지만 막상 눈으로 본다면 고개를 갸웃하게 될 것이다. 사내의 상처는 그리 가볍지가 않았던 것이다.

가슴 한쪽이 검게 물들어 있었다. 검은 부위에서는 검붉은 피까지 배어 나오고 있었다. 그런데 치료는 고작 그 위에 하얀 분말을 뿌리는 것뿐이다.

치이이잇.

"크아아아악!"

분말이 닿자마자 하얀 포말과 함께 사내는 비명을 질렀다. 격하게 경기를 일으키며 몸을 움직이자 약을 뿌린 사내가 외쳤다.

"뭣들 하느냐! 어서 꽉 잡지 못하고!"

치이이잇.

"아악! 아아악! 쿨럭!"

결국 다친 사내는 혼절했고, 의원은 자리에서 일어섰다. 온몸
이 흠뻑 젖어 마로 된 옷이 몸에 착 달라붙어 있다.

"수고하시는구려, 구 의원. 언제나 고맙소이다."

"가주님, 어인 말씀을……."

뒤쪽에서 들려오는 소리에 구 의원이라 불린 사내는 바로 허
리를 숙이며 뒤로 돌았다. 차가운 바람이 불어오지만 땀 흘린
그에게는 오히려 시원하게 느껴졌다.

그곳엔 일단의 인물들이 서 있었다. 등에 휘어진 월도를 지고
있는 자들, 특히나 제일 앞에 서 있는 자가 눈에 띄었다.

"아니오이다. 가문에 일이 있을 때마다 구 의원께서 와주시
니 그저 가주로서 감읍할 따름이오이다. 할 수만 있다면 이 사
람 모든 것을 다 내어드려도 부족하다 생각하고 있소이다."

"의원이 아픈 환자 곁에 있는 것은 너무도 당연한 일입니다.
오히려 그렇지 않은 경우가 더 이상한 것이지요. 하니 괘념치
마시지요."

반백의 머리에 꼿꼿이 허리를 세운 인물, 온화한 웃음과 자애
로운 눈빛을 같이 가지고 있는 그가 바로 이 서림진가의 가주였
다.

곡도풍사(曲刀風士) 진우헌(進友憲). 월도제 진소군의 아들이
자 현 서림진가의 가주이다. 월도의 운용도 대단하지만 사실 무
공보다는 인품에 대한 평판이 훨씬 더 좋았다.

"더 필요하신 것은 없으신지 해서 왔습니다. 어떻습니까, 가
솔들은."

"솔직히 말씀드리면 그리 좋은 상황은 아닙니다."

“음…….”

진우헌의 입에서 작은 신음성이 흘러나왔다. 상황이 좋지 않다는 것이야 이미 몸으로 느끼고 있었다. 문제는 그 정도가 얼마나 안 좋은지 하는 것이다.

구 의원의 입에서 이런 이야기가 나온다면 문제는 심각하다. 그는 문제를 과장해서 말하는 사람이 아니었다.

“치료약도 모자라는 실정에 생전 보도 듣도 못한 증세들이 태반입니다. 대체 사람이 어떻게 이런 무공을 펼칠 수 있는지 도통 알 수가 없어요. 기회만 있다면 해약을 얻기 위해 매달리고 싶은 심정입니다.”

의원으로서 그는 침통한 이야기를 하기 시작했다. 진우헌은 슬쩍 눈을 돌려 쓰러진 가솔들을 바라보았다. 그냥 외상을 입어 다친 사람의 수는 그리 많지 않다.

한데 그들의 몸 이곳저곳에 마치 중독이라도 된 듯한 모양의 상처가 한두 개씩 나 있었다. 바로 그 점이 지금 구 의원을 힘들게 하는 현상이었다.

“장력이나 강기와 같은 형태라면 진작에 피륙이 으스러졌겠지요. 또 검기류의 무공이라면 절단면이 완전히 달랐겠지요. 하나 이 상처들은 그런 것으로는 설명이 안 됩니다. 마치 독에 당한 것과 같은 현상이니 이 일을 대체 어떻게 봐야 하는지.”

손에 든 하얀 가루를 흔들며 구 의원이 말했다. 하얀 가루는 바로 진독분(鎭毒粉), 다른 말로 피독분(避毒粉)이라고도 불리는 약이다.

독의 강성을 조금이라도 중화시키기 위해 뿌리는 것인데 만일 독이라면 방금 전처럼 하얀 포말이 형성되며 중화시킨다.

모든 독에 다 반응하는 것은 아니지만 일반적인 독에는 상당히 잘 듣는 것이라 무림인들이라면 상비약처럼 들고 다닌다. 다만 재료가 좀 많이 들어가는지라 꽤 비싼 것이 흠이었다.

"진독분이라면 어떻게든 공수해 오겠습니다. 다른 것이 필요하시지는 않으신가요?"

"지금 당장은 이 수 외엔 없습니다. 일단 중화시키고 침술을 병행하는 것 외에는 별다른 방법이 없지요."

구 의원의 힘없는 목소리에 진우헌은 아랫입술을 질끈 깨물었다. 그는 포권과 함께 허리를 깊숙이 숙였다.

"제발 부탁드립니다. 약값은 얼마가 들어도 좋으니 한 사람이라도 살려주시면 감사하겠습니다."

"어이쿠, 이러실 필요 없습니다. 말했듯 이건 제 일입니다. 굳이 말씀하시지 않아도 반드시 그리할 것입니다. 그럼."

구 의원은 신형을 돌려 다시 환자들에게 돌아갔고, 진우헌은 허리를 펴며 주변을 쭉 돌아보았다. 꽤 넓은 연무장이지만 지금 그곳엔 환자들로 꽉 차 있었다.

적어도 사십여 명이 넘는 사람들이 부상당한 채 누워 있는 것이다. 언제나 사람들로 넘쳐 나던 진가지만 이 정도 사람이라면 적지 않은 수다.

"적어도 삼 할 이상의 사람들이 아닌가. 대체 이 죄를 어떻게 씻어야 한단 말인가."

남모르는 한숨과 함께 진우헌은 중얼거렸다. 어떻게 이런 일이 일어나게 되었는지 도통 알 수가 없는 것이다.

그저 어느 날 갑자기 진가가 포위당했다는 것을 느꼈다. 진가로서는 당연히 대비를 했고, 결국 이름 모를 세력과 일전을 시작했다. 그것이 벌써 일주일 전의 이야기다.

"아버님 잘못이 아닙니다. 어떤 놈들인지 모르지만 본가를 노리는 것이 잘못된 것이지요. 이놈들은 반드시 대가를 치르게 될 것입니다!"

"형님 말이 맞습니다. 본가는 언제나 사람들에게 예를 다해 왔습니다. 이건 본가의 잘못이 아닌 폭도들의 침략입니다. 그것도 강호의 예법을 벗어난 놈들입니다."

진중한 두 사람의 목소리. 그의 두 아들인 진립(進立)과 진산(進傘)이었다. 진우헌은 넉넉한 미소를 머금고 두 아들을 바라보았다.

강호에 나갔다면 어느 정도 별호를 얻을 수 있을 정도로 괜찮은 실력을 지닌 녀석들이다. 그러나 이들은 강호에 나서기보다 진우헌을 도와 진가에 살며 무공과 인품을 동시에 닦고 있었다.

대견한 녀석들이다. 이런 힘든 상황에서도 감정적이 되지 않으려 애쓰는 것을 보면 말이다. 그저 바라보는 것만으로 위안이 되는 녀석들인 것이다.

"공자님들의 말이 맞소이다. 이건 본가에서 잘못해 생긴 일이 아니오. 상대는 무림의 고수들, 강호의 도의를 모를 리가 없소. 당연히 불만이 있다면 먼저 고하고 덤볐을 거요."

"이 늙은이의 생각도 여기 장 호법과 같소이다. 부디 가주께서는 강건한 마음을 가지시길……."

"장 호법님, 그리고 연 호법님."

　진가를 지키는 두 개의 기둥이자 호법인 장연우와 연적심. 두 사람의 말에 진우헌은 크게 심호흡을 했다. 고수라면 이쪽도 있다.

　귀연관(鬼聯官) 장연우(長然遇)와 무도수(武刀手) 연적심(蓮積心), 둘이 합공을 한다면 어쩌면 현 진가의 최고수 진소군에 필적할 것이란 평가를 받고 있다.

　둘 다 진소군의 친구이자 이 진가의 은인이다. 진우헌이 가장 믿는 사람이기도 한 이들이 있기에 겨우 정신을 차리고 있는 것이다.

　"그나저나 도무지 이해할 수가 없어. 대체 그 정도의 무력을 지닌 단체가 어찌해서 이곳에 적대감을 뿜어내는 것인지……. 누군지조차 알 수가 없으니……."

　"무공 또한 이 늙은이들이 본 적도 없는 것이라 함부로 말할 수가 없네. 가주 보기 그저 민망할 따름이야. 대체 이런 무공을 가진 자가 어디서 나타난 것인지……."

　두 사람의 표정이 침중해졌다. 이미 반백의 그들이니 강호의 경험은 말할 것도 없다.

　그런 두 사람도 모르는 무공이라니 황망할 따름인 것이다. 강호가 넓다고는 하지만 진짜 처음 보는 무공이었다.

　"키히히히히히! 어린놈들이니 당연히 그럴 수밖에. 아니, 내가 좀 많이 쉬었나?"

　"……!"

　장연우와 연적심의 눈이 화등잔만 해졌다. 어디선가 카랑카랑한 목소리가 허공에 크게 울려 퍼졌기 때문이다.

아니, 바로 어디인지는 알 수 있었다. 목소리는 바로 뒤쪽에서 들려오고 있었는데 그곳에선 아무런 기척도 없었던 것이다.

게다가 설마 누가 있을 것이라고는 꿈에도 생각지 못했다. 이곳은 진가의 연무장. 이곳에 진가 아닌 다른 사람이 있을 것이라 누가 생각했겠는가?

"간이 배 밖으로 나온 놈이로고! 어디 그 얼굴이나 한번 보자꾸나!"

"물론 얼굴만 보겠다는 것은 아니다! 뭣하면 목을 통째로 따서 보도록 하겠다!"

피이이잇!

두 노인의 신형이 바람처럼 사라졌다. 뒤쪽에 있는 짙은 어둠 속, 다른 사람은 무슨 일이 일어나는지조차 모를 상황이었는데 갑자기 그 어둠 속에서 무엇인가 하늘로 솟구쳤다.

스파파파파팡! 카라라라랑!

장력과 도날이 허공에서 폭발하는 소리가 연이어 들린다. 그리고는 허공 한가운데서 어우러지는 세 사람이 보인다.

장력을 뿜어내는 장연우와 박도를 휘두르는 연적심 사이에 한 사람이 있었다. 양손에 이 척이 넘는 검은 철조를 낀 사내였다.

"오호호! 이것 참, 역시 안쪽엔 꽤 재미있는 놈들이 있지 않은가?"

흡사 염소의 울음소리라도 흉내 내듯 사내는 떨리는 음성으로 말을 했다. 하나 호흡이 달리는 듯하면서도 그의 철조는 허공에 무서운 위력을 떨쳐 내고 있었다.

까라라라랑!

장연우와 연적심의 공격을 동시에 박살 내며 여유있게 역공까지 펼쳐 내었던 것이다. 두 사람은 대경하며 양손과 박도를 가슴께로 끌어당겼다.

쩌정!

"흡"

"차앗!"

강렬한 울림과 함께 세 사람의 신형이 쫙 벌어졌다. 장연우와 연적심은 다시 진우헌의 옆으로 갔고, 괴인은 허공에서 공중제비를 돌더니 담 위에 올라섰다.

"흐음, 진소군 그놈 외에 이 정도의 수완이 있는 놈이 있었다니 생각 외인데? 아주 놀라워. 물론 누구인지는 모르겠지만 말이야."

"확실히 그러네. 자기랑 손 섞어도 끄떡없는 놈들이 아직 세상이 있다니, 참 역시 강호는 넓은 거 같아. 그지?"

진우헌을 비롯한 진가의 사람들은 모두 머리가 비죽 서는 것을 느꼈다. 담 위에는 어느새 한 사람이 더 있었다. 방금 거기에 내려앉은 사내와 같은 옷을 입은 여인이었다.

두 사람 다 사십대의 얼굴로 보였는데 특이한 것은 머리가 온통 하얗게 세었다는 점이다. 여인 쪽의 철조가 조금 붉은 쪽에 가깝다는 것도 차이라면 차이였다.

빙글빙글 웃으며 두 사람은 안쪽 상황을 신기한 듯 쳐다보고 있었다. 눈동자 속에 잔혹한 살기가 진득하게 묻어나는 가운데 진우헌은 호흡을 가다듬었다.

"오늘 본 장원에 은거고인들이 오셨군요. 실례가 되지 않는다면 뉘신지 여쭈어도 되겠습니까?"

일촉즉발의 상황 속에서 진우헌은 앞으로 나섰다. 병기를 쥐는 대신 포권을 먼저 한 것이다.

일남일녀는 그런 진우헌을 향해 이를 드러내며 웃었다. 잠시 진우헌의 얼굴을 뜯어보는 듯하더니 크게 고개를 끄덕이기 시작했다.

"오호라! 누군가 했더니 진소군 그놈의 자식이로구나. 아주 조금 비슷한 것도 같네."

"아, 맞다. 그러네. 어머, 아주 훤칠해."

이제 오십이 넘은 진우헌을 아이 취급하는 두 사람이었다. 진립과 진산은 당장에 울컥하는 마음에 한 걸음 앞으로 나서려 했지만 진우헌의 제지를 받았다.

"경거망동하지 말고 물러서거라. 보통 사람들이 아닌 듯하구나."

그의 오감이 이야기하고 있었다. 상대하지 말라고 말이다. 그만큼 나타난 두 사람의 느낌은 강함 그 자체였다.

"이제 보니 수양도 아주 깊구나. 역시 소군이 놈의 아들다워. 교육 잘 시켰어."

"흥, 자식 교육 잘 시키면 뭐해. 제 놈은 이제 오늘내일하는데. 짜증나는데 확 그놈 목이나 따러 갈까?"

"감히 이곳이 어디라고 망발이냐! 썩 내려오지 못할까!"

결국 여인의 목소리에 진산의 입이 열렸다. 평소에도 급한 성정인 그인지라 참지 못한 것이다.

여인의 눈이 일순 매서워진다. 그녀는 비릿한 미소를 머금으며 진산을 향해 입을 열었다.

"요 꼬마 놈 하는 소리 좀 보게. 내가 강호를 종횡할 때 네 아비도 세상에 태어나지 못했다. 주둥아리 함부로 놀리면 못쓴다는 이야기지. 알겠니, 애기야?"

"……!"

진산은 두 눈을 휘둥그렇게 떴다. 아무리 봐도 사십대의 부부로밖에 보이지 않건만 지금 이야기를 들어보면 전혀 그렇지 않았다.

적어도 활동한 지 오십 년이 훨씬 지났다는 뜻이다. 물론 나이 역시 오십 살 이상이란 뜻이기도 했다.

"이것 참, 못 알아봐 주는 것도 좀 짜증나네. 간만에 나온 강호 나들이가 이래서야 재미가 없지."

"이히이힝! 그럼 좀 알려줄까? 자기가 알려줄래?"

"아우, 우리 예쁜이가 원한다면야. 거기 두 늙은이, 우리 모르겠어?"

장연우와 연적심을 향해 사내가 입을 열었지만 두 사람은 고개를 갸웃거렸다. 아무리 생각해 봐도 기억 속에 이런 자들은 없었다.

"이봐이봐, 이럴 줄 알았어. 어린놈들이 뭐 하나 제대로 하는 게 없어. 어째서 우리가 잊힌 거야?"

"그러니까 우리가 다시 나서야 된다니까, 자기야. 조금만 더 움직이면 분명 우리 당문이 세상에 우뚝 서게 될 거야."

진우헌의 두 눈이 커졌다. 그가 들은 한마디, '당문'이라는 것 때문이었다.

괴팍한 문파이고 정사 간의 문파이긴 하지만 근자에 들어선 사도보다는 정도에 가까운 곳이다. 게다가 진가는 당문과 그리 나쁘지 않은 관계를 유지하고 있었다.

"고 빌어먹을 놈들이 뇌옥 속에 우릴 가둬놔서 그래. 예전부터 공백 없이 뛰었다면 단박에 알아봤을 텐데……."

"아우, 자기 화 풀어. 그래서 뇌옥 속에 처박아놓고 왔잖아. 기운 차리자고."

사내의 품에 안기며 여인이 아양을 떨어대었다. 마치 이 공간에 단둘만 있는 것처럼 말이다.

남세스럽기 그지없는 광경이지만 무도수 연적심은 다른 곳에 생각이 가 있었다. 이들이 한 이야기를 종합해 보니 뭔가 떠오를 듯했던 것이다.

"당문… 뇌옥… 강호 나들이? 설마……!"

연적심의 두 눈이 휘둥그레졌다. 그의 머릿속에 무언가 휙 스쳐 지나갔던 것이다.

"싸, 쌍요악(雙妖惡)?"

연적심의 이어진 외침에 다른 사람들은 모두 고개를 갸웃거렸지만 장연우는 아니었다. 그의 얼굴이 한순간에 하얗게 변했다.

"어이구야!"

사내가 놀란 듯 두 눈을 화등잔만 하게 떴다. 그는 품속에 여인을 꼭 끌어안은 채 비릿한 미소를 짓고 있었다.

"들켰네?"

비릿한 미소 속에는 희미한 살기가 피어오르고 있었다.

*　　　*　　　*

"말이 돼? 그 두 노물이 아직도 살아 있다고?"

"정보는 그렇게 이야기하고 있다. 살아 있는 것뿐만이 아니라 당문도 휘어잡은 것 같다고 말이야. 두 사람 이외에 여러 사람도 와 있는데 그중에는 당문십걸도 있다고 하는군."

"당문십걸! 그건 말도 안 됩니다. 당문… 당문이 어째서 우리 가문을 핍박하고 있단 말입니까! 아버님이 당문에 얼마나 우호적인지 알면서도 감히 본가를 위협하고 있다 이건가요!"

진월의 두 눈에서 살기가 줄기줄기 흘러나왔다. 불끈 쥔 그의 두 주먹에는 핏줄기가 확 불거졌는데, 만일 눈앞에 당문 사람들이 있다면 산 채로 토막 내버릴 기세였다.

어찌나 대단한지 옆에 있던 항자웅이 움찔할 정도였다. 항자웅은 쓴웃음을 지으며 손을 들어 진월의 뒷머리를 슬쩍 만졌다.

"어이, 꼬마, 정신 차려. 지금 눈앞에 당문십걸이 있는 게 아니잖아. 도움이 되려면 진정하고 이성을 좀 찾아."

탁.

슬쩍 만졌지만 그 위력은 대단했다. 진월의 머리가 앞으로 확 숙여졌다가 다시 돌아왔는데 한동안 정신을 차릴 수 없을 만큼 강렬한 일격이었다.

"아씨, 무슨 짓을……."

"당문십걸이 왔다고는 하지만 너희 본가의 힘도 그리 작지

않아. 정확히 말하자면 당문십걸과 같이 온 떨거지들이 있다고
는 하나 그들에 당할 사람들은 아니야. 문제는 쌍요악 이 두 연
놈이지. 설마 이자들이 직접 나올 줄이야.”

　울컥하려다 진월은 겨우 진정했다. 항자웅이 그의 말을 자르
며 눈짓으로 하이화를 가리켰던 것이다.

　하이화의 낯빛은 새하얗게 질려 있었다. 뭔가 겁을 집어먹은
것인데 다름 아닌 그의 살기 때문이었다.

　항자웅과 손소에게야 애교 수준의 살기지만 그녀는 달랐다.
애당초 무공이 없으니 이런 살기를 감당할 수가 없었던 것이다.
순간 실태를 깨달은 진월은 남모르는 한숨을 쉬며 노기를 달랬
다.

　기실 이런 노기를 참는 것도 얼마 남지 않은 것이 이제 진가
와는 하루 정도의 거리가 남았을 뿐이다. 잠깐 마지막으로 쉬면
서 세부 사항을 점검하는데 그들에게 정보가 날아들었고, 지금
그 정보를 살펴보는 중이었다.

　그런데 그 정보라는 것이 정말 믿을 수가 없었다. 사천당문이
진가를 쳤다는 내용이었으니 당연한 일이다. 하지만 정보의 출
처가 손소의 손진표국이다. 분명 오차는 없을 터였다.

　“비인차(非人次) 당오리(唐五離)와 호살소(好殺笑) 당일연(唐
一然)이라면 나도 한번 들어본 한 자들이야. 살아 있다 하니 지
금쯤 약 백오십 살 정도 될 거야. 그간 당문의 뇌옥에 갇혀 있던
자들이기도 하지.”

　“대체 그 나이까지 뭘 처먹고 산 거야? 이거 쉽지 않은 상황
이 될 것 같은데?”

당오리와 당일연, 사형제 간인 일남일녀는 지금 활동하는 사람이 아니다. 강호에서 자취를 감춘 지 거의 백여 년이 지난 자들이다.

이 두 사람은 한때 당문의 자랑이었다. 당문의 모든 무공을 섭렵하고 거기에 암기술까지 뛰어났다. 특히 이 두 사람의 조법은 상상 이상이었다.

당문에서는 이 두 사람이 당문의 이름을 드높여 줄 것으로 생각했다. 조법도 당문에서 가르친 것이 아니라 스스로 창안한 것. 무공 자체에 천부적인 소질이 있는 두 사람이었다.

그런데 어느 한순간 이 두 사람이 변했다. 무공을 익히다 한꺼번에 주화입마에 이르더니 성정에서부터 행동까지 완전히 달라졌던 것이다.

서로 간에 정을 통하는 것은 예사였고 양갓집 부녀자와 청년들을 간살하더니 아예 이유도 없는 살인을 일삼기 시작했다. 그것도 사용이 금지된 암기와 독을 아무렇지도 않게 강호에 뿌려대면서 말이다.

대량 살상이 가능한 것이 바로 독과 암기다. 당문에서는 대경했고, 그래서 이 두 사람을 잡아들였다. 물론 그 과정에서 당문이 입은 피해는 막대해서 필설로 다하지 못할 지경이다.

그 이후 이 두 사람은 사라졌다. 호사가들은 당문에서 처단해 버렸다고 떠들고 다녔는데 죽이지는 않은 것 같다는 게 일반적인 추측이었다. 뇌옥에 가두어놓고 그냥 세월만 흘려보냈다는 것이 옳은 추측일 터였다.

"그럼 그들의 실력이 어느 정도일까요? 손 대협께서는 혹시 추측해 보실 수 있습니까?"

진가에는 고수가 있다. 그러나 그보다 더한 고수가 와 있다면 문제는 너무도 커진다. 손소도 고개를 갸웃거릴 만한 고수라면 이 강호에서 열 손가락 안에 들어간다 해도 틀린 말이 아니다.

"후, 쉽지 않은 문제일세. 딱히 어느 정도라고 판단할 수가 없어. 견주어 보기는커녕 한번 본 적도 없는 사람들이니……."

손소는 난감한 표정을 지었고, 사실 그것이 정답이었다. 그도 모르는 일을 이야기하라 하니 할 수 없는 것이다.

"하지만 당가 자체를 놓고 본다면 추측 정도는 가능하겠지. 당혁기(唐赫氣) 어른이 그 두 사람을 가만 놔뒀을까?"

"…설마 그분이 당했다는 추측을 하는 거냐?"

항자웅의 목소리에 손소의 눈이 날카로워진다. 정말 항자웅의 말이 맞는다면 이건 보통 문제가 아니다.

만우일추(滿雨一墜) 당혁기. 당문 역사상 가장 화려한 암기술을 자랑하는 사람이다. 게다가 내력 또한 무식하도록 대단해서 적어도 암기술에 있어선 적이 없다고 불리던 사람이다.

과거 십무원에서 진육협을 가르쳤던 사람이기도 하다. 손소나 항자웅 모두 그를 잘 알고 있었다.

"당했다기보다 신형을 구속당했다는 표현이 맞을 것 같다. 당문십걸이 같이 왔다고 하지 않아?"

"그렇군. 그분의 그림자들이 이곳에 왔다는 것이니 그렇게 볼 수도 있겠다."

크게 고개를 끄덕이며 손소는 동의를 표했다. 슬슬 그의 머릿속에 정보를 토대로 그림이 구성되기 시작했다.

"비록 당문이 정사 간의 문파라고는 하지만 당문십걸은 다르지. 뼛속까지 정의로운 자들이라 할 수 있어. 그런 자들이 특히나 허물없이 지냈던 서림진가를 치는 데 도움을 준다는 것은 정말 그들 스스로도 내키지 않는 일일 거야."

"서림진가와 사천당문의 우의는 강호에 널리 알려져 있는 사실이니 과연 그렇겠군. 진짜 당혁기 어르신의 신변에 뭔가 이상이 생겼다고 보는 것이 옳겠어."

자연스러운 추측에 항자웅은 고개를 끄덕였다. 지금으로서는 이렇게 보는 것이 가장 이치에 맞는다. 만일 그렇지 않다면 그건 그것대로 정말 큰 문제가 된다.

당문이 진짜 미쳐 버렸다면 그거야말로 큰일이다. 암기와 독의 대명사이니 그 위력은 상상을 초월할 것이다. 항자웅으로서는 그저 자신의 추측이 맞기를 바랄 뿐이었다.

"한데 정말 이해할 수 없군. 천살토라는 곳의 힘이 그렇게 강한가? 당문을 복속시켜 버릴 정도로 말이야. 혹 손소 넌 예상하고 있었나?"

"아니. 그럴 리가 있어? 당문이 가진 힘이 얼마인데. 정식 문도 수만 해도 수백이 넘어. 내당, 외당에 당가타까지 합하면 엄청난 세력이라고."

대답하는 손소의 안색이 어두워졌다. 분명 서림진가가 공격당할 것이라는 정보는 원살토에서 나왔다. 그리고 그 말대로 진짜 서림진가는 공격당하고 있다.

원살토 중 천살토에서 직접 나섰다고 했다. 그렇다면 쌍요악은 천살토라는 배경을 업고 있다는 뜻이 된다.

결국 천살토가 당문을 휘어잡고 있다는 이야기가다. 사실이라면 천살토의 힘은 그저 일개 살수 집단을 훨씬 뛰어넘는다는 말이 된다.

어쩌면 원살토를 없애 버리겠다던 항자웅의 생각은 그리 쉬운 것이 아닐 수도 있었다. 왠지 가슴 한쪽이 답답해지는 느낌에 항자웅이 고개를 갸웃거릴 때였다.

"한데 이 편지는 네게 온 것 같다, 자웅. 읽어봐."

"응? 나한테? 누가?"

대답 대신 손소는 말없이 편지 한 장을 전했다. 항자웅이 받아 들고 천천히 폈다. 별로 쓰여 있는 것도 없는데 보자마자 그는 얼굴을 확 구기며 중얼거렸다.

"망할 시키, 이놈은 대체 언제 사람 될라나? 아니, 지금 당장 달렸더니 왜 거기다 갖다 놔!"

"훗. 이전부터 손해 보는 일은 안 하는 녀석이다. 기억을 되살려봐. 언제 뭘 해도 쉽게 해준 적이 있나."

편지는 다름 아닌 진덕승에게 온 것이었다. 그가 보냈던 편지만큼이나 간단했다.

당연히 줘야지. 빙궁에서 받아가도록.

정나미 뚝뚝 떨어지는 글씨체로 쓰여 있는 내용이다. 왜 빙궁을 언급했는지는 아주 잘 알고 있다.

그가 빙궁의 보호를 요청했으니 그곳으로 보낸 것이다. 가서 힘 보태라고 말이다. 짜증나도록 사람 잘 부려먹는 놈이 바로 진덕승이었다.

"그래, 간다, 가! 가서 받으면 될 거 아냐!"

버럭 소리를 지르지만 왠지 그 목소리 안에 화난 느낌은 없었다. 오히려 기분 좋은 무엇인가가 살짝 들어가 있는 듯한 느낌이다.

아니, 한술 더 떠 얼굴은 웃고 있었다. 쓰여 있는 두 개의 문장 중 마지막 문장을 봤기 때문이다.

진짜 오랜만이네, 망할 놈.

항자웅의 입가에 즐거운 미소가 지어지고 있었다.

1

"정면을 내어주지 마라! 선두는 공격이 아니라 수비에 치중
하도록!"

"후위는 날 따르라! 본가에 적의를 드러낸 것이 얼마나 바보
같은 짓인지 깨닫게 해주어라!"

콰가강! 카라랑!

진립과 진산의 목소리가 쩌렁하게 허공에 울리는 가운데 장
내에는 한 폭의 지옥도가 펼쳐지고 있었다. 병기를 든 일단의
인물들과 서림진가의 무사들이 어우러져 붉은 피를 뿌리고 있
었던 것이다.

어느새 사위는 어두워져 십여 장 앞이 잘 보이지 않을 정도지
만 때마침 떠오른 달빛에 겨우 상대를 살필 수가 있었다. 그러
나 눈으로 보는 것보다 느껴지는 진한 피 내음이 먼저 섬뜩하게

다가왔다.

진립의 코에도 진하게 느껴졌다. 순간 그는 신형을 뒤로 쭉 빼며 오른손을 들어 올렸다. 공기를 가르는 소리조차 없는 그의 쾌도는 옆으로 유려하게 돌며 달빛에 광택을 뿜어냈다.

탁.

칼이 어딘가에 닿자 진립은 오른손에 힘을 주었다. 닿은 감각으로 봤을 때 누군가의 피부가 분명했다. 틀림없이 진가에 적의를 둔 놈이다.

촤아앗!

육중한 감각과 함께 부드럽다가 강렬한 감각이 같이 느껴진다. 살과 뼈를 가르는 느낌. 진립은 눈앞에 목 없는 사내 하나가 서 있는 것을 보았다. 그의 목은 방금 진립에게 잘려 허공으로 떠오르고 있었다.

퍼어억!

오른발을 들어 가슴을 후려 찬 후 그는 주변 상황을 살폈다. 목불인견의 상황이 펼쳐지고 있었지만 다행히 백중세를 지나 밀고 나가는 듯한 형국이었다. 연무장의 중앙에서 입구 쪽으로 밀고 나가고 있는 것이다.

어디선가 한순간 연무장으로 적들이 날아들어 기습을 감행했다. 쌍요약에게 신경을 있는 대로 쓰고 있는 차였기에 놀람은 더욱 배가되었지만 곧 본원에서 무인들을 불러 맞대응해 나갔다.

이곳까지 적들이 밀려왔다면 정문 부근은 어찌 되었는지 말할 것도 없다. 보고조차 없었으니 모두 고혼이 되었음을 의미한다. 한데 그 점이 좀 이상했다.

지금 본가로 달려드는 자들의 무공은 그리 강한 편이 아니다. 꽤 하는 것은 인정하지만 그 정도로 진가의 무인들을 도륙 낼 수는 없었다. 아무래도 이들은 돈을 받고 싸우는 낭인들로 보였다.

적어도 이 정도 자들에게 힘없이 당할 본가의 무사들이 아닌 것이다. 그럼 결론은 자연스럽게 도출된다.

"형님, 뭔가 마음에 걸리는 일이라도 있으십니까?"

어느새 진산이 옆에 다가와 물었다. 누군가의 피를 흠뻑 뒤집어쓴 채 월도를 들고 주변을 향해 살기를 뿜어내고 있었다.

진립은 진산의 등에 자신의 등을 대며 다시 한 번 주변을 살폈다. 가장 중요한 가주이자 아버님인 진우헌의 모습, 뒤편에서 상황을 예의 주시하고 있었다.

옆에는 호법인 장연우와 연적심이 같이 있었는데 그들의 눈길은 쌍요악에게로 향해 있었다. 상황이 어수선해도 저쪽까지 아직 화가 미칠 것 같지는 않았다.

"아무래도 뭔가 이상하구나. 이 정도에 당할 사람들이 아니야. 뭔가 있는 것 같다."

"저도 그렇습니다, 형님. 이 정도 낭인들에게 당할 수하들이 아니지요. 분명 다른 무언가가 있습니다."

이상하다는 생각은 진립 혼자만 한 것이 아니었다. 진립은 크게 고개를 끄덕이며 이번엔 쌍요악을 향해 눈길을 던졌다. 전전대의 요물이라는 두 사람은 여전히 그저 빙글거리기만 뿐 그 어떤 행동도 취하지 않고 있었다.

마치 자신들은 이 싸움과 전혀 상관이 없다는 듯이 말이다. 그 모습을 보니 정문 쪽에 손을 쓴 것은 이들이 아닌 듯했다. 무엇보다도 시간이 맞지 않는다. 정문이 무사한 것을 확인한 후 바로 연무장에 와서 이들을 만났으니 말이다.

수중의 월도를 고쳐 쥐며 진립은 작은 한숨을 내쉬었다. 이러니저러니 해도 결국 상황을 바로 알 수는 없다. 확인하기 전에는 말이다.

시이이잇.

"……."

뭔가 기이한 소리를 들은 것은 그때였다. 서로 싸우는 북새통 속에서 전혀 이질적인 소리가 귓가에 들려왔다. 별일 아닐 수도 있지만 왠지 모르게 마음에 크게 걸리는 소리다.

핏, 피핏.

이어 들리는 또 다른 소리. 그 소리에 진립은 어금니를 꽉 깨물었다. 그건 누군가의 몸에서 핏줄기가 터져 나오는 소리다.

상당히 가까운 쪽에 있던 수하 하나가 쓰러지자 진립은 반사적으로 몸을 튕겨 앞으로 나갔다. 그 사내가 있던 자리에 도착하자마자 진립은 온몸을 옥죄어오는 강렬한 기운을 느꼈다.

어디 한 방향에서 오는 것이 아니다. 전 방위로 압박해 오는 그 엄청난 기운에 절로 한 걸음 물러섰다. 하지만 진립도 이 정도로 물러날 하수가 아니다.

키링! 채애애앵!

월도를 흔들어 도명을 들으며 겨우 마음을 다잡은 후 신형을 날렸다. 보이지 않게 옥죄어오는 그 무언가, 바로 그것을 향해 병기를 든 것이다.

오로지 감각에 의해서다. 허공으로 몸을 띄운 진립은 온 힘을 다해 월도를 미친 듯이 휘둘렀다.

따다다다당!

"흐읍!"

진립은 절로 미간을 찡그렸다. 무엇인지 모르지만 엄청난 힘으로 그의 월도를 맞이했다.

지이이잉.

오른 손목이 시큰거리며 월도가 울리고 있다. 양손으로 꽉 붙잡아보지만 진정이 되지 않을 정도로 강렬한 울림이었다.

"형님!"

진산이 대경하며 다가와 등을 받쳐 주어 꼴사나운 모습은 겨우 면할 수 있었다. 그제야 진립은 눈을 들어 이 알 수 없는 존재를 마주할 수 있었다.

키이이이.

어두운 하늘에 날벌레가 날아다니는 듯 괴이한 소리를 내는 물체다. 그러나 날벌레에게 이런 위력이 있을 수는 없었다. 이건 틀림없이 철로 만든 물체다.

그것도 일반적인 철 조각이 아니다. 좌우로 흔들리면서 마치 살아 있는 듯 떨리는 그것은 아주 독특했는데 분류를 하지면 이건 암기라 할 수 있었다.

꽃 위를 노니는 한 마리 나비 같은 형상을 하고 있었다. 믿기 힘든 일이지만 그 암기를 보자마자 진산은 떠오르는 것이 있었다.

"호접표(胡蝶鏢)?

사천당문이 자랑해 마지않는 암기로서 그 변화가 상상을 초월한다. 그 방향을 느꼈을 땐 이미 몸 안에 들어와 있다는 무서운 암기였다.

그 암기가 지금 허공 가득 휘돌고 있었는데 진립이 놀란 것은 그 암기가 호접표여서가 아니었다. 이 호접표를 조종하는 사내들 때문이었다.

쌍요악의 뒤편에서 열 명의 사내가 나타났다. 얼굴에 복면을 쓴 그들은 천천히 움직이며 연무장으로 내려서고 있었다.

"당문… 십… 걸(唐門十傑)……."

사천당문의 주력이라 할 수 있는 자들이 나타난 것이다. 그와 함께 모든 의문은 풀렸다. 정문을 비롯한 주변을 옥죄어온 것은 다름 아닌 이들이었던 것이다.

"사천당문! 이놈들이 정말 본가를 우습게 보는구나!"

귀연관 장연우의 입에서 노성이 터져 나왔다. 당장에라도 달려나갈 듯이 보였지만 그는 겨우 참고 있었다. 장연우와 연적심은 쌍요악을 상대해야 했다.

진우헌은 두 눈은 감았다가 떴다. 마치 이 모든 것이 환상이어서 눈을 뜨면 사라지길 바라는 듯이 말이다. 그러나 이건 틀림없는 현실이다. 열 명이 당문십걸임을 진우헌은 대번에 알아보았던 것이다.

사천당문에서도 가장 강한 자들, 당문을 지탱하는 실질적인 열 개의 기둥이 바로 당문십걸이다. 그런데 그자들이 지금 진가로 와서 호접표를 뿌리고 있다.

냉정하게 파악한다면 상황은 절대적으로 진가에게 불리하다. 그나마 어느 정도 고수라 할 수 있는 직계 가족과 몇몇 뛰어난 속가제자들을 제외한다면 절대 이들의 적수가 될 수 없었다.

그의 두 아들마저 쉽지 않다고 여길 정도다. 그 정도로 당문십결의 무공은 대단했다. 특히나 암기만을 극성으로 익혔기에 살수들조차 두려워해 일격필살의 공격을 한다. 너무도 불리한 상황인 것이다.

"두 분 호법께서는 쌍요악의 움직임에 신경 써주시길 바라겠습니다."

차분히 중얼거리며 진우헌은 한 걸음 앞으로 나섰다. 사정이 있어 아버님인 진소군이 활동을 하지 못하는 지금, 가장 강한 것은 저 호법 두 사람이다.

그들이 쓰러지면 본가도 쓰러진다고 봐야 한다. 당연히 함부로 나서게 놔둘 수는 없었기에 진우헌이 해야 할 일은 너무도 명확했다.

"잘 알겠소이다, 가주. 몸조심하시오."

"걱정 마시오. 반드시 움직이지 못하게 하리다."

양 호법의 목소리를 들으며 진우헌은 조용히 오른발을 크게 내디뎠다. 순간 진우헌의 모습이 마치 실이라도 된 듯 쭉 늘어났다.

스슷, 스스스.

살수보다도 은밀하게 허공을 날아 진우헌은 앞으로 달려나갔다. 순간 그의 움직임을 느꼈는지 당문십결의 움직임이 달라졌다.

피이이잇, 피피핑!

한꺼번에 모두 진우헌에게 머리를 향하고 있었다. 진우헌은 크게 고개를 끄덕이며 더욱 속력을 배가했다. 이것이야말로 그가 원하던 바다.

"아버님! 위험합니다!"

"물러서거라!"

진립과 진산이 동시에 낯빛이 변해 소리치지만 진우헌의 결심은 확고했다. 그는 두 사람의 신형을 가볍게 뛰어넘어 앞으로 나아갔다.

카라랑, 차랑, 차라랑!

한순간 주변에 휘날렸던 호접표가 모두 진우헌의 신형을 향해 날아들기 시작했다. 이 돌연한 상황에 양측은 서로 간격을 두고 물러나 오직 이 싸움만을 눈에 담기에 여념이 없었다.

키이이잉!

등 뒤의 월도를 꺼내며 진우헌은 내력을 모두 끌어올렸다. 당문십걸은 뒤를 생각하며 힘을 남겨둘 상대가 아니다. 온 힘을 다해 싸워야 하는 것이다.

귓가에 스쳐 지나가는 바람 소리를 들으며 진우헌은 신경을 날카롭게 다듬었다. 눈이 아니라 오감으로 상황을 파악하려 하는 것이다.

아주 짧은 순간이지만 주변을 보기에 충분했다. 무언가 있고 없고에 따라 공기의 흐름은 확연히 달라진다. 특히나 진가에 전해지는 초진도법은 아주 작은 흐름조차 놓치지 않게 한다.

싯, 시싯.

좌우로 흔들리는 공기의 흐름이 느껴진다. 당문십걸이 던진 호접표가 허공 가득 춤추고 있다. 그러면서 진우헌의 몸을 향해 조금씩 거리를 좁혀왔다.

한순간 진우헌은 허리를 뒤틀며 오른손을 들어 올렸다. 순간 두어 개의 호접표가 갑자기 그 속도를 달리하며 그에게 달려들었다.

찌이이잇! 찍!

등과 가슴 쪽의 옷이 길게 찢어졌으나 몸이 상한 것은 아니다. 하나 이어진 공격이라면 문제가 다르다.

팟, 파파팟!

마치 유성이 떨어져 내리듯 주변에 있던 호접표들이 한꺼번에 달려들자 진우헌은 월도를 움직여 좌우로 두 개의 작은 원을 그렸다. 물론 두 개의 원은 한 동작에서 나왔다.

마치 검무라도 추는 듯 유려한 동작이지만 그 효과는 검무와는 비교할 수도 없었다. 주변 환경이 한꺼번에 일그러졌으니 말이다.

파아아앙! 꽈드드득!

연무장에 깔려 있던 단단한 청석에 한 치 두께의 홈이 길게 파였다. 그와 함께 허공에 청석 조각이 치솟아올랐는데 이는 말할 것도 없이 확실한 도풍의 위력이었다.

곡도풍사라는 별호가 그냥 붙여진 것이 아니다. 진우헌은 허리를 뒤로 젖히며 다시 오른손을 휘둘렀다. 칼날 휘돌리는 소리조차 들리지 않을 정도의 쾌도였다.

쩡, 쩌저저정!

진우헌의 월도와 허공 가득 찬 청석 조각에 의해 달려들던 호접표들이 산산이 부서졌다. 당문에서 자랑하는 당문십걸의 호접표가 너무도 쉽게 파훼되는 순간이었다.

그와 함께 진우헌은 바람같이 몸을 움직였다. 순식간에 서너 걸음을 밟으며 곧장 앞으로 나가자 당문십걸도 움직였다. 반원형으로 진우헌을 감싸며 진형을 만들었던 것이다.

피피피피핑! 피리링!

다시 한 번 그들의 손에서 호접표가 숫아올라 쏟아졌지만 진우헌은 침착했다. 그는 달려가면서 오른손의 월도를 거꾸로 말아 쥐었다.

새끼손가락 아래부터 도날이 위치하게 말이다. 그리고는 오른쪽 아래로 힘없이 늘어뜨렸다.

마치 전혀 싸울 의사가 없는 듯이 보일 정도다. 그러나 그의 눈은 정확하게 정면을 향하고 있었는데 그곳엔 한 사내가 있었다.

다른 당문십걸처럼 그도 검은 복면을 한 채 눈만 내놓고 있었다. 한데 그는 다른 자들과는 달리 진우헌에게 암기를 던지지 않고 있었다.

그저 우두커니 서서 바라만 보고 있을 뿐이다. 진우헌은 두어 발자국 더 앞으로 간 후 오른손에 힘을 주었다.

기이잉.

그의 월도가 울었다. 잡고 있는 손목이 시큰거릴 정도로 강렬한 떨림이었고 도신이 보이지 않을 정도로 빨랐다.

　단전에 있던 기운을 모조리 뽑아 올린 상태다. 그야말로 십이성의 내력을 모두 뿜어내어 월도에 집중한 것으로, 꽉 붙잡고 있는 것만으로도 내력이 소진될 정도로 강렬한 힘이 들어 있었다.

　그 월도를 그대로 치켜 올렸다. 멋들어진 검무 같은 화려한 동작이 아니다. 오른쪽 아래에서 왼쪽 위로 어슷하게 그어 올린 아주 단순한 동작이지만 그 파장은 상상을 초월했다.

　우오오오옹!

　공기가 울린다. 작게 울리던 처음에 반해 마지막엔 귀청이 떨어져 나갈 정도로 강렬한 진동으로 변했다. 진우헌의 몸이 이지러져 보일 정도로 확연한 떨림이었다.

　파가강!

　진우헌을 향해 날아들던 암기들이 한순간에 모두 되튕겨 나갔다. 그 주변에 흐르는 공기의 파동이 일종의 강기막 같은 효과를 만들어낸 것이다.

　가문에 전해져 오는 초진도법의 정수가 바로 이것이었다. 칼 자체에 강렬한 진동을 담아 주변의 공기를 모두 휘감아 두드리는 것이 초진도법의 요결이었던 것이다.

　대대로 월도를 쓰는 이유가 바로 이것이다. 공기를 두드리기 이전에 베는 것부터 해야 하니 말이다. 여기에 가장 최적화된 병기 형태가 월도였다.

　시잉.

　크게 한 번 더 휘두르며 진우헌은 다시 월도를 제대로 쥐었다. 꽉 쥐고 오른손을 내리니 어느새 그는 복면사내 앞에 와 있었다. 거리는 고작해야 반 장이다.

복면인과 진우헌 두 사람은 아무런 행동도 취하지 않은 채 바라보고만 있었다. 아니, 복면인이 움직이긴 했다. 손을 들어 나머지 아홉 명의 공격을 제지한 게 움직임의 전부였다.

"당양우(唐洋偶), 정말 자네인가?"

"……."

진우헌의 목소리에 복면인의 두 눈이 질끈 감겨졌다. 심적으로 고통을 겪는 듯 양손을 꽉 쥐며 눈에 띌 정도로 몸을 떨었다.

그의 오른손이 움직였다. 자신의 얼굴을 향해 천천히 움직이더니 이내 손가락을 들어 복면을 내렸다. 그와 함께 감겼던 그의 두 눈도 떠졌다.

수수한 인상을 지닌 사내가 보였다. 언뜻 보면 오히려 유약해 보이기까지 한 인상. 그러나 그 맑은 눈은 보는 사람으로 하여금 위축되게 만들 정도로 투명했다.

그 투명한 눈동자에 어울리지 않는 감정이 떠오른다. 미안함과 당혹스러움, 그런 것들이 사내의 눈동자에 확연히 비쳐 보였다.

"뭐라 할 말이 없네, 우헌."

사내의 입술이 꽉 물려졌다. 피라도 나올 듯 붉은 기운이 비쳐 보이는 그의 입술을 보며 진우헌은 아무런 말을 할 수가 없었다.

틀림없는 당양우였다. 당문십걸의 수장이자 차기 당문의 당주로 내정된 사내, 만우일추 당혁기를 제외하고 사실상 당문의 최고수가 바로 그였다. 또한 진우헌의 둘도 없는 친구이기도 했다.

진우헌과 당양우 두 사람은 보통 인연이 아니다. 아주 어릴 때부터 마음이 통했던 친구고 지금도 마찬가지다. 서로 간에 가장 친한 친우를 꼽으라면 주저없이 상대방을 꼽을 정도다.

이는 두 집안만 아는 일이 아니다. 그들을 아는 사람 누구나 인정하는 일이다. 그런데 그 두 사람이 지금 서로 병기를 맞대려 하고 있다.

"사정이 있다면 지금 말해주게나. 더 이상의 오해는 위험하이. 서로 건널 수 없는 길을 가게 될지도 모른단 말일세."

진우헌은 진심을 담아 당양우에게 말했다. 그 말뜻은 지금까지의 일은 모두 불문에 부칠 수도 있다는 뜻이다. 진가가 입은 피해를 생각한다면 솔직히 믿기지 않는 발언이다.

그만큼 진우헌은 당양우를 생각하고 있는 것이다. 하나 당양우는 입술을 꾹 다물 뿐이었다. 오히려 그 점이 무언가 있다는 것을 확연하게 깨닫게 해주었다.

항상 밝은 웃음과 넉넉한 인심을 지니고 있던 당양우다. 그런데 지금은 그저 눈을 내리깐 채 대꾸조차 하지 못한다. 그가 속한 당가에 사달이 나도 상당히 큰 사달이 일어났음을 미루어 짐작할 수 있었다.

진우헌이 원하는 이야기는 당양우의 입에서 나오지 않았다. 오히려 담벼락 위에서 흐느적거리는 쌍요악 중 당오리의 입을 통해 들을 수 있었다.

"킬킬킬, 꼴에 자존심은 있어 주둥이가 열리지 않는 모양이네? 당가가 곧 뒈지게 생겼다는 게 그렇게 말하기 힘드나?"

“……!”

진우헌의 눈이 날카로워졌다. 당가가 위험하다는 당오리의 말, 평소 같았으면 코웃음치고 말 이야기다. 당가가 어딘가? 만독의 고향이자 암기의 진원지다. 무공 고수부터 살수까지 당가 앞에서는 일단 병기를 감추고 본다.

무공 수준도 그렇지만 그 숫자도 만만치가 않다. 당가 내에서도 내당가와 외당가로 나뉘는데다 당가타라 하여 당 씨가 아니더라도 당문과 같이 호흡하는 사람들이 있다. 그 숫자는 파악조차 불가능하다.

한마디로 구파일방도 부럽지 않은 것이 그들이다. 한데 그 대단한 당가가 위험하다고 한다. 어찌 놀라지 않을 수 있겠는가?

“도저히 믿기지가 않는군. 저 두 노괴가 대단하다 한들 당문에서 쳐내지 못할 자들이 아닐 터. 어째서 그런 상황이 만들어졌단 말인가? 이보게, 양우, 저자의 말이 진실인가?”

이런 상황까지 되었으니 믿지 않을 수가 없지만 진우헌은 당양우의 입을 통해 듣고 싶었다. 그의 진심이 어떤 것인지 그것을 너무도 알고 싶었던 것이다.

“진실이지. 암, 진실이고말고. 이 연통만 허공에 띄우면 당가의 모든 식솔들은 다 뒈진다 이거야. 그러니 열심히 싸울 수밖에. 꼴에 친구 놈 집이라고 암기에 독도 안 묻힌 거냐?”

“이히히, 귀엽네, 귀여워. 하지만 난 재미가 없다. 안 그래요?”

“맞아. 정말 재미없네. 이봐, 당양우, 내 후손아. 정말 내가 이 연통을 하늘에 터뜨리길 원해? 그런 거야?”

“…….”

당양우는 아랫입술을 질끈 깨물었다. 붉은 피가 뚝뚝 떨어져 내리지만 그는 고통도 느끼지 못하는 것 같았다. 충혈된 두 눈에서는 지금 당장에라도 붉은 눈물이 떨어져 내릴 것만 같았다.

“우헌…….”

드디어 기다리던 당양우의 목소리가 흘러나왔다. 착 가라앉은 그의 목소리는 현재 그의 심정이나 다름없었다.

“미안하다.”

촤아아앗!

허공에 수백 개의 호접표가 떠올랐다.

2

“하아… 하아…….”

거친 숨결을 토해내며 화인은 허리를 숙였다. 숨이 턱 끝까지 닿는다는 것을 몸소 체험하고 있는 셈인데 지금 상황을 생각한다면 당연한 노릇이다.

오른팔과 왼 다리가 없으니 힘들 수밖에 없는 것이다. 항가장에서 손소에게 절단당한 사지 대신 지팡이를 짚고 움직이고 있는지라 제대로 움직이려면 숨이 턱에 차오르기 일쑤였다.

그가 찾고 있는 것은 낡은 관제묘다. 윗선과 연결될 수 있는 비선을 찾아온 것인데 생각보다 너무 멀리 온 상황이다.

하나 어쩔 수 없었다. 가장 가까운 지살토 남녕분타는 아마 항자웅이 먼저 가 있을 터였다. 그러니 다음으로 가까운 곳을 향해 가려 했다.

귀주성으로 예정을 잡았었다. 그런데 중간에 밀마를 발견하고 방향을 틀었다. 이곳은 광서성 서림 부근이다.

"후, 니미럴. 제대로 찾아오기나 한 건지 모르겠네. 저기 보이는 게 관제묘 아니요?"

"맞네, 맞아. 아후, 찾기는 바로 찾은 것 같은데 대체 어떻게 찾아오라고 하는 거야? 군사님이 없었으면 불가능이오."

좌우에서 두 사람이 입을 연다. 살아남은 참도수들인데 움직이는 인원이 참으로 단출하다. 화인을 합쳐 세 명뿐이다.

진우현 항가장에서 죽을 뻔한 화인은 겨우 몸을 빼내 도망쳤다. 물론 자신이 도망친 것이 아니라 그쪽에서 놔준 거지만 어쨌든 결과는 같다.

그는 바로 본원으로 가려 했지만 문제는 참수광도 팽호였다. 팽호는 자신이 당한 것을 참지 못했고, 그래서 본가로 갔다. 팽가에 전해 내려오는 가전 무공을 모두 배우기 위해서였다.

화인으로서는 황당한 노릇이었지만 어쩔 수 없었다. 그게 팽호라는 자의 성정이고 그릇이다. 그가 맞추어 살 수밖에 없는 상황인 것이다.

"누구신가 했더니 오인우살이었군. 참도수를 거느리고 오다니 뜻밖이구만."

"……"

화인과 두 사내의 걸음이 멈추어졌다. 목소리와 함께 누군가 땅에서 솟아나듯 나타났던 것인데 온통 검은 옷을 입은 사내다.

특이점이라고는 단 하나, 복면 속의 한쪽 눈이 하얗다는 것인

데, 그래서 그는 독안수(獨眼手)라 불린다. 하지만 애꾸라고 해
서 절대 무시하면 안 된다.

"살명대주(殺明帶主) 비간(泌幹) 어르신을 뵙습니다. 화인이
라 합니다."

경계 어린 눈빛으로 거리를 둔 참도수와 달리 화인은 바로 허
리를 숙였다. 그 모습에 하나뿐인 눈빛을 반짝이며 비간이 말했
다.

"오인우살 중에 그나마 눈이 좋은 놈이 화인이라 하더니 과
연 그렇구나. 어쩌다 그리되었는지 모르지만 아까운 놈이군. 저
뒤에 두 놈은 놔두고 들어가 보거라. 주군께서 기다리신다."

"예, 알겠습니다. 여기 기다리고 있게. 곧 나올 것일세."

뻘쭘하게 서 있는 두 사람을 뒤로한 채 화인은 안으로 들어갔
다. 말을 하고 들어가려고 한 순간 비간은 이미 사라진 후였는
데 생각하면 할수록 땀이 흥건하게 배어 나왔다.

살명대주 비간, 아니, 그가 가지고 있는 살명대라는 것이 더
문제였다. 몇 명인지, 어느 정도의 실력을 갖고 있는지 아무도
알지 못한다. 다만 확실한 것은 그들이 있는 곳에 원살토주가
있다는 것이다.

원살토주의 목숨을 호위하는 자들, 당연히 원살토 최고의 고
수들로 구성되어 있다. 이 관제묘 곳곳에 숨어 있겠지만 단 한
명도 화인의 감각에 걸리는 이가 없었다.

톡, 톡, 톡.

지팡이를 짚은 채 힘겹게 다 쓰러진 정문을 지나니 겨우 지붕
만 남은 사당 하나가 눈에 들어왔다. 그리고 그 아래에 한 사내

가 땅바닥에 앉아 있었다.

작은 키에 단단해 보이는 사람이다. 머리가 살짝 벗겨진데다 조금은 후덕한 인상은 마치 사람 좋은 동네 아저씨처럼 보이지만 절대 그리 봐서는 안 되었다.

"토주님을 뵙니다!"

화인은 바로 오체복지했다. 이 후덕해 보이는 사람이 바로 원살토의 토주 살왕 육야혼이었던 것이다.

저 허리춤에 달려 있는 일 척도 안 되는 단검 한 자루. 그 단검 한 자루로 원살토를 일구어낸 사람이다. 무공 수위는 화인이 상상도 하지 못할 정도로 강하다.

"훗, 내가 고마워해야 하나? 도망친 널 찾는 수고를 덜어줘서? 다 실패해 놓고 멋들어지게 내 앞에 나타나다니 말이야."

"죄, 죄송합니다!"

모를 리가 없다. 기본적으로 살수란 조직은 무공이 아니라 정보로 시작한다. 가장 정확한 정보가 있어야 살행도 한다.

물론 화인은 살수가 아니다. 하나 천살토와 지살토 모두 살수를 업으로 했던 사람이 훨씬 많았기에 자연스럽게 정보망이 발달되었다.

결과 정도는 다 알고 있을 것이다. 새삼스럽게 변명 따위를 늘어놓는 것은 죽여 달라는 이야기다.

"어떤 죄든 달게 받겠습니다. 아니라면 당장 가서 하이화 그년을 잡아……."

"애당초 잡을 수 있을 거라 생각도 안 했다. 그러니 나대지 마라."

“…예?”

화인의 고개가 들리며 동그란 두 눈이 육야혼을 향했다. 그는 작은 호로병을 손에 든 채 흔들고 있었다.

“말 그대로다. 성공할 수 있을 것이라 생각한 적이 없으니 죄를 물을 것도 없지. 그보다 다른 것을 묻겠다.”

화인은 머리가 혼란스러워지는 것을 느꼈다. 이건 정말 생각지도 못한 상황 전개다.

성공할 수 없을 것이라니? 그럼 대체 오인우살에게 무엇을 바랐다는 것인가? 애당초 죽을 것을 알면서 보냈다는 말인가?

만일 그것이 사실이라면 그의 형제들은 개죽음을 한 것이다. 이유는 모르지만 여기저기 굴러다니는 돌멩이 취급당하며 죽어갔다는 말과 다름없다.

“혹시(黑匙)는 어디 있나?”

“……”

일순 화인은 할 말을 찾지 못했다. 혹시란 말조차 처음 들어보는 것인지라 어찌 대답해야 할지 몰랐던 것이다.

“훗, 열어보진 않은 모양이군. 팽호 그 빌어먹을 놈이 가지러 간 목갑 말이다. 너에게 주지 않았나?”

“……!”

눈을 반짝이며 화인은 고개를 숙였다. 무엇인지 알 것 같다. 지금 그의 품속에 있는 이 목갑이 그것이었다.

그 진실한 정체는 모르지만 상당히 중요한 것일 터였다. 형제들인 오인우살의 죽음 따윈 완전히 묻힐 정도로 말이다. 화인은 잠시 눈을 감았다.

누가 뭐래도 그들은 형제다. 거칠고 못된 짓을 일삼았지만 적어도 자신에게는 잘해주었다. 친형제보다도 더 우애 있게 살아왔던 지난날이었던 것이다.

고작 목갑 하나만도 못한 인생이라니……. 순간 화인은 울컥하는 마음이 들었다. 그리고 그 마음은 엉뚱한 대답을 입에서 밀어내고야 말았다.

"다시 팽 대주에게 넘겼습니다. 저보고는 어서 상황이나 보고하라더군요. 그래서 이렇게 온 것입니다."

가장 두려운 사람 앞에서 하는 거짓말이다. 당연히 가슴은 방망이질 쳐야 할 것이고 마음은 작게 줄어들며 조마조마해야 했다. 그런데 이상하게 평온했다.

오죽했으면 두 눈을 똑바로 든 채 육야혼을 보며 이야기할 정도다. 육야혼은 그런 화인을 마주 보며 피식 웃었다.

"빌어먹을 놈이 끝까지 짜증나게 만드는군. 팽가로 가 나머지 무공 모두 달라고 강짜라도 부릴 모양이지? 어지간히 항자웅 그놈에게 당한 게 억울했나 보구만."

"……."

오늘 참 여러 번 놀라는 화인이었다. 분명 육야혼은 항자웅을 안다. 그 어디에도 정보를 들을 수 없었던 항자웅을 말이다.

물론 사후 보고로 알게 된 것일 수도 있다. 그러나 항자웅이라는 이름을 이야기할 때 그 어감이 좀 이상했다. 모르는 사람을 업신여기는 그런 어감이 절대 아니었다.

"한 가지 여쭈어도… 되겠습니까?"

화인은 용기를 냈다. 육야혼은 화인을 비스듬히 바라보았고,

아무런 말도 없었다. 할 말 있으면 해보라는 표정이다.

"항자웅이란… 놈을 아십니까?"

"음?"

예상외의 질문이라는 듯 육야혼은 한쪽 미간을 살짝 올렸다. 그는 비릿한 웃음과 함께 다시 말했다.

"왜? 알면서 안 가르쳐 준 이유가 무엇이냐고? 나에게 원망이라도 쏟아내고 싶은 게냐? 형제들을 다 죽게 만든 원흉이 결국 나라고?"

"그럴 리가! 아닙니다! 절대 아닙니다, 토주님!"

다시 오체투지하며 화인은 부르짖었다. 이러니저러니 해도 그가 기댈 곳은 없다. 있다면 오직 이 한 곳뿐이다.

"너와 오인우살이 상대할 만한 사람이 아니라는 것만 알아 둬. 그보다는 흑시가 더 중요하다."

적당히 둘러대는 듯한 모습에 화인은 입술을 질끈 깨물었다. 육야혼은 술병을 입으로 가져갔다.

"크, 가서 흑시나 가져와. 그 병신 같은 팽호 놈이 죽든 살든 알 바 아니다만 흑시만큼은 챙겨 와라. 네 처우는 그다음에 결정한다."

"존명!"

두 번 말하지 않는 육야혼이다. 화인은 허리를 숙인 채 뒷걸음치며 관제묘를 나서기 시작했다. 한 발로 해야 하기에 정말로 힘들었지만 할 수 없었다. 황제 앞에 서 있는 것처럼 행동해야 살 수 있었다.

짤랑.

술병을 한번 흔들며 육야혼은 눈을 작게 떴다. 그 대상은 멀어져 가는 화인을 향해서였다. 왠지 모를 의구심이 가득한 눈이다.

"정말 이래도 되겠습니까? 혹시는 저놈 가슴속에 있습니다. 지금이라도 뺏어내야 되는 것 아닙니까?"

육야혼의 입에서 나직한 존댓말이 흘러나왔다. 아무리 봐도 그는 혼자였고, 어스름한 관제묘 안에선 사람의 기척이라고는 느껴지지 않았다.

혼잣말을 이렇게 중얼거린다면 미쳤다고 말할 수도 있겠지만 그는 미친 것이 아니었다. 누군가 그 말에 대답했던 것이다.

"상관없다. 어차피 세상에 알려져야 할 혹시다. 자연스럽게 발견되는 것이 오히려 보기 좋겠지."

낭랑한 목소리였다. 대체 어디서 들려오는지 도무지 감을 잡지 못할 정도로 빙빙 울리며 들려오는 그 소리에 육야혼은 쓴웃음을 지었다.

역시나 한 수 위인 것이다. 육야혼은 술병을 바닥에 내려놓았다.

"이제 공자의 생각을 좀 알려주실 수 없습니까? 이놈이 우둔하여 도무지 갈피를 잡지 못하겠군요."

놀랄 일이다. 천하의 살왕이 존댓말을 하는 것도 모자라 스스로 몸을 낮추니 말이다. 그를 아는 사람 모두가 다 같은 반응일 터였다.

"아직은 알려주기 좀 그러네. 하나 곧 알게 될 것이야. 그날이 그리 멀지 않았어. 그러니 조금만 참아주겠나?"

부드러운 목소리로 이야기하지만 결론은 쓸데없이 나서지 말라는 소리다. 육야혼은 다시 술병을 집어 들었다. 이제 할 말은 없는 것이다.

"공자님의 말씀대로 따르겠습니다. 이놈의 목숨, 공자님께서 거두셔도 아무 할 말 없는 처지이니 말입니다."

왠지 말속에 가시가 잔뜩 돋아나 있다. 그러자 예의 목소리가 다시 들려왔다.

"너무 그리 비꼬지 말게. 방법이 좀 거칠었다는 것은 나도 인정하지. 여기, 이 달분일세."

툭.

손톱보다 작은 봉지가 육야혼의 발 앞에 떨어진다. 육야혼은 천천히 받아 들어 봉지를 펼쳤다. 그러자 아주 작은 하얀 가루가 담겨 있다.

"해독약이라 부르긴 좀 뭐하지만 앞으로 두세 번 더 복용하면 될 것이야. 그러니 염려는 그만두시게. 게다가 덤으로 더욱 더 강한 내력도 생기지 않는가?"

"……."

"그러니 마음 편하게 가지시게. 난 잠시 나갔다 와야 할 것 같으니 잠시 후에 보도록 하지."

목소리와 함께 사내는 사라졌다. 기척조차 느끼지 못할 정도로 은밀한 이동인데 분명 떠나긴 떠났다. 이건 수많은 살행 동안 자연스럽게 터득한 느낌이다.

약 봉지를 입안에 털어 넣은 후 육야혼은 술병을 기울였다. 목울대를 크게 움직이며 남김없이 다 털어 넣은 것이다. 이후 그의 오른손에 힘이 꽉 주어졌다.

파사사삭~

손에 들렸던 술병이 가루가 되어 허공에 흩어졌다. 그 파편 사이로 파랗게 빛나는 육야혼의 눈빛이 보인다.

"언젠가 네놈을 씹어 먹고야 말리라!"

살왕의 결의가 담긴 목소리도 같이 흘러나왔다.

*   *   *

"오호라, 백수천우살(白手天雨殺), 설마 내 후배 놈들 중에 그걸 터득한 놈이 있을 줄이야. 저놈 꽤 많이 노력했네그려."

"그러게 말이에요. 아주 멋들어지네. 절로 당 씨인 것이 자랑스러워져. 오훗훗."

칭찬인지 비아냥거림인지 모를 소리가 쌍요악의 입에서 흘러나왔지만 상관하지 않는다. 적어도 서로 대치하고 있는 진우헌과 당양우는 그저 서로의 모습만을 눈에 담을 뿐이었다.

하지만 그 말대로 장관은 장관이었다. 하늘을 뒤덮은 수많은 암기, 딱 그 말이 어울리는 순간이다.

백여 개의 암기란 참 많다는 것을 의미한다. 그러나 사실 백 개까지 쓰지는 않는다. 딱 열 개만 움직여도 그 변화 때문에 너무도 많아 보이는 것이 현실이다.

한데 당양우의 몸 주변에 떠 있는 호접표는 정말 백 개다. 그리고 그것들은 아주 천천히 공중에서 흐느적거리고 있었는데 마치 진짜 꽃을 찾아가는 나비 같은 형상이었다.

당혁기를 제외하고 그가 가장 고수라 손꼽히는 이유가 바로 이 초식 때문이다. 말이 좋아 백 개의 암기지, 진짜 백 개 모두를 제어하는 것은 불가능에 가깝다.

내력의 힘으로 공중에 띄우긴 하지만 온전히 내력만으로 그저 두둥실 띄우는 것이 아니다. 작은 호접표 하나하나마다 거의 보이지도 않는 실이 연결되어 있었는데 바로 그 실을 통해 내력이 전달되어 조종하는 형식이었다.

물론 호접표의 무게가 거의 나가지 않는 것도 가능한 이유 중 하나이기도 했다. 철로 만들었지만 종이보다도 얇으니.

어쨌든 그 백 개의 호접표를 모두 제어한다는 것 하나만으로도 이미 대단한 일이 아닐 수 없었다. 당양우는 왼발을 반 족장 정도 앞으로 내밀었다.

사라라라라.

호접표가 허공 가득 하늘거리기 시작한다. 달빛 아래 반짝이는 그 모습은 너무나도 아름답지만 그건 치명적인 아름다움이다. 그 아름다움에 취한다면 바로 죽게 될 뿐이다.

슷.

진우헌의 왼발도 뒤로 반 족장 정도 물러났다. 서로 간의 간격은 그대로 유지한 셈인데 당양우는 어깨를 흔들며 호접표에 변화를 주었다.

사라라랏, 사랏.

한쪽으로 암기들이 모여들며 진우헌의 왼쪽 어깨를 노린다. 진우헌은 슬쩍 몸을 빼어내며 오른손을 흔들었다.

키이잉.

작은 움직임이지만 공기의 울림은 확연했다. 물론 서로 간의 충돌도 없었고 당연히 흐르는 핏줄기도 없었다. 그러나 승부는 이미 시작되었다.

아주 작은 움직임만으로도 서로 간의 내력은 움직인다. 움직이는 내력은 대기를 밀어내고 그 반향을 잡아 서로 간의 움직임을 예측할 수 있었다. 그리하여 이런 방법을 통해 두 사람의 머릿속에서는 이미 상상 속의 대결이 시작된 것이다.

어릴 때부터 같이 자라온 두 사람이기에 가능한 일이다. 그만큼 친근했고 많은 시간을 보냈다. 서로 간에 아주 작은 움직임만 보여도 그의 의도가 어떤 것인지를 확연히 알 수 있었던 것이다.

사랏, 사라랏, 사라랏.

키잉, 키이잉.

마치 춤을 추는 듯한 두 사람의 움직임은 꽤나 오랫동안 지속되었다. 사람들은 서로 싸우던 것도 잊고 그 움직임에 눈길을 빼앗겼다. 그만큼 아름답고 부드러운 춤사위였던 것이다.

그리고 그 춤은 이내 끝이 났다. 당양우와 진우헌, 두 사람은 서로의 얼굴을 보며 말했다.

"결국 그런 건가?"

"그런 거지."

뜻 모를 이야기를 나누며 두 사람은 웃었다. 이마에 땀이 송골송골 맺힌 채 웃는 두 사람의 모습은 너무도 우애 있어 보인다. 친형제라도 이런 모습을 보여주기는 힘들 터였다.

"자, 그럼… 시작하겠네."

"오시게나."

당양우의 목소리에 진우헌은 오른손의 곡도를 들어 올렸다. 대련은 끝이 나고 이젠 진검 승부를 해야 할 때였다.

카아아앗! 피리리리링!

지금까지와는 전혀 다른 소리와 함께 호접표들이 허공으로 쏟아졌다. 목표는 진우헌의 가슴. 진우헌은 크게 발을 구르며 뒤로 신형을 튕기듯 나아갔다.

터어어엉!

족적이 확연하게 찍힐 정도로 강렬한 일격이었다. 순식간에 반 장여를 훌쩍 물러난 것인데 그가 있던 자리에 호접표가 내리꽂혔다.

파사사사삿, 파삿.

옅은 청록색의 불꽃이 피어오르며 섬뜩한 광경이 나타났다. 호접표가 진정 무서운 것은 바로 이것이었다. 이렇게 서로 부딪치면서 그 방향이 완전히 달라지는 것이다.

그냥 곡선을 그리는 것이라면 얼마든지 눈으로 좇을 수 있다. 그러나 이렇게 불규칙적인 움직임이라면 예측할 수가 없다. 그저 멀리 피하는 수밖에 없는 것이다.

그러나 아무리 빠르다 한들 사람의 움직임이 암기를 이길 수는 없었다. 호접표는 어느새 진우헌의 몸 주변을 빠르게 감싸며 달려들었다.

"가주!"

"아버님!"

진가 식솔들의 입에서 경호성이 튀어나왔다. 그대로 있게 된다면 진우헌은 죽게 된다. 물론 그는 그냥 있지 않았다.

키이이이잉~!

귀청이 떨어져 나갈 만큼 거대한 울림과 함께 그의 곡도가 허공에서 움직이기 시작한 것이다. 이번엔 이전과 다르게 미친 듯이 휘둘러 그 방향조차 알 수 없을 정도다.

카라라라랑! 카칵!

또 한 번 푸른 불꽃이 일어나며 호접표들이 움직였다. 한데 그중 단 한 개도 진우헌의 몸을 통과하는 것이 없었다.

싱, 시시싱.

마치 그의 몸이 허상이라도 되는 듯 슬쩍슬쩍 비켜 나가며 진우헌의 뒤편으로 폭사되기 시작했던 것이다. 그리던 어느 한순간 당양우가 섬전같이 달려왔다.

"차앗!"

고오오오오.

양손 가득 내력을 끌어올린 채 말이다. 그는 진우헌의 바로 코앞까지 다가와 양손을 확 내밀고 있었다.

마치 진우헌의 목을 부러뜨리기라도 하듯이 말이다. 그러나 그의 손은 진우헌의 등 뒤로 쭉 빠져나왔다. 진우헌이 아니라 그 뒤쪽으로 온 내력을 뿜어낸 것이다.

쩌어어엉!

강렬한 울림과 함께 백여 개의 호접표가 일제히 튀어나갔다. 이번 공격은 진우헌을 위한 것이 아니었다. 그의 뒤쪽에 있던 쌍요악을 향해 날린 것이었다.

파사사사삿.

"이놈들이!"

백여 개의 호접표는 모두 오 장여를 날아 섬전같이 두 사람에게 다가갔고, 쌍요악은 대경하며 양손을 휘두르기 시작했다. 어느새 두 사람의 손가락엔 다시 긴 철조가 끼워져 있었다.

쩌저저저정!

줄로 연결된 암기가 아니다. 이미 호접표의 줄은 진우헌이 모두 끊어놓은 후였다. 줄이 연결되지 않은 암기이기에 그 움직임은 당양우도 예측할 수가 없었다.

까라라라랑! 까아아앙!

허공에서 공중제비를 돌며 쌍요악 두 사람은 미친 듯이 양손을 휘저었다. 하얀 달빛 아래 움직이는 그들의 모습도 가히 대단하다 할 수 있었다. 거의 보이지도 않을 정도로 두 사람은 움직였다.

탓, 타탓.

그리곤 다시 담벼락에 내려섰다. 땀이 흠뻑 젖어든 모습이었는데 두 사람 다 두 눈 가득 살기를 담고 있었다.

"후, 고작 하는 짓이 이따위라 이거지? 좋아, 그렇다면 나도 봐줄 것 없지."

사이한 미소를 지으며 당오리가 입을 열었다. 당오리와 당일연이 흘리는 것은 땀뿐만이 아니었다. 그들은 붉은 피도 같이 흘리고 있었다.

당연한 노릇이다. 아무리 그들이 대단하다 한들 백여 개의 암기를 모두 막아낼 수는 없었다. 실제 당일연은 몇 개 깊숙이 몸에 박힌 상태였다.

"결국 실패로군."

"그래도 멋졌네."

당양우와 진우헌은 나직이 말했다. 더 이상 그 두 사람 사이에 어색한 적의는 존재하지 않았다. 그저 친한 친구로 다시 돌아온 것이다.

서로 간에 상상으로 싸우다 그들은 아주 어릴 적의 기억을 되살렸던 것이다. 암기의 줄을 끊고 이를 다시 장력으로 날렸던 어린 날의 추억. 그것을 다시 되살려 한번 해본 것이다.

"양우, 이 무슨 짓인가! 이러면 본가의 식솔들이……."

"설혹 그렇다 한들 더 이상의 죄를 지어선 안 된다고 생각하네. 미안하이, 친구들."

같이 온 당문십걸에게 당양우는 말했다. 그들은 뭔가 이야기하려 입을 달싹이려다 이내 다물었다. 당양우의 생각을 모르는 바가 아니다.

십걸은 당문에 있는 사람 중 그 누구보다도 올곧은 자들이다. 정사지간의 문파라 하지만 그들은 다르다. 확실히 정파를 지향했던 것이다.

"차라리 그럴 바엔 언질이라도 주지 그랬나? 그랬다면 이런 상황은 아닐 것을……."

십걸 중 또 한 명이 입을 열었다. 전음이라도 해줘서 같이 움직였다면 저 쌍요악을 해치웠을지도 모른다. 섣불리 건드려 화만 나게 한 셈이다.

"거듭 이야기하지만 미안하네. 그러나 나도 바보는 아닐세."

"…그게 무슨 이야기인가?"

당양우는 웃었다. 더 이상 아무 말도 하지 않은 채 말이다. 목소리는 진우헌의 입에서 나왔다.

"보면 아실 것입니다. 저기……."

그가 턱짓으로 가리키는 곳은 쌍요악이 있는 곳이었다.

"이 빌어먹을 놈들! 좋아! 터뜨려 버리겠어!"

버럭 소리를 지르며 당오리는 품속을 뒤졌다. 그가 찾고 있는 것은 작은 화탄. 불을 붙여 하늘로 던지면 어디든 볼 수 있는 불꽃이 터진다.

그 불꽃은 당문의 식솔을 모두 죽이라는 표시였던 것이다. 당문십걸이 말을 안 들을 경우를 대비한 것이다.

한데 정말로 말을 안 들으니 어쩔 수 없는 것이다. 화섭자와 같이 꺼내며 바로 불을 붙이려 하는데, 그때였다.

"…혹시 자기가 가지고 있어?"

"뭘?"

당일연에게 물었지만 원하던 대답이 아니다. 품속에 넣어두었던 화약이 어디로 갔는지 보이질 않았던 것이다.

귀신이 곡할 노릇이다. 그는 다시 한 번 가슴을 더듬으며 찾아봤지만 역시나 없었다.

혹시 떨어졌을까 봐 바닥으로 눈을 돌려도 아무것도 없다. 귀신이 곡할 노릇이 따로 없었는데, 그때였다.

"오호호, 기이한 구조로다. 과연 무엇으로 만들어졌을까나?"

한 노인의 늙수그레한 목소리가 들려왔다. 당오리와 당일연의 눈이 동시에 커졌고, 철조를 치켜든 채 빠르게 손을 돌렸다.

두 사람의 사이에 한 노인이 서 있었다.

오 척 단구의 노인이다. 머리와 눈썹, 그리고 수염까지 모두 하얗게 변한 사람으로 나이를 짐작한다는 것이 무의미할 정도다.

노인은 손에 작은 공 같은 것을 들고 있었다. 물어보나마나 당오리가 들고 있던 폭뢰였는데, 노인은 일말의 주저함도 없이 손을 움직였다.

찌익, 찌이익, 후드드득.

"에이, 별거 없구만. 뭘 이런 걸로 놀라고 그러나?"

스스스슷.

종이로 만들어진 폭뢰를 찢자 검은 화약이 떨어져 내렸다. 당연히 신호를 보낼 길은 이제 사라진 것인데, 쌍요악은 두 눈을 파랗게 빛내며 양손을 들어 올렸다.

"누구야, 네놈은?"

당오리는 이를 꽉 물며 중얼거렸다. 말과 함께 두 사람의 몸에서는 거대한 기운이 흘러나왔다. 바로 출수 준비를 하는 것이다.

"헛헛, 그저 이 집에 얹혀 있는 늙은이라네. 불민하지만 저 녀석이 내 아들이지."

슬쩍 턱짓으로 진우헌을 가리키자 쌍요악의 눈이 커진다. 그의 아버지라면 누구인지 너무도 잘 알고 있다.

"월도제 진소군!"

진가 최고의 고수가 눈앞에 나타난 것이다.

1

월도제 진소군. 하늘이 내린 무인이라 칭하는 사람이다. 구파 일방의 장문인이라도 일단 허리부터 숙이고 들어가는 사람이 바로 그였다.

무공도 그렇지만 그 인품도 대단한 사람이기 때문이다. 그는 적이 없었고 친구만 있었다. 지금도 그가 강호에 말한다면 그를 도와줄 사람이 구름같이 모일 것이다.

서림진가가 가진 힘의 팔 할이 바로 진소군 그 자체였던 것이다. 물론 진소군은 아무리 힘들어도 남에게 손을 벌리지는 않을 터였다. 그 자신의 무공이 대단하니 손을 벌릴 이유가 없는 것이다.

그가 이리 멀쩡하다면 쌍요악이 이곳에 나타날 리가 없었다. 분명 정보엔 더 이상 진소군이 활동할 수 없을 것이라 했다. 이미 천수를 다해 오늘내일 하는 것으로 쓰여 있었던 것이다.

"과연 월도제. 허명이 아니시군. 이것 참, 즐거워졌어."

"그러게요. 아주 즐거운데요? 오호홋!"

당오리와 당일연은 천천히 진소군에게 접근했다. 담벼락 위에 올라선 채 두 사람은 가운데 진소군을 두고 있는 형국인데 서로 간의 거리는 반 장이 조금 넘는 정도다.

손을 쓴다면 당장에 진소군의 신형은 걸레쪽이 되어버릴 것만 같았다. 상대는 백수천우살의 수법을 조법으로 파훼한 실력자들이다.

"즐겁다면서 땀은 왜 흘리누? 혹시 무슨 병이라도 있는 겐가?"

그저 이웃집 노인네 같은 목소리에 쌍요악의 눈길이 매서워진다. 두 사람의 몸에서 삽시간에 강렬한 기운이 치솟아 올라왔다.

쩌적, 쩍.

밟고 있는 담벼락에 금이 갈 정도로 강한 힘이었다. 입고 있는 옷자락이 펄럭거리며 서서히 두 사람의 철조에 붉은 빛이 어리기 시작했다.

"허어, 결국 연성하고야 말았구나. 혈살음수조(血殺陰獸爪)라니……."

작게 중얼거리는 진소군의 목소리에 당오리와 당일연의 입가에 지어진 웃음이 더욱더 사이해진다. 진심으로 즐거워 나오는 웃음이다.

"역시 알아주는 사람은 있게 마련이야. 내 이래서 강호에 진작부터 나와야 했거늘……."

"자기도 참, 지금이라도 나왔으니 된 거지. 그럼 지금부터 제대로 보여줄까?"

당일연의 눈에 끈적끈적한 기운이 묻어나왔다. 물어보나마나 질척한 색기다.

혈살음수조가 가지는 여러 가지 부작용 중 하나였다. 음심이 수배는 증폭되는 것인데, 그래서 그의 사형인 당오리와 부적절한 관계를 맺게 된 것이다.

"아무렴. 그래야 이 강호에 나온 보람이 있지 않겠나!"

과아아아아!

당오리의 몸에서 기의 폭풍이 일었다. 열 개의 철조는 서로 호응이라도 하듯 까닥이며 붉은 기운을 휘감아 가고 있었다.

"혈살음수조!"

당양우는 비명과도 같은 소리를 질렀다. 아니, 그만이 아니라 당문십걸 모두 비슷한 놀람을 겪었는데 그건 적어도 당문만은 혈살음수조가 무엇인지 알기 때문이었다.

"좋지 않은 것인가?"

진우헌이 당양우에게 물었다. 그가 들어본 적이 없는 것이니 아무래도 당문에 전해져 내려오는 무공인 듯했다.

"좋지 않은 정도가 아니라 절대 익혀서는 안 될 것이네. 그냥 연공이 아니라 누군가의 목숨과 피를 담보로 연공할 수 있는 것이니 어찌 익힐 수 있겠나?"

당양우는 고개를 혼들었다. 혈살음수조는 그야말로 사악한

악마들이나 익히는 조법이다.

오래전부터 당가에는 수많은 무공이 존재해 왔다. 이는 대부분 오로지 선조들의 피땀으로 완성되는 무공들이지만 간혹 그렇지 않은 것도 존재했다.

어떤 일을 계기로 당문에 무공이 흘러들어 온 것이 그것이었다. 혈살음수조가 그 대표적인 것인데, 솔직히 정확한 출처는 알 수가 없었다.

다만 그 연성 방법을 보건대 사악한 방문좌도의 무공이 아닌가 하고 추측만 할 뿐이었다. 물론 당연히 이는 파악이 되자마자 바로 처분했어야 했다.

그러나 혈살음수조의 위력이 너무도 대단했다. 제대로 연성하게 되면 붉은 안개만 보이고 그 안에서 철조만이 움직인다 했다. 실체도 없이 공격만 되는 엄청난 일이 일어나게 되는 것이다.

오로지 연구 목적으로 보관해 오던 무공이었는데 바로 그것을 당오리와 당일연이 익히게 된 것이다. 그러니 어찌 놀라지 않을 것인가?

"내 알기로 내력만을 가지고 원동력을 삼는 일반 무공에 비해 혈살음수조는 한 가지 더 매개체를 삼는 것이 있다 들었네. 그것이 바로 피라고 하더군."

"피가 매개체라니, 그 무슨 소리인가?"

해괴한 말이었다. 무공에 매개체가 있는 것도 놀라운데 그것이 또한 피라니 어찌 해석해야 할지 모를 일이었다.

"확실하게 뭐라 말하는 것은 무리라네. 나 역시 그리 잘 알고

있는 것은 아니니. 하지만 그냥 이렇게 있어선 안 된다는 것은
확실하네."

말과 함께 당양우는 차분히 내력을 끌어올렸다. 진소군은 자
신이 알아서 하겠다고 했지만 상황은 그리 낙관적으로 볼 수가
없었다.

진우헌과 한바탕 어우러질 때 두 사람은 전음을 받았다. 허허
로운 목소리의 전음은 아주 간단했다.

[잠시만 시선을 끌어주겠나?]

그뿐이었다. 그래서 두 사람은 시선을 끌었고, 이내 쌍요악에
게 공격을 날림으로써 확실하게 한 번 더 시선을 끌었다.

진소군의 뜻이었다. 하지만 진소군의 몸 상태가 그리 좋지 않
은 것을 당양우는 잘 알고 있었다. 이젠 천수가 다 되어 하늘로
돌아갈 시간만을 기다린다고 들었던 것이다.

그저 내력만 강한 보통의 상대라면 몰라도 상대는 혈살음수
조다. 그것도 두 사람이다. 그러니 그냥 있어서는 안 될 노릇이
었던 것이다.

"아니, 잠시 기다리시게."

"이보게, 우헌. 그 무슨 말인가? 영존께서 위험해질 수도 있
단 말일세!"

답답한 마음에 조금 큰 소리가 흘러나왔다. 절대 이렇게 여유
있을 상황이 아니라 그는 판단한 것이다.

"아버님께서 스스로 나오셨다면 그만한 생각이 있어서일 것

이야. 난 그렇게 믿네."

"자네 진짜……."

오늘따라 답답해 보이는 진우헌을 보며 당양우는 혀를 찼다. 그답지 않은 판단력이라 생각하고 있는 듯했다.

"욕을 해도 좋고 화를 내도 좋네. 그러나 난 확신하이. 내가 할 일은 그것이 아니야."

진우헌은 천천히 고개를 돌렸다. 그곳엔 주변을 힐끔거리며 상황을 주시하는 두 아들이 있었다.

진립과 진산 둘 다 병기를 든 채 추호도 방심하지 않고 있었다. 그 모습에 빙긋 웃으며 진우헌은 말했다.

"가서 아버님의 도를 가져오너라. 어디 있는지는 잘 알고 있겠지?"

"물론입니다, 가주님. 당장 그리하지요."

두 아들은 신형을 돌려 본채로 사라졌다. 본채의 대청에 올려 있는 진소군의 병기, 절대 모를 리가 없다.

"후."

그 모습에 당양우는 작은 한숨을 내쉬었다. 어느새 당문십걸이 모두 그의 뒤쪽에 시립해 있었다.

"자네의 판단이 틀리지 않기만을 바랄 뿐이네."

진심이었다. 걱정 어린 표정으로 그는 그리 말했지만 진우헌은 그저 편안하게 웃을 뿐이었다.

조법이라는 것은 그저 할퀴기만 하는 것이 아니다. 만일 그런 것이라면 철로 된 손톱보다 날카로운 칼을 손가락에 끼는 것이 훨씬 효과가 좋을 터였다.

베고 찌르고 흘리며 때론 잡기도 하는 것, 오히려 검보다 훨씬 다양한 초식이 존재한다. 그 다양한 활용 방법에 당오리와 당일연은 흠뻑 빠졌었다.

더 높은 무공을 배우고 싶었다. 아니, 이 강호에서 우뚝 서고 싶었다. 그들뿐만이 아니라 가문에서도 이를 부추겼다. 당연히 두 사람은 강한 것을 찾았고, 그래서 혈살음수조를 만났다.

후회하지 않는다. 그 무공으로 모든 것이 달라졌지만 그래도 그건 자신들의 선택이었다. 이것으로 하여금 강호제일이라는 네 글자가 자신들의 이름 앞에 붙어 있게 될 테니 말이다.

그런데 지금 그 믿음이 서서히 깨어지고 있다. 월도제 진소군이라는 자와 손을 섞으면서 말이다. 당오리와 당일연이 동시에 공격하는데도 옷자락 하나도 건드릴 수가 없다.

"캬아아앗!"

키이이잉, 파사사삿!

당일연이 비명과도 같은 기합성을 터뜨리며 양손을 미친 듯이 휘두르고 있다. 일견 그냥 막 휘두르는 것 같지만 전혀 그렇지가 않았다. 팔방(八方)을 기준으로 휘두르는데 양손이 서로 부딪치지 않도록 언제나 극과 극으로 움직인다.

상하, 좌우, 좌상우하, 우상좌하 같은 식이다. 당연히 공격당하는 입장에서는 피할 곳이란 없다. 그저 눈 뜬 채 당할 뿐이다.

하지만 진소군은 그렇지 않다. 당일연뿐만이 아니라 당오리 자신도 같이 공격에 임하고 있거늘 어떻게 스치지도 못하는지 알 수가 없었다. 그렇다고 진소군이 심하게 움직이는 것도 아니었다.

숫, 스스숫.

당일연과 당오리의 사이에 그저 서 있을 뿐이다. 허리와 상체의 움직임만으로 모든 공격을 피해내고 있었던 것인데 도저히 믿겨지지 않는 일이다.

"연! 다리를 노렷!"

생각할 수 있는 것은 오직 그것뿐이었다. 가장 간단하면서도 확실한 방법. 공중에 몸을 띄워놓고 공격하는 것뿐이다.

상대가 무슨 방법을 써서 이렇게 피하는 것인지는 몰라도 두 다리를 쓰는 것은 확실하다. 신법이란 그 기본이 보법에 있는 것이니 말이다. 당연히 변화가 있을 것이라 그는 생각했다.

그리고 그 생각은 옳았다. 진소군의 몸이 움직이질 않고 있었다. 처음으로 맞대응하려는 것을 느끼고 당오리는 오른손을 뻗었다. 이건 정말 무의식적으로 행한 일이었다.

목표는 저 미간 사이다. 당일연이 하체를 공격하는 사이, 그는 상체를 공격한다. 참으로 기본 중의 기본인 전술이었지만 언제나 효과적이었다.

카캉! 캉!

"……!"

당오리는 어금니를 꽉 깨물었다. 그와 당일연의 철조가 진소군의 목과 발목에서 멈추어져 있었는데 일반적인 상황이라면 살갗 깊숙이 파고들어 붉은 피를 콸콸 쏟아내게 만들어야 했다.

한데 아니다. 마치 쇳덩이를 두드리는 듯한 충격에 두 사람 모두 인상을 가득 썼다. 물론 사람의 몸이 쇳덩이가 될 수는 없다.

엄청난 내력을 담은 호신강기였다. 그것도 피부나 옷자락에 담은 것이 아니라 그냥 옷자락 위 공중에 막을 형성한 상태였다. 당오리는 머리털 나고 처음 보는 광경에 정신이 아득해질 지경이었다.

말이 좋아 호신강기지 소림의 철포삼과 비슷한 것이 사실이다. 강호의 그 누구도 제대로 된 호신강기를 펼치는 사람은 없다.

단언할 수 있었다. 당문의 뇌옥에 갇히기 전 그는 수많은 고수를 만났다. 그 고수들 중 천하제일을 다툰다는 사람들도 상당수였다.

그런 그들의 무공을 충분히 겪어봤기에 하는 말이다. 그들을 가르친 사람과 소속된 방파의 무공 역시 미루어 짐작할 수 있다.

몸 바깥으로 내력을 내보내 보이지 않는 방패 막을 만든다는 호신강기는 그저 이야기 속에나 나오는 것이었다. 단 한 번도 그런 사람을 본 적이 없고 또 한다는 사람도 없었다.

오늘 처음 보는 것이다. 진소군의 몸에서 약 일 촌 정도 떨어진 곳에 분명히 보이지 않는 막이 있었다. 확실한 호신강기라 볼 수 있는 것이다.

"빌어먹을, 사람 여러모로 놀라게 만드는구만."

"헛헛, 그랬다면 미안하이. 하나 다른 방법이 없는 것을 어떡하겠나?"

누가 본다면 아주 오래된 친구들이 서로 농이라도 주고받는 것이라 생각하겠지만 전혀 아니었다. 각자 가지고 있는 내력을 모두 끌어올린 채 대결하고 있는 것이다.

"오냐, 그 힘이 얼마나 오래 갈지 한번 보자!"

고오오오오.

당오리는 오기가 치밀었다. 그는 몸 안의 모든 내력을 다 끌어올린 채 양손 가득 힘을 주었다. 이른바 온 힘을 모두 쏟아붓기 시작한 것이다.

짜자자자작!

보이지 않은 뇌전이 당오리와 진소군 사이에서 터져 나왔다. 당오리가 힘을 사용하자 당일연도 모든 내력을 밀어 올리기 시작했다. 진소군의 얼굴에서 처음으로 웃음기가 사라졌다.

"후우……"

진소군은 긴 한숨을 쉬었다. 그리고는 양손을 슬쩍 밀어 올리며 몸 안에 흐르는 내력을 뿜어내었다.

꽈자자자작!

"흡!"

"헛!"

두 마디 답답한 음성이 들리더니 당오리와 당일연의 신형이 뒤로 밀려나기 시작했다. 담벼락 위에서 좌우로 쭉 밀려난 것이다.

퍼퍼퍼퍼펑!

그것도 그냥 밀려난 것이 아니라 거대한 구체에 의해 밀려난 듯한 흔적이 보였다. 쌍요악의 앞에 있던 담벼락은 모두 먼지가 되어 허공 가득 피어오르고 있었다.

아예 담이라는 모양 자체가 사라져 버렸다. 그렇게 근 이 장 씩이나 밀려난 쌍요악의 눈빛 속에는 경악의 감정이 고스란히 담겨져 있었다.

백여 년이 넘는 내력을 담아왔던 그들이다. 어릴 때부터 영약을 먹어가며 수련했고, 혈살음수조를 만났을 땐 감옥에서 수련했다. 아무것도 할 것이 없는 감옥에서 오히려 더 많은 내력을 수련했다.

두 사람의 본신에 담긴 내력은 자그마치 이 갑자에 근접할 정도다. 이 정도 내력이면 이 강호에서 내력으로 낭패 볼 일은 없을 것이라 그는 생각했다.

물론 당오리와 당일연 두 사람 모두 십이성을 끌어올린 것은 아니다. 그러나 부지불식간에 이미 십성 이상 끌어올렸기에 놀람은 클 수밖에 없었다. 적어도 내력으로라면 완패였던 것이다.

"연 매!"

당오리는 당일연을 불렀다. 그 외에 다른 말은 없었지만 그것으로 충분했다. 당일연은 당오리가 하려는 말을 알아들은 것이다.

"너, 그리고 너, 이리로 와. 아니, 넌 연 매에게 가고."

주변에 있던 낭인 두 명을 부르더니 한 명은 당일연에게 보냈다. 낭인은 무슨 일인가 싶어 달려왔는데, 그때였다.

파팟.

순간 당일연과 당오리의 몸 주변에서 작은 피보라가 일어났다. 그건 그들의 피가 아니었다.

같이 온 낭인들의 목에 철조를 쑤셔 넣었던 것이다. 수하 격이지만 전혀 신경 쓰는 눈치가 아니었다.

　놀란 다른 낭인들이 뒤로 물러나는 가운데 기이한 일이 일어났다. 시신들에서 흘러나온 피가 바닥에 떨어지지 않고 당일연과 당오리의 몸으로 빨려 들어왔던 것이다.

　흡수되는 것은 아니지만 그들의 몸 주변으로 타고 올라가는 광경은 충분히 공포스러운 것이었다. 게다가 하늘에 떠오른 만월까지 합쳐지자 지켜보는 사람이 섬뜩해질 정도로 을씨년스러운 풍경이 만들어지고 있었다.

　"월도제야말로 어쩌면 강호제일인에 가장 가까운 사람일 수도 있다 하더니 그 말이 무슨 뜻인지 알겠군. 진정으로 탄복한다."

　<u>츠츠츠츠츠.</u>

　몸 주변으로 흐르던 피가 뿌옇게 흐려지기 시작했다. 그야말로 피로 이루어진 적무(赤霧)가 쌍요악의 몸을 가려가고 있었던 것이다.

　두 사람이 서 있는 자리에는 어느새 붉은 안개만이 피어오를 뿐이다. 진정 보면서도 도저히 믿기지 않는 현상이었다.

　"하지만 강호제일이라면 우리도 자격이 있다고 생각한다. 그러니 내 모든 것을 걸고 도전하마. 나 당오리와 사매 일연, 최선을 다해 널 없애주겠다."

　"두말하면 잔소리죠, 자기. 얼른 시작해 보자구요."

　끈적끈적한 당일연의 목소리가 허공에 울리는 순간 진소군의 신형이 움직였다. 둥실 허공에 떠오르는 듯하더니 그대로 담벼락에서 슬쩍 내려왔던 것이다.

"천하제일이라……. 아직도 그런 망상을 꿈꾸는가? 그 참 황당하기 그지없는 소리일세그려. 헛헛."

진소군은 너무도 허허로운 모습을 보여주었다. 최고조로 내력을 끌어올린 쌍요악이 민망할 정도였다.

"강호제일이면 어떻고 아니면 어떤가? 그깟 몇 글자 때문에 사람이 사람을 상하게 한다니 참으로 어리석구나."

크게 화를 내며 하는 말이 아니다. 그저 조용히 읊조리듯 하는 말. 들어도 그만, 듣지 않아도 그만이라는 투의 말이다.

그런데 그 말이 묘하게 아프다. 평소 같으면 피식 비웃으며 간결하게 무시했을 말이거늘 이상하게 여운이 감돌았던 것이다.

괜히 사람 울컥하게 만드는 그런 재주를 가진 노인네였다. 당오리는 버럭 소리를 질렀다.

"미친! 그 말이 소용없다면 내가 가져가 주마! 그럼 얌전히 목이나 내놔!"

파아아앗!

핏빛 안개가 움직이기 시작했다. 당오리와 당일연 두 사람이 동시에 움직이자 숨 막히는 살기도 같이 움직였다.

그 살기만으로도 숨 쉬기 힘들 정도지만 진소군은 너무도 담담했다. 아니, 오히려 그들을 보지 않고 고개를 들어 하늘을 바라보고 있었다.

정확히는 둥실 떠오른 보름달을 바라보고 있었다. 너무도 여유로운 그 모습에 당오리의 적무가 멈추어졌다.

"진소군, 네가 진짜 죽고 싶은 것이냐? 아니면 우리가 안중에도 없을 정도로 가소롭다 이건가?”

아까와는 달리 진소군은 내력조차 키워 올리지 않고 있었다. 그 넉넉한 여유로움이 오히려 당오리로 하여금 손을 멈추게 하는 결과를 낳고 있었다.

“헛헛, 무슨 말인가. 어차피 자네들과 어울리기 위해 나온 것이 아니라네. 그러니 이렇게 있을 수밖에.”

“……”

뒷짐까지 진 채 넉넉하게 웃는 그의 모습에서 더 이상 내력의 흔적은 찾아볼 수가 없었다. 그나마 키워 올렸던 내력까지 모두 다시 갈무리했던 것이다.

여유로움을 떠나 오만하기까지 한 그 모습에 당오리의 눈썹이 치켜 올라갈 때였다. 그보다 먼저 당일연이 나섰다.

“그럼 죽어, 이 늙은이야!”

쫘아아앗!

적무가 갈라졌다. 그것도 한 갈래가 아니라 여러 갈래로 말이다. 물론 당일연이 한 짓이다.

자신의 몸을 둘러싼 적무를 찢는 것이니 멍청한 짓일 수도 있지만 그 효과는 절대 그렇지 않았다. 순간 진소군의 몸에 거대한 압력이 밀려 나갔던 것이다.

저 멀리서 지켜보는 사람들조차 느낄 수 있을 정도로 강대한 압력이었다. 정확히 어떤 것인지는 모르나 피하지 않으면 진소군이 위험했다.

하지만 진소군은 여전히 아무런 행동도 취하지 않았다. 그렇게 강대한 압력이 진소군의 전신을 갈가리 찢어놓기 직전이었다.

우우웅! 파아아앙!

"……!"

찢어진 적무 사이로 놀란 당일연의 눈이 보였다. 그녀가 보낸 압력이 일순간 눌리듯 사라졌으니 당연했다.

진소군은 여전히 여유롭게 서 있었다. 그 모습을 보건대 절대 그가 한 일이 아니었다. 당연히 다른 누군가가 당일연의 무공을 막아낸 것이다.

문득 진소군의 머리 위에서 뭔가 내려오는 것이 보인다. 진소군보다 훨씬 큰 그것은 물건이 아니라 사람이었다.

두 개의 검을 양손에 나누어 든 채 진소군의 앞에 내려섰다. 그는 내려서자마자 바로 몸을 날려 양손을 휘둘렀다. 문득 당일연은 그 검날의 궤적이 보이지도 않는다는 것을 느꼈다.

고수였다. 그것도 상당한. 당일연은 본능적으로 양손 가득 내력을 담은 채 철조를 가슴께로 끌어올렸다.

까앙! 까아아아앙!

"읍!"

검이 아니라 거대한 쇠몽둥이로 친 듯한 느낌에 그녀는 뒤로 크게 물러났다. 철조에 가해지는 힘이 너무도 엄청났던 것이다.

좌아아앗, 타타탓!

근 일 장여를 미끄러지고 나서야 그녀는 신형을 다잡을 수 있었다. 재빨리 다시 찢어진 적무를 보강한 후 그녀는 상대를 찾았다.

그런데 상대는 처음의 공격 후 그 자리 그대로 있었다. 선기를 잡았음에도 전혀 이어 공격할 생각이 없어 보이는 자였다.

"어디서 이런 놈이……."

아랫입술을 깨물며 당일연은 미간을 찡그렸다. 아직도 양손이 저릿저릿하게 울리는 것이 엄청난 위력이었다.

강호에 다시 나온 후 가장 강한 고수를 만난 기분이다. 그녀는 자신도 모르게 당오리를 향해 눈을 돌렸다.

"연 매!"

당오리는 대경했다. 당일연은 경황이 없어 보지 못한 것 같았지만 조금 떨어져 있는 당오리는 확실히 보았다. 당일연을 뒤로 밀려나게 만든 것, 그것은 분명 검기(劍氣)였다.

말이 좋아 검기지 실제로 이를 펼쳐 내는 것은 쉬운 일이 아니다. 누군지 모르지만 나타난 자의 힘은 절대 당일연의 아래가 아니었다.

여기까지 판단한 당오리는 오른발에 힘을 주며 앞으로 나가려 했다. 혼자가 힘들다면 둘이서 싸워야 하는 것이다.

한데 그때였다. 갑자기 그의 눈앞이 확 어두워지는 것을 느꼈다. 뭔가 눈앞에 떡 하니 시야를 막고 있었던 것이다.

"뭐야? 기력이 다 떨어져 간다더니 멀쩡하구만. 저 꼬마 놈이 날 속인 거야?"

눈앞에서 들려오는 목소리에 당오리는 두어 걸음 뒤로 확 떨어져 나가며 이 어두움의 주인공을 바라보았다. 육 척이 훨씬 넘는 거대한 자가 원인이었다.

그 키만큼이나 뱃살도 두둑하게 나온 자였다. 그러나 문제는 그 뱃살이 아니다.

몰랐다. 바로 지척에 다가왔음에도 불구하고 그는 전혀 누군가 있다는 느낌을 받을 수가 없었다. 기척조차 느낄 수 없었던 것이다.

이건 중요한 문제였다. 만일 이게 사실이라면 눈앞에 있는 이자는 자신보다 고수일 확률이 높다는 뜻이니 말이다.

"웬 놈이냐!"

당오리는 버럭 소리를 질렀다. 물론 대답을 기대하고 한 소리는 아니다.

그저 주위를 환기시키는 것이 제일 목적이다. 한데 전혀 기대하지 않던 일이 일어났다.

"나? 항자웅."

아주 친절한 대답이 흘러나왔던 것이다.

2

"아버님!"

"월이가 아니더냐? 대체 어디서 온 것이야?"

돌연한 사태에 가주 진우헌은 고개를 갸웃거렸다. 그는 진소군과 나타난 진월을 번갈아 바라보기에 바빴다.

게다가 진월의 등에는 한 여인이 업혀 있기까지 하니 더더욱 놀랄 수밖에 없었다.

"대체 넌 밖에서 뭘 하다 이제 돌아온 것이야! 또 이 아가씨는 누구고!"

멍한 그를 대신해 진립이 말했다. 말은 호통조지만 그 내용은 확실한 질문이다.

진월은 등에 업은 여인을 내려놓으며 주변을 살폈다. 여기저기 부상당하고 쓰러진 진가의 식솔들을 보는 그의 눈이 무겁게 가라앉았다.

"본가에 좋지 않은 일이 있다 하여 돌아오는 길입니다. 도중에 도움이 될 만한 분들을 모셔온 것이고요."

"도움이 될 만한 분? 이 아가씨와 저 두 사람이 말이냐?"

아무리 봐도 여인에게서는 무공이라고는 손톱만큼도 있어 보이지 않으니 이 여인을 말하는 것은 아닐 터였다. 그렇다면 저 두 사람이 도움이 될 것이라는 말이다.

물론 진립이 보기에도 놀라운 상황이긴 했다. 한 번에 당오리와 당일연을 뒤로 물러나게 했으니 말이다. 그러나 문제는 정체가 누군가 하는 점이다.

"아뇨. 이분은 같이 여행을 하는 분인데 그냥 두고 올 수가 없어서요. 그래서 일단 모셔왔습니다."

"하이화라 합니다."

"아, 예, 진립이라 합니다."

진립은 자신도 모르게 인사를 건네었다. 하이화는 싱긋 웃으며 목례를 건네었고, 진립은 머릿속이 헝클어지는 것을 느꼈다.

급박한 상황에 전혀 어울리지 않는 행동인 것이다. 왠지 가까이하면 안 될 것 같다는 생각이 드는 가운데 진우헌의 목소리가 들려왔다.

"월아, 혹시 저 쌍검을 든 협사는… 쌍룡검객 손소, 손 대협이 아니더냐?"

"……!"

손소라는 말에 모두의 눈이 일제히 앞으로 향했다. 모두 눈에 놀람을 담은 채 말이다.

진육협의 일인이다. 이 강호에서 가장 강한 백 명 중 한 명일 것이라는 세간의 평가를 받는 사람이 눈앞에 있으니 당연한 노릇이다.

진월은 얼굴 가득 큰 웃음을 머금었다. 그리곤 당당히 가슴을 펴며 대답했다.

"네, 맞습니다. 저분이 바로 진육협의 수장이신 쌍룡검객 손소 대협입니다. 본가의 위급함을 알고서는 기꺼이 도와주신다 하여 이렇게 모셔왔습니다."

"오오!"

"진육협이다!"

"싸, 쌍룡검객이라니!"

전장에서 사기가 올라간다는 말이 바로 이런 것이리라. 여기저기서 웅성거리는 소리와 함께 진가 사람들의 입가에 환한 웃음이 피어오른다.

반대로 낭인들은 모두 얼굴이 흙빛이 되어갔다. 그들은 이미 슬금슬금 뒤로 물러나기 시작했다.

"손 대협이라니… 과연 대단한 방수를 모셔왔구나. 한데 그 옆에 계신 분은 누구시더냐? 처음 뵙는 분 같은데."

바로 옆에 있는 항자웅을 가리키며 진우헌이 말하자 진월은 살짝 미간을 찡그렸다. 뭐라고 이야기해야 할지 몰랐던 것이다.

사실 그가 항자웅에 대해 알고 있는 것은 거의 없었다. 생각보다 고강한 무공을 가지고 있다는 것 정도가 유일한데 그건 소개말이 아니었다.

그렇다고 뭔가 대단한 경력도 없으니 대놓고 이야기할 것도 없었다. 어찌해야 할지 잠시 고민에 빠졌을 때였다.

"아, 그 아저씨는 항자웅이라는 사람이에요. 진우현에서 온 사람이죠."

하이화의 목소리가 허공에 울렸다. 모두들 그게 무슨 소리냐는 듯한 얼굴로 하이화를 돌아보았다.

그건 소개말이 아니다. 최소한 별호라도 이야기해야 뭔가 말이 되는데 전혀 그런 것도 없으니 도통 뭔 소린지 알 수가 없는 것이다.

"동생 분은 의원 하시고요, 아버님은 훈장을 하세요. 어머님은 요릿집을 하시는데 요리가 정말 맛있어요."

"……."

가만히 듣고 있던 진립은 한 걸음 옆으로 물러났다. 아무래도 이 여인, 제정신이 아니라는 생각이 들어서였다.

물론 정말 기쁜 듯한 얼굴로 그녀는 말하고 있다. 말 속에 뭔가 악의가 있는 것도 아니고 그렇다고 비꼬는 것도 아니다.

진짜 그렇게 생각한다는 것이다. 다만 이런 장소, 이런 상황에서 이렇게 밝게 이야기하는 것이 좀 이상할 따름이었다.

"그리고 진짜 강해요."

하나 다음에 이어지는 말에 생각을 다시금 해야 했다. 하이화의 태도엔 그 나름대로의 이유가 있어서였다.

"그러니 걱정 마세요. 아저씨가 보호해 줄 거예요. 여기 도와

준다고 약속했거든요."

"……."

역시나 기이한 아가씨다.

항자웅은 손바닥을 들어 휘휘 저었다. 얼른 저리로 가라는 뜻인데, 그 대상은 월도제 진소군이었다.

"일단은 저리 가족들에게 좀 가 있어요. 이런 데 있다가 휩쓸려 다친다고요."

"예끼, 이놈! 오랜만에 만나 할 말이라는 게 고작 손바닥 휘젓는 것이냐? 고얀 놈 같으니라고!"

항자웅은 웃었다. 하얀 이를 잔뜩 드러내면서 말이다. 장난스러운 표정은 덤이다.

"그럼요. 노인네들 이런 데 나오면 참 잘 다쳐요. 이런 건 어리고 젊은 사람들이 해야 할 일이라니까요."

"네놈 나이가 그리 어리고 젊다고는 생각이 안 되는데? 너도 곧 나 따라올 거 같은데, 뭘."

"이 노인네가 보자마자 악담이오? 아 놔, 진짜……."

툭툭 살벌한 농을 건네지만 두 노소의 얼굴은 참 밝았다. 주변 따위는 이미 안중에 없는 것이 분명해 보일 정도로 말이다.

당오리와 당일연은 속으로 부글부글 끓는 기분이었다. 두 사람은 확 손을 쓰고 싶지만 그들의 신경 속에 한 사람이 계속 걸렸다. 쌍룡검객 손소가 그것이다.

손소는 옆에서 이 두 사람을 모두 염두에 둔 채 서 있었다. 혹시라도 이 상황에서 손을 쓴다면 가만두지 않을 생각인 듯했다.

"오랜만에 뵙습니다, 어르신. 한데 제대로 인사드리긴 힘들 것 같군요."

"헛헛, 그냥 두어라, 소아야. 이 두 사람은 잠시 기다려 줄 것이야. 우리 아이들 있는 데로 잠시 가자꾸나."

기분 좋은 소리지만 적을 앞에 두고 할 말은 아니었다. 하지만 진소군은 진심인지 마치 마실이라도 나온 듯 뒷짐까지 졌다.

말도 안 되는 상황 속에 보통의 경우라면 아무리 손소라도 한 번 웃곤 다시 싸울 준비를 할 것이다. 그러나 이번엔 달랐다.

"그렇습니까? 하면 명을 따르지요."

당오리와 당일연은 잠시 멍해지는 것을 느꼈다. 설마 진짜로 손소마저 무장을 해제해 버릴 줄은 꿈에도 예상치 못했다.

한술 더 떠 손소는 씩 웃으며 신형을 돌렸다. 좌우에 있는 당오리와 당일연에게 등을 보인 것이다.

당연히 두 사람의 눈에 악독한 빛이 스쳐 갔고, 절로 손에 힘이 들어가고 있었다. 이건 하늘이 주신 기회로 지금 뒤에서 공격한다면 십 할 중 십 할이 성공할 터였다.

"멍청한 놈들, 다 죽……!"

그러나 그들이 자신들의 생각대로 움직이려는 순간 쌍요악은 가슴이 덜컥 내려앉는 것을 느꼈다. 그들의 눈앞에 거대한 월도 하나가 나타난 것이다.

<u>스스스스.</u>

진짜 월도는 아니었다. 살랑거리는 밤바람에 흔들릴 정도이니 이건 틀림없는 환상이었다. 하나 완전히 환상이라 할 수도 없다.

내력으로 만들어낸 칼이다. 그리고 그 칼은 조금만 움직여도 몸을 베어버릴 것만 같은 그런 느낌이 너무도 확실하게 느껴지고 있었다. 환상이라면 이런 느낌이 올 리가 없다.

심검(心劍), 솔직히 본 적도 없어 뭐라 정의할 수도 없지만 이런 것이 바로 심검이 아닌가 하는 생각이 들 때였다. 진소군의 음성이 들려왔다.

"잠시만 이곳에서 기다려 주시게나. 이 늙은이가 좀 할 일이 있어서 말이야. 가만히 있으면 다칠 일은 없을 것이야."

더없이 정중한 목소리지만 그 말을 거역할 수는 없었다. 아니, 거역은커녕 움직일 수도 없는데 뭘 어찌하겠는가?

손소와 항자웅, 그리고 진소군은 그렇게 움직였다. 천천히 움직여약 오 장여 너머 떨어진 진가장 식솔들이 있는 곳으로 말이다.

"이 뭐… 싸우다 말고 왔다 갔다 하는 거야? 무슨 자기네 집 안마당 드나들 듯… 아니, 맞나, 안마당?"

"진가장 안이니 그 말이 맞겠지. 뭐 쓸데없는 데 토 달지 말자고. 오랜만에 뵙습니다, 진가주님."

포권과 함께 손소가 입을 열자 진가장 식솔들이 한꺼번에 포권을 말아 올린다. 쌍룡검객 손소라는 이름이 얼마나 대단한 것인지 확실하게 알 수 있는 순간이었다.

"어이고, 대단하신 손소님일세. 황제가 따로 없으시네그려."

"언젠가 이야기했지만 부러우면 지는 거다, 친구."

뚱한 항자웅의 표정에 손소가 웃으며 말했다. 어느새 하이화가 쪼르르 달려와 항자웅의 옆에 선다.

"그놈 참, 망할 변죽은 변하질 않는구나. 가주, 소개하겠네.

항자웅이란 놈일세."

"항자웅입니다."

"진가장의 가주 진우헌이라 합니다."

진우헌은 포권과 함께 허리를 숙이며 정중히 인사를 했다. 기계적인 동작이지만 내심은 전혀 달랐다.

그는 지금 너무도 놀라고 있었던 것인데, 그의 아버지가 누군가를 소개시켜 주는 것은 오늘이 처음이다. 물론 다 크고 나서 말이다.

어릴 때 데리고 다니며 무림 인사들에게 인사하는 거야 누구나 하는 거다. 그건 그저 귀여운 자식을 자랑하고픈 아버지의 마음에서일 터였다. 얼마 전까지 본인도 그랬으니 잘 알고 있다.

그러나 커서는 아니다. 어릴 때 다 소개를 해주어서 그런지 더 이상 새로 만날 사람은 없는 듯했다.

그런데 이렇게 젊은 사람을 소개시켜 주다니……. 언뜻 봐도 진우헌 자신보다 어린 나이다. 어떻게 생각해야 할지 도무지 판단이 서질 않았다.

"재주는 있는데 성격이 참 안 좋아. 앞으로 그 점 가주께서 좀 용서해 주시게나."

"그 참 고맙기 그지없습니다그려. 누가 노인네 아니랄까 봐 대놓고 욕입니까?"

순간 진가 쪽에서 날카로운 눈초리들이 쏟아지기 시작했다. 진소군에게 하는 언사치고 상당히 예의 없다 생각한 것이다.

당연한 일이었다. 진가에서 진소군은 신(神) 이상의 존재였다. 그는 경외의 대상이었고 하늘 그 자체였다.

그런 사람에게 함부로 말하니 고운 눈길이 있을 턱이 없었다. 하나 정작 진소군 본인은 전혀 개의치 않는 모습이다.

"망할 녀석이 오랜만에 만났다고 여전히 삐딱하구나. 내가 너에게 그리 불러야 되겠느냐?"

"언제는 싫다면서요? 그래서 그리해 주고 있건만 왜 그러십니까?"

"그건 다른 놈들 이야기다. 네놈은 달라, 이 망할 녀석아."

진가장 사람들 모두 놀란 표정을 숨기지 않았다. 아무래도 진소군과 이 항자웅이란 사람의 친밀함은 보통 이상인 듯 보였기 때문이다.

손자들에게도 이런 모습을 보인 적이 없는 진소군이니 더 말해 무엇 할까? 진소군은 손을 뻗어 진립이 들고 있는 월도를 건네받았다.

"쓸데없는 소리 말고 어서 나가봐. 손님을 너무 오래 기다리게 하는 것도 예의가 아니니."

"아버님!"

"하, 할아버지!"

진우헌과 진립, 진산, 그리고 진월은 놀라 자신도 모르게 입을 열었다. 진소군이 그의 손에 들린 월도를 항자웅에게 넘겼던 것이다.

진소군의 검은 진가의 보물이자 보도다. 진가의 신물로 생각될 정도로 중요한 것인데 그걸 지금 남에게 넘기니 말이다.

그런데 더 이상한 것은 항자웅의 태도였다. 그는 아주 당연하다는 듯 월도를 받아 들고 신형을 휙 돌리고 있었다.

“예의 따위 차려줄 놈들은 아니지만… 노인네 소원이라면 들어줘야지. 에후.”

“이 녀석이 또 그런다. 자꾸 그렇게 부를래?”

“아, 이십 년을 전혀 신경 안 쓰고 살았는데 그게 하루아침에 돼요? 좀 기다려 봐요, 진짜!”

항자웅이 버럭 소리를 지르자 진가장의 식솔들의 눈에 다시 적개심이 흐른다. 그러나 이어진 항자웅의 목소리에 모두들 멍한 표정을 지을 수밖에 없었다.

“갔다 올게요, 사부.”

“……!”

진우헌의 두 눈이 부릅떠졌다. 그는 지금 자신이 잘못 들었다고 생각할 수밖에 없었다.

사부라니? 누구에게 무언가를 가르치는 데 인색한 진소군이다. 이십 년 전부터는 아예 가르치는 것이 없는 사람이 진소군인 것이다.

그런데 그런 사람을 사부라고 부르다니……. 하지만 이건 엄연한 사실이었다.

“오냐. 잘 갔다 오너라, 이 망할 제자 놈아.”

확실하게 정의를 내려주는 진소군이었다.

파아아아앙!

눈앞에 있던 심검이 가루가 되어 흩어지자 당오리와 당일연은 신형을 휘청거렸다. 두 사람의 입장에서는 그럴 수밖에 없었다.

마치 고양이 앞의 쥐처럼 전혀 움직일 수가 없었다. 온몸이 뻣뻣하게 굳어버렸고 눈동자조차 돌리질 못했다.

그것이 저 빌어먹을 진소군의 위력인 것이다. 인정하기 싫지만 그와 자신들의 차이는 너무도 명확했다.

"후우우우, 빌어먹을……."

절로 욕이 나온다. 그 수많은 세월을 뇌옥에서 보내며 내력을 키워 올렸던 그다. 강호에 나서기만 한다면 강호제일고수라는 칭호는 맡아놓은 것이나 다름없다고 생각했다.

그런데 이제 보니 우물 안 개구리가 따로 없었다. 세상에 이런 무공이 있다는 것조차 들어본 적이 없을 정도로 진소군은 강했다.

초식도 아니고 그저 내력 하나만으로 완벽한 패퇴를 경험한 것이다. 두 사람에게 너무도 아픈 경험이 지금 아로새겨지고 있는 것이다.

"욕하지 마라. 나도 지금 욕 나오려 한다. 기력도 멀쩡하면서 왜 날 가지고 난리인지… 제길."

"……."

어느새 눈앞에 한 사내가 나타나 있었다. 항자웅이라 말했던 사내. 그는 오른손에 진가장 식솔들이나 들 수 있는 월도를 들고 있었다.

마치 진소군을 대신해 상대하려는 듯 말이다. 물론 월도가 좀 많이 작아 보이긴 했는데, 이는 그의 칼이 아니기 때문이다.

"네놈이 우릴 상대하겠다고?"

당오리는 기가 찼다. 한번 얕보이니 계속 얕보이는 상황이 펼쳐진 것인데 그야말로 최악의 상황이었다.

"뭐 어쩌다 보니 그렇게 됐다. 그러니 잘 부탁해."

"돼지 같은 놈이 죽고 싶어 환장을 했구나. 개나 소나 아주 신이 났어!"

당일연의 호통에 당오리는 남모르는 한숨을 쉬었다. 자괴감을 느끼는 것은 그 혼자만이 아니었던 것이다.

"거참, 쭈그렁 할망구가 말하는 본새하고는. 돼지 같은 놈이 그렇게 싫어?"

"뭐라고? 이 미친놈이!"

당일연은 울컥했다. 하지만 이내 싸늘하게 마음을 가라앉혀야 했는데, 그건 항자웅의 모습 때문이었다.

우드드득, 우득.

한순간 그의 뱃살이 움직이는 듯하더니 모두 사라졌다. 그리곤 터질 듯한 상체와 팔뚝이 모습을 드러냈던 것이다.

보면서도 놀라운 상황에 당일연과 당오리 두 사람은 눈만 껌벅였다. 이것 역시 듣도 보도 못한 기사다.

"아직도 돼지처럼 보여? 응?"

"너 이 자식……."

고오오오오.

당오리와 당일연의 몸에서 적무가 한층 더 짙어지기 시작했다. 두 사람은 울컥한 마음에 가진 모든 내력을 끌어올렸다. 십이성의 내력을 모두 끌어올린 것이다.

"아주 피떡으로 만들어 버리마! 날 원망하지 말도록!"

"원망은 무슨, 저승에서 그 주둥이를 놀린 것을 후회하게 만들어주마!"

쫘자자자작!

적무가 찢어져 나갔다. 그와 함께 또다시 거대한 압력이 항자웅의 몸으로 향하기 시작했다.

"괴이한 무공이긴 하구나. 남의 피를 암기처럼 쓰다니."

스릉.

월도를 손에 든 채 항자웅은 머리 위로 치켜들었다. 거대한 압력이 그를 향하고 있지만 그는 꿈쩍도 하지 않았다.

"순식간에 승부가 날 테니 두 눈 똑바로 뜨고 있어라."

차분한 그의 말 속에 작은 광기(狂氣)가 어리고 있었다.

"섭섭하더냐? 내가 제자를 들인 것이 말이야."

"아, 아닙니다, 아버님. 그럴 리가 있겠습니까?"

진우헌은 고개를 흔들었지만 진소군은 그의 본심을 느끼고 있었다. 분명 그는 섭섭한 마음을 가지고 있을 터였다.

입장을 바꾸어 생각해 보면 잘 알 수 있다. 이십 년 전 십무원에서 떠나온 후 지금까지 후학들을 위해 해준 것이 아무것도 없었다.

가주의 입장에서 본다면 누구보다도 진소군의 도움이 절실했을 터이다. 그가 가진 모든 무공의 십분지 일이라도 좋으니 전수해 주었으면 했을 터이다.

그러나 진소군은 그리하지 않았다. 가끔 하는 무공의 원론적인 이야기만 해줄 뿐 더 이상 어떤 말도 하지 않았다. 진우헌으로서는 너무도 답답한 심정이었을 것이다.

"헛헛, 괜찮다. 나도 눈치라는 것이 있다. 충분히 그리 생각할 수 있지. 아무렴. 헛헛헛.”

사람 좋은 웃음을 흘리며 진소군은 고개를 돌렸다. 당오리와 당일연의 공격을 슬쩍슬쩍 피하는 항자웅을 향해서였다.

“이십칠 년 전 저놈을 만났다. 십무원의 한쪽 구석에 있었지. 다른 여러 아이와 달리 배경 하나 없는 녀석이었다.”

“…저 친구가 십무원 출신이란 말입니까?”

진우헌을 비롯한 식솔들은 놀랐지만 진소군은 아무런 말이 없었다. 그저 엷은 미소만 짓고 있을 뿐이다.

한술 더 떠 엉뚱한 이야기를 늘어놓았다. 여전히 항자웅이란 사내에 관한 이야기였다.

“하나를 가르쳐 주면 반드시 그 하나를 익히는 녀석이었지. 절대로 잊지 않는 놈. 그러더니 어느 날부터 두 개, 세 개씩 깨닫더구나.”

아릿한 추억을 더듬는 듯 그는 기분 좋은 미소를 다시 매달았다. 그러나 그 이야기의 주인공은 그리 기분 좋을 턱이 없었다.

쌍요악이 미친 듯이 공격을 해왔던 것이다. 하나 그 공격 중 아무것도 항자웅에게 적중되는 것은 없었다.

항자웅은 마치 지진이라도 난 듯 신형이 떨리고 있었다. 무슨 신법인지 모르지만 그것만으로 쌍요악의 모든 공격을 흘러내고 있었다.

“난 그 녀석에게 모든 것을 건네었다. 물론 내가 가진 초진도를 가르쳤단다.”

한순간 항자웅의 신형이 다시 또렷하게 보였다. 여전히 그는 곡도를 머리 위로 든 채였다.

슬쩍 오른발을 움직이며 그는 앞으로 나갔다. 그리고는 드디어 곡도를 든 양손에 힘을 주기 시작했다.

"떨리는 풀잎의 흔들림, 그 유려하고 아름다운 곡선의 흔들림이야말로 우리 초진도를 대표하는 것이지. 물론 가주처럼 전혀 다른 방향으로 발전할 수도 있지만 말이야."

휘이잇.

항자웅이 위에서 아래로 곡도를 쳐 내리는 것이 보였다. 정말 시원하기 그지없는 동작. 군더더기란 하나도 없는 깨끗한 동작이었다.

한데 너무 멀다. 쌍요악은 그에게서 적어도 이 장 이상 떨어져 있었으니 그야말로 허공에 칼질한 셈이었다.

보고 있던 모두가 황당하다는 듯한 눈길을 보냈다. 이제 입문한 사람에게 칼을 쥐어줘도 저 정도는 할 터였다.

쌍요악의 공격을 피할 때 보여준 그 동작에 비한다면 장난인 셈이다. 항자웅은 자신이 할 일은 끝났다는 듯 허리를 쭉 펴며 칼을 내렸다.

"그런데 그런 우리의 생각이 모두 틀렸다면 믿을 수 있겠느냐? 진짜 초진도의 모습은 그런 것이 아니라고 말이야. 바로 저런 모습이지."

항자웅과 쌍요악, 서로가 아무런 행동도 취하지 못한 채 그저 가만히 있었다. 항자웅은 곡도를 손에 들고만 있었고 쌍요악은 여전히 적무만 피워 올리고 있었다.

"초진도는 여러 가지 모습이 있다. 깨달음에 따라 그 위력이 달라지는 것이 있지. 그러나 그 모든 것을 다 고려하더라도 변하지 않는 한 가지가 있다."

진우헌은 미간을 살짝 좁혔다. 그의 말이 무엇인지 잘 알고 있다. 초진도라는 것은 한 가지 모습이 아니다.

사실 초진도뿐만이 아니라 다른 무공도 마찬가지긴 했다. 다만 초진도가 그런 성향이 좀 더 높은 무공일 뿐이었다. 실제로 진우헌의 초진도는 공기를 진동시키는 방법을 사용한다.

"바로 베는 힘이다. 풀로서 달을 벨 수 있을 정도의 예기. 난 그저 꿈이라고 여겼다. 한데 저놈은 그것을 내게 보여주었단다."

베는 힘, 칼을 사용하는 사람에게는 너무도 당연한 소리다. 그러나 그 당연한 것이 때로는 가장 어려울 때가 있다.

한계가 있는 것이다. 그렇기에 진우헌은 다른 방법을 택했다. 물론 베기는 하지만 베는 것이 전부는 아니다. 그건 진소군의 것도 마찬가지다.

"헛헛, 사실이 아니라 생각하는 것이냐?"

"소인이 어찌……. 그저 믿기 힘들 뿐입니다."

풀로서 달을 베는 예기라는 것 자체가 이해할 수 없는 것이다. 왠지 조금 과장이라 진우헌이 생각할 때였다.

"그렇다면 보거라. 저 친구를… 방금 전 베어버린 것이 무엇인지를……."

대관절 무슨 소리인가 싶어 진우헌은 눈길을 돌렸다. 진소군이 눈으로 가리킨 곳은 항자웅이 있는 곳이었다.

"……!"

진우헌의 눈이 커졌다. 아니, 그만이 아니라 바라보는 사람 모두가 눈이 커졌다. 상황이 급변해 있었다.

"크아아악!"

커다란 당오리의 비명이 허공을 울리더니 그의 주변에 휘감기던 적무가 더욱더 짙어졌다. 그건 당오리의 몸에서 뿜어져 나오는 핏줄기 때문이었다.

"사, 사형!"

대경한 당일연이 소리치며 달려갔다. 그런데 그녀보다도 더 빨리 움직이는 것들이 보였다.

딸그랑, 딸랑.

당오리의 손에 끼고 있던 철조가 그 주인공이다. 단단한 철로 만들어진 철조가 수수깡처럼 잘려 후두두 떨어지고 있었다.

그가 피워 올린 적무마저 쫙 갈라진 채 다시 채워지질 않고 있었다. 그리고 잘려진 적무 안으로 낭패한 표정의 당오리가 보인다.

당오리의 왼쪽 목 옆에서 오른쪽 옆구리 어림까지 길게 혈선이 그어져 있었고, 그곳에서 쉼없이 피가 뿜어져 나왔다.

아니, 몸이 아니라 그 일직선상에 있는 모든 것이 잘려 나간 듯했다. 철조를 낀 손가락마저도 잘린 듯 붉은 피를 쉼없이 뿌려대고 있었다.

너무도 쉽게 쓰러지는 당오리를 보며 진우헌은 입을 벌렸다. 그런 그의 귓가에 진소군의 담담한 목소리가 들려왔다.

"도기(刀氣)가 아니란다. 저건 바로 공간 그 자체를 베는 힘. 나조차도 들어설 수 없었던 경지란다. 한데 난 이미 이십여 년 전에 저것을 보았지."

문득 항자웅의 모습이 눈에 들어온다. 오른손에 들린 곡도를 털어내듯 좌우로 슬쩍 흔들고 있었다.

"나조차 들어설 수 없는 경지, 그런 것을 봤는데 어찌 누군가를 가르칠 수가 있겠느냐? 그래서 너희에게 아무것도 가르치질 않은 것이다."

피이이이, 쫘자작!

"……!"

진우헌을 비롯한 모든 사람들의 눈이 커졌다. 처음과 달리 이젠 항자웅의 주변이 베어지는 것이 확실하게 보였다. 항자웅의 상체와 하체가 어긋나 보일 정도로 확실하게 말이다.

그러나 그 현상은 이내 사라졌다. 정말 항자웅은 공간 그 자체를 벨 수 있었던 것이다.

"저 녀석에게 배워야 한단다. 그래서 내가 염치불고하고 제자로 삼았단다. 그 정도는 씌워놔야 도망가지 않을 것 아니냐? 헛헛."

담담한 음성과 함께 진소군은 입을 닫았다. 더 이상 할 말은 없었다. 참으로 오랫동안 마음속에 담아두었던 이야기를 시원하게 꺼낸 셈이다.

진소군처럼 진가의 모든 사람들은 일제히 항자웅의 뒷모습을 바라보기 시작했다. 마치 잊어먹으면 안 될 것처럼 말이다.

왠지 커다란 항자웅의 뒷모습이 각인처럼 머릿속에 새겨지고 있었다.

1

"하아… 하아……."

당오리는 가쁜 숨을 몰아쉬었다. 호흡이 가쁜 것이 아니고 오로지 고통 때문이었다.

온몸에 걸쳐진 단 한 개의 도상, 바로 그것 때문에 이렇게 곤란해질 줄은 정말 꿈에도 몰랐다.

흔히들 칼날 위에 목숨을 얹고 사는 사람들이 바로 강호인이라고 한다. 물론 당오리도 그 점을 잘 알고 있기에 언제든 죽어도 상관없다고 생각했다.

그러나 이건 달랐다. 단 한 번의 칼질, 그리고 그것으로 인해 목숨까지 위협받는 상황이 닥쳐오니 너무나 화가 치밀어 올랐던 것이다.

"쿨럭… 커."

"자기, 조금만 참아. 이제 관제묘에 다 왔다구!"

코앞에서 당일연의 목소리가 들려왔다. 그녀는 지금 당오리를 둘러업고 경공으로 달리는 중이었다.

"그… 그만… 잠시… 큭……."

당오리는 당일연의 어깨를 잡아당기며 중얼거렸고, 그러자 그녀의 발걸음이 멈추어졌다. 그녀는 땅에 당오리를 내려놓으며 상세를 살폈다.

"사형!"

당오리의 상처는 정말 작지 않았다. 기본적으로 피를 멎게 하기 위해 점혈을 하고 천으로 상처를 동여매었지만 전혀 조치가 되질 못하고 있었다.

대체 어떻게 된 것인지 모르나 피가 멈추질 않았던 것이다. 그저 쏟아지기만 하는 상황이니 당오리의 얼굴색은 점점 하얗게 변해갈 뿐이었다.

"비, 빌어먹을… 쿨럭… 커……."

입에서까지 핏덩이가 토해진다. 당오리는 두 눈을 감으며 머릿속으로 상황을 떠올렸다. 정말 이해하기 힘든 일이었다.

혈살음수조는 조법이자 암기법이다. 처음 혈살음수조의 비급을 찾았을 때 그 유용성에 당오리는 땅을 치며 감탄했다.

누가 만들었는지는 모른다. 아주 오래전 전장에서 살아남기 위해 한 고수가 만들었다고 추측했지만 정확하진 않았다.

중요한 것은 기원이 아니라 그 효과이기에 당오리는 연공을 시작했다. 다소 괴이한 것들이 좀 있었지만 그 효과를 확신하기에 열심히 익혔다.

간결하게 정의를 내리지만 혈살음수조는 피를 암기처럼 사용하는 것이었다. 물론 자신의 피로 그리할 수는 없었고 적의 피를 이용하는 것이다. 그럼으로 인해 더욱더 많은 적들을 척살할 수 있었다.

내력의 힘으로 핏방울을 휘어잡아 안개처럼 몸에 두르는 것이 그것인데 아무것도 아닌 것 같아도 막상 해보면 정말 그 유용성에 혀를 내두르게 된다.

물방울을 암기처럼 쓰는 사람은 있다. 당문에서도 가끔 그 정도로 내력이 강한 사람들이 나왔으니 별로 특이할 것은 없었다. 사실 당오리와 당일연도 어느 정도 흉내는 낼 수 있었다.

하지만 그야말로 흉내였다. 진짜 암기처럼 하려면 정말 얼마만큼의 내력을 더 키워야 할지 몰랐는데 약으로 내력을 증진하지 않는 이상 불가능해 보였다.

혈살음수조는 달랐다. 피는 물보다 점성이 강해 그 형태를 유지하는 것이 참으로 쉬웠다. 당연히 목숨 걸고 연마할 수밖에 없었다.

십이성 대성했다고 자부한다. 당일연과 함께 수없이 많은 시간을 연마하면서 부작용도 겪었다. 역시나 문제는 그 피였다.

남의 피로 무언가를 하려 하니 그 피 속에서 나온 성분이 서서히 몸에 영향을 주었던 것이다. 요기와 색기가 넘치게 되는 것은 그 때문이었다.

하지만 그는 후회하지 않는다. 세인들의 손가락질을 받는 만큼 더 대단한 것을 얻었다는 생각이니 말이다.

무공을 하는 사람에게 무공 이상의 것은 없다. 그는 그렇게 생각해 왔고 그리 행해왔다. 그런데 오늘 그 자부심이 송두리째 부서졌다.

어떻게 한 것인지 모르지만 그놈은 그와 당일연의 공격을 모두 피해냈다. 정확한 모습이 보이지 않을 정도로 몸을 흔들어대면서 말이다.

아니, 피한 것이 아니라 그들의 암기가 그를 피해가는 것같이 느껴지기도 했다. 정말 어떻게 한 것이냐고 붙잡고 물어보고 싶을 정도였다.

그러나 진짜 놀라운 것은 신법이 아니라 그 도법이었다. 단 한 번의 칼질, 허공에서 직선으로 내리그으며 제대로 멈추지도 못해 땅에 처박은 그 칼질이다.

온몸이 쪼개지는 것 같았다. 언젠가 검기도 상대해 본 적이 있는 당오리였기에 그 느낌이 어떤 것인지 너무도 잘 안다. 그런데 이건 검기와는 좀 달랐다.

검기는 날아오는 것이 느껴진다. 더욱이 당시 당오리와 그 망할 놈과의 거리는 약 이 장여. 설사 제대로 된 검기가 나온다 한들 피할 자신이 있었다.

그런데 그리하지 못했다. 그야말로 허공을 격하고 갑자기 확 나타났다는 표현이 딱 들어맞았다. 어찌 된 것인지 그는 알 수가 없었다.

그저 기억나는 것이라고는 반사적으로 양손에 내력을 잔뜩 키워 올린 채 가슴께로 끌어올렸다는 것, 그리고 그 손가락의 반이 정확하게 잘려 나간 것뿐이다.

아마 그 손가락이 없었다면 잘려진 것은 그의 심장일 터였다. 왼쪽 어깨 아래부터 오른쪽 옆구리까지 그렇게 긴 상처가 난 것은 처음이다.

이제 와 생각해 보니 어느 정도 정리가 되는 듯하다. 굳이 표현을 한다면 잘린 것은 공간이다. 그 섬뜩한 기운은 그저 그의 몸에만 느껴졌던 것이 아니라 그 앞에 있는 공간 자체에 흐르고 있었다.

"항… 자웅… 항자웅… 이 빌어먹을 놈… 컥……."

"자기, 말하지 말고 좀 가만히 있어봐."

틀림없이 항자웅이라 했다. 전혀 들어보지도 못한 이름, 어느 이름 모를 강호의 고수에게 당한 것이다.

이번 공격은 완벽한 실패였다. 솔직히 그와 당일연은 월도제 진소군의 상대도 되질 못했다. 실제로 나타난 그의 힘은 진정 눈으로 보면서도 믿어지지 않을 정도로 대단했다.

원래 가지고 있던 진가의 힘도 대단하다. 물론 데리고 온 당문십걸이 배신을 했다고는 하나 설혹 그들이 배신하지 않았다 하더라도 힘든 상황이었다.

거기에 항자웅이란 놈이 나타났다. 그리고 본격적으로 나서진 않았지만 쌍룡검객 손소도 있었다. 그야말로 용담호혈이 따로 없었던 것이다.

"이것 참, 아주 걸레가 되셨네그려? 제대로 당했는데?"

"…너… 이 개자… 크윽……."

피피핏.

당오리의 눈에 핏발이 서더니 다시 핏줄기가 터져 나왔다. 당오리와 당일연의 앞에 나타난 한 사람 때문이었다.

"쩝, 얼른 일 마치고 가서 상황 좀 보려고 했더니 이거야 뭐 벌써 끝나 버린 거네. 이래선 정말 재미없는데."

"개… 개자식… 너 우리가 당할 줄… 알고……."

"자기야, 그만하고 진정해. 이러다 진짜 큰일 난다고!"

상처를 붙잡으며 피를 멈추게 하려던 당일연이 소리쳤지만 당오리는 여전히 버둥거렸다. 그러자 사내의 목소리가 다시 들려왔다.

"그 참, 일 할이라도 도움이 될 줄 알았더니 그 정도도 아닌가? 아니지. 그 정도는 아니겠다. 이 상처만으로도 크게 도움이 되겠어."

그는 당오리의 앞에 쪼그리고 앉아 눈빛을 빛내기 시작했다. 당오리의 상처로 인해 상대의 수준을 알아내려 한 것이다.

그러자 당일연의 눈이 표독스럽게 변했다. 바로 옆에서 호기심 어린 눈을 하는 그를 향해 그녀의 일갈이 터져 나왔다.

"저리 꺼지지 못해, 이 빌어먹을 새끼! 넌 조금 있다 따로 손을 봐주마! 사형이 살지 못하면 네놈도 살지 못해!"

정말 서슬이 시퍼런 목소리였지만 사내는 유들유들한 표정을 지을 뿐이었다. 그녀의 말 따위는 애당초 들리지도 않는 듯한 표정이다.

한술 더 떠 오른손을 슬쩍 들어 당오리의 상처 부위로 가져갔다. 손가락 하나를 들더니 처음 상처가 난 왼쪽 가슴 위를 가리켰다.

"정말 대단하군. 검기로 깔끔하게 지진 것이 아니구만. 이거 야 진짜 공간을 가른 거야. 참공도(斬空刀)라는 것이 진짜 있는 거란 말이지?"

사내는 두 눈을 반짝였다. 든 손으로 가려진 옷가지를 치우며 그는 웃었는데 왠지 그 웃음이 참으로 메말라 보였다.

"너 이 새끼, 진짜 죽고 싶으냐!"

쐐애애액!

당일연이 더 참지 못하고 출수했다. 어느새 손가락에 끼워진 다섯 개의 철조로 사내의 얼굴을 내리그은 것이다.

피이잉.

그러나 그녀의 공격은 무위로 돌아갔다. 서로 간의 거리는 약 반 장도 안 되는 좁은 거리, 도저히 피할 상황이 아니었다.

"쯧, 성질머리하고는……. 그래서 너희가 감옥에 갇힌 거야. 앞뒤 생각 없이 나대니 말이야."

"……!"

어느 틈에 당오리의 신형 너머에 그가 나타나 있었다. 눈으로 보면서도 믿을 수 없을 만큼 빠른 움직임이었다.

뭘 어떻게 했는지 모르지만 이것으로 확실해진 것이 있다. 눈 앞의 이 사내도 고수란 사실이다. 그것도 이 두 사람이 어쩔 수 없을 정도로 말이다.

"지금쯤이면 진소군의 목을 따고 있어야 정상이거늘 여기서 이따위로 누워 있다니 한심하구만. 네놈들의 실력을 높이 샀던 내가 등신이다. 웃차!"

사내는 그만 가려는 듯 자리에서 일어섰다. 화려한 비단으로 만든 무복을 입고 있었는데 그 생김새는 사실 비단옷에 별로 어울리지 않았다.

수수하다고나 할까? 별다른 특징이 없는 이목구비를 가지고 있었는데 왠지 이상하게 확실하게 그 인상이 느껴지질 않고 있었다.

"네 말을 듣고 우린 움직였다! 우린 목숨을 걸었거늘 이제 와 버리겠다는 것이냐! 너… 이놈!"

당일연은 다시 일갈을 토해냈다. 이제 숨 쉬기도 힘들어하는 당오리의 심경도 아마 당일연과 같을 터였다.

두 눈에서 핏물인지 눈물인지 모를 것이 뚝뚝 떨어져 내리는 순간 사내의 입술이 다시 열렸다.

"파옥 후 세상이 다 자신들의 것이라면서 설쳐댄 것이 누구더라? 진소군 따위 한 손으로 쓸어버릴 수 있다고 하지 않았었나?"

비릿한 웃음은 덤이었다. 당일연은 그 웃음을 보고 있었지만 이번엔 아무런 말을 할 수가 없었다. 그것이 사실이니까.

"그래 놓고 이제 와 뭘 어떻게 해달라는 거지? 쓸모없는 패는 버려지게 마련이다. 당문의 이름을 걸고 나와 시건방지게 독 한 번 제대로 쓰지 않았던 놈들이 무슨 할 말이 있다는 거야."

사내의 말소리가 그녀의 폐부를 찔렀다. 그것이 무슨 말인지 그녀는 잘 알고 있었다. 무공이 안 되면 독이라도 써야 했던 것이다.

그녀는 당문 사람이다. 무공도 무공이지만 머릿속에 수많은 독이 들어 있다. 그 독 중 몇 가지도 쓰지 않은 채 이런 상황을 맞이했다.

처음에야 진가장 식솔들에게 좀 썼지만 그건 상대방에게 공포심을 심기 위한 방편에 불과했다. 진짜는 그녀와 당오리의 무공만으로 상대했던 것이다.

즉, 적을 얕봤다는 이야기밖에 되질 않는다. 그 점을 지금 사내는 짚어내고 있는 것이다.

"한두 번 실패한 놈들이야 다시 기회를 줄 수 있지. 그러나 어떻게 실패했는지가 중요해. 이따위로 제 실력조차 펼쳐 내지 못한 놈들이게 무슨 기회를 줄 수 있지?"

냉철한 판단이었다. 입 꾹 다물고 있는 당일연을 보던 사내는 그렇게 몸을 돌렸다. 이젠 진짜 저 어둠 속으로 사라지려 하는 것이다.

당일연은 마음이 급했다. 솔직히 저자가 이 상황에 도움이 될지 안 될지 모르지만 그녀는 일단 소리치고 봤다.

"사, 살려줘!"

"…응?"

비단옷의 사내가 발걸음을 멈추었다. 슬쩍 고개를 돌리며 당일연을 바라보고 있었는데, 그러자 당일연은 다시 말했다.

"살려줘. 살려준다면… 내 모든 것을 다 바치겠다."

"훗."

비장한 목소리를 내었지만 그의 반응은 차가웠다. 그저 피식 웃을 뿐이다.

"백 년도 넘은 몸뚱이 따위 나에겐 쓸모없다. 계집이 필요하면 차라리 홍루에 가고 말지. 네년이 나에게 줄 것이 있다고 생각하는 게냐?"

당일연의 아랫입술이 꽉 깨물려졌다. 물론 그런 의미로 말한 것이 아니다. 주안술을 이용하여 몸이 젊게 보이곤 있으나 그렇다고 몸뚱이를 준다는 말은 아닌 것이다.

사내도 아마 그 의미를 잘 알고 있을 터였다. 그러면서도 일부러 그렇게 말한다. 사람 끝까지 긁어내리며 화를 돋우는 셈이다.

"말씀하시는 것은 무엇이든 듣겠습니다. 내… 내 사형만 살려준다면… 살려준다면 당신을 목숨처럼 받들겠습니다."

"무슨 말… 쿨럭… 연……."

죽어가는 당오리가 반응을 보일 정도로 당일연의 변화는 놀라웠다. 그녀의 전신에서는 더 이상 팽팽한 살기가 느껴지지 않았다.

사내를 향해 모든 것을 다 내놓은 듯 경계를 푼 것이다. 그러자 사내의 눈길이 변했다.

"호오, 이것 참, 그건 좀 구미가 당기는 느낌인데? 정말 그럴 수 있겠나?"

누군가에게 고개를 숙이고 들어가는 것, 여러 가지 경우가 있다. 그중 제일 안 좋은 상황이 뭔가 약점을 잡히고 하는 것이다.

이 경우가 그렇다. 지금은 숙이고 들어오지만 결국 그녀의 본심은 아무도 알 수가 없었다. 지금 그녀의 온 신경은 오로지 저 당오리에게만 가 있으니 말이다.

당오리가 회복되면 다시 배신할 수도 있는 상황이지만 조금 다른 판단을 할 수도 있었다. 왠지 그녀의 마음이 다시 변할 것 같지는 않다고 말이다.

 그만큼 절박하다는 뜻도 있을 것이다. 잠시 그녀를 바라보던 사내는 신형을 돌려세웠다.

 "진심인지 아닌지 판단하기 애매하군. 확실히 이야기하지. 난 네 사형을 살릴 수 있다. 다시 예전처럼 움직일 수 있을지 없을지는 모른다. 하나 확실히 그는 숨이 붙어 있고 널 알아보게 될 것이다."

 "……!"

 당일연의 눈이 번쩍 뜨여졌다. 그녀에겐 그것만으로 족했다. 더 이상의 좋은 일은 필요도 없었다.

 "넌 그렇다 치고 네 사형은 나에게 충성을 할까? 난 그것이 마음에 걸려. 기껏 살려놓으면 바로 내게 혈살음수조를 날릴 수도 있다고 보는데?"

 "그럴 리는 없습니다. 나의 사형도 그대를 위해 목숨이라도 버리게 될 것입니다. 그렇지 않다면 나의 목숨을 담보로 하지요."

 정말로 굳은 결심이다. 사내는 당일연을 다시 봤다는 듯 눈빛을 반짝였다. 그저 피에 굶주린 미친 늙은이가 아닌 것이다.

 "그러니 부탁드립니다… 주군!"

 당일연은 무릎 꿇고 머리를 조아렸다. 생각지도 않은 그 모습에 사내는 고개를 좌우로 흔들며 당오리의 앞으로 다가왔다.

 "차라리 진작부터 그렇게 나올 것이지… 괜한 시간만 보냈지 않느냐."

 슛.

사내의 손이 들려졌다. 그와 함께 전신에서 엄청난 내력이 뿜어져 나오기 시작했다.

고오오오오오.

당일연이 무릎걸음으로 물러나야 할 만큼 막대한 진력이었다. 그 진력이 가득 담긴 손이 당오리의 상처 위에 얹혀졌다.

치이이익.

"크아아악!"

"살고 싶으면 가만히 있어. 이 방법뿐이야."

살이 타는 냄새가 지독하게 풍기기 시작했다. 강력한 열양공으로 아예 살갗을 지져 버려 더 이상 피가 나오지 못하게 만들려는 생각인 듯했다.

당일연도 그 생각을 하지 않은 것은 아니다. 이곳까지 오면서 칼을 달구어 지질까 하는 생각도 했지만 그리하지 못했다. 소용없었기 때문이다.

그래 봤자 살갗만 붙으니 피가 몸 안에서 고여 버리게 된다. 그럼 그것대로 큰 문제가 되는데 그것 때문에 죽을 수도 있었다.

그래서 당일연은 다시 달려가 사내를 말리려 했다. 소용없다며 소리치면서 말이다. 한데 왠지 좀 이상했다.

손바닥 모양의 흉측해진 흉터만 계속 남고 있을 뿐 그 외에 피가 고이는 듯한 모습은 없었다. 그의 열양공은 피부 안의 근육도 서로 붙여 버리는 듯했던 것이다.

칙, 치이이이익!

"우아아아악! 컥……!"

"사, 사형!"

마지막 손길이 지나고 난 후 당오리는 고개를 뒤로 젖히며 혼절했다. 이미 그의 눈동자는 완전히 뒤집혀져 있었다.

사내가 손길을 거두는 것을 보자 그녀는 달려갔고, 이내 당오리의 신형을 안아 들었다. 당오리의 가슴과 옆구리엔 여섯 개의 손바닥 자국이 선명하게 찍혀 있었다.

"가슴은 그렇다 치지만 손가락은 어찌해 볼 도리가 없다. 그 정도는 알아서 처신하도록."

"가, 감사합니다! 감사합니다, 주군!"

비록 혼절해 있지만 당오리의 숨은 붙어 있었고 맥 또한 빠르긴 해도 점점 안정적으로 변해갔다. 진짜 살아난 것이다.

손가락이 반쯤 잘려 나간들 무엇이 대수인가? 어차피 철조를 끼는 손가락, 좀 더 신경 써서 만들면 그만이다. 당일연은 눈물을 흘리며 기뻐했고, 사내는 천천히 내력을 거두었다.

"아직 기뻐하긴 이르다. 억지로 상처는 막았지만 흘린 피가 적지 않아. 살아나려면 이것저것 할 일이 많을 거다. 일단 이곳에서 움직여 모이기로 했던 관제묘로 가라."

당일연의 눈이 사내를 향했다. 사내는 손을 들어 뒤쪽 방향을 가리켰는데, 그곳이 관제묘가 있는 방향이었다.

"대단한 놈은 아니지만 원살토에서 데려온 의원이 하나 있을 거다. 그놈에게 보이면 좀 나아질 수도 있을 것이야. 아니, 사실 그놈보단 네년이 나으려나?"

사내는 피식 웃었다. 상대가 당문 사람이라는 것, 독을 알고 있지만 그만큼 해독을 위한 약초도 많이 알고 있음을 그는 잘 알고 있었다.

당일연의 의술도 상당한 것이다. 결국 그녀가 필요한 것은 치료할 수 있는 공간과 약초뿐이었다.

"그곳에서 내 다음 명령을 기다려. 당분간 진가에 대한 공격은 금한다. 넌 원살토 녀석들과 그곳에서 움직이지 마. 다시 오겠다."

"알겠습니다, 주군. 명대로 하지요."

당일연은 당오리를 둘러업었다. 이곳에 처음 왔을 때보다 그녀의 표정은 많이 밝아졌다. 세상이 어떻게 되든 말든 그녀에겐 당오리만 있으면 되었다.

"움직이겠습니다. 연락을 기다리지요."

타탓, 타타탓.

당일연은 경공을 사용해 사라졌다. 삽시간에 사라진 그녀를 사내는 잠시 물끄러미 쳐다보았다. 마치 신기한 무엇인가를 보는 듯이 말이다.

"이것 참, 쌍요악이란 자들이 저렇게 목숨에 연연해서야 뭐가 되려고 그러는지……."

피식 웃으며 그는 고개를 돌렸다. 이번에 그가 바라보는 곳은 저 멀리 있는 한 장원, 바로 진가장이었다.

아직도 붉게 색깔이 변한 손바닥을 들어 올리며 장원과 번갈아 바라보았다. 비록 당오리를 매개체로 한 것이지만 서로 간의 작은 대결이나 다름없는 상황이었다.

"역시 대단해. 사부들이 조심하라고 하는 이유가 있었어. 놀라 자빠질 정도로구만."

붉어진 손은 작게 떨리기까지 했다. 그만큼 많은 힘을 사용했다는 뜻이고 아직까지 회복이 되지 않았다는 뜻이기도 했다.

"확실히 서둘러선 안 되겠어. 잘못하면 다 망치겠는데?"

툭툭 손을 털며 그는 신형을 돌렸다. 아직도 붉은 손바닥은 여전했지만 사내는 그리 크게 신경 쓰는 눈치가 아니었다.

"그럼 조금 천천히 움직여 볼까나."

장난기 가득한 목소리가 사내의 입술에서 흘러나왔다. 하나 그 목소리 속엔 그저 장난기만 있는 것은 아니었다.

듣기만 해도 절로 웃음이 나는 장난기 아래 옅은 살기도 같이 흐르고 있었다.

2

눈은 마음이 창이라고도 한다. 가만히 들여다보고 있으면 무슨 생각을 하는지 알 수 있는 경우가 많기 때문에 그런 말이 있는 것 같았다.

때로는 그저 웃음 지으며 남의 생각을 가만히 들여다보는 것도 좋지만 어떤 때는 그렇지 않을 때가 있다. 바로 이런 경우였다.

"어이, 꼬마."

"넵, 사숙님! 부르셨습니까!"

두 눈을 반짝이며 항자웅을 바라보는 진월이 그런 경우인 것이다. 남자치고 큰 눈을 가지고 있는 진월은 지금 더욱더 크게 뜨고 있는 중이었다.

"제발 그런 눈으로 날 보지 말아주길 바라. 뭐… 돈을 원하는 거냐? 나 돈 없어."

"그럴 리가 있겠습니까, 사숙님. 전 그저 할아버님과 아버님의 말씀대로 행할 뿐입니다. 본 장에 머무르는 동안 무조건 편의를 봐드리라 하셨지요."

"그래, 말 잘했다. 그게 지금 날 편하게 해주는 거냐? 그 무언가 갈구하는 듯한 눈길을 제발 치워주라."

"이 눈빛은 어쩔 수 없습니다. 오늘부터 이 진월의 우상은 항 사숙님이시니 자연스럽게 나오는 겁니다."

항자웅은 오만상을 찌푸리며 고개를 좌우로 흔들었고, 옆에 있는 손소와 하이화는 흥미로운 표정을 했다. 항자웅이 곤란할 때면 언제나 나타나는 표정들이다.

항자웅의 입장에서 본다면 남의 불행이 자신들의 행복이란 생각으로 사는 녀석들이니 새삼 놀라울 것도 없다. 아니, 지금은 이 두 사람에게 신경 쓸 여력이 없었다.

"빌어먹을 우상은, 얼어 죽을. 좋아, 그건 그렇다 치자. 어디까지나 착각은 자유니까."

진월 이놈이 문제였다. 진짜 초진도를 보여준 후부터 시도 때도 없이 초롱초롱한 눈길을 사정없이 보내고 있었던 것이다.

"내가 왜 네 사숙이냐? 난 너랑 엮일 게 아무것도 없다고."

"무슨 말씀이십니까? 할아버님께서 제자라 분명히 말씀하셨습니다. 그리고 사숙님도 할아버님께 사부님이라 하셨지 않습니까?"

"아니, 그건 과거의 이야기야. 그 이야기를 다 해줄… 아후,

진짜."

　답답함을 넘어 벽창호라 해도 틀림없을 정도였다. 월도제 진소군과 항자웅과의 관계는 분명 사제 관계가 맞지만 그건 좀 특별한 사제 관계였다.

　과거 십무원 시절 항자웅에게 결정적인 무공을 가르친 사람들이 있었다. 바로 빙궁의 하린벽, 팽가의 거패도후 팽연지, 그리고 여기 서림진가의 월도제 진소군이다.

　하지만 항자웅은 그들 중 그 누구에게도 스승이란 호칭을 붙이지 않았다. 그들뿐만이 아니라 십무원에 있던 구파일방의 고수들에게도 그는 스승이라 부르지 않았다.

　오직 진소군에게만 그리 불렀다. 그건 항자웅이 가장 힘들었던 고비에 결정적으로 나아갈 길을 제시해 주었기 때문이다.

　그의 무공이 상승 무공으로 지나갈 길을 바로 초진도로서 가르쳐 주었던 것이다. 현재 지금 항자웅의 무공을 형성하는 데 가장 큰 일조를 한 사람이 바로 진소군이었다.

　솔직히 농담 삼아 하는 말이었다. 그것도 이십 년 전 십무원을 떠나올 때 한 말을 진소군은 잊지 않고 있었다.

　"하여튼 좋다. 한 번만 더 나한테 사숙이라 부르기만 해봐. 내가 아는 초진도, 완전히 사라지게 만들어주겠어. 그 누구에게도 안 가르쳐 준단 말이다."

　"그런 억지가……. 말도 안 됩니다!"

　뭐라고 불러도 좋았다. 진월의 입에서 저 빌어먹을 사숙이라는 말만 안 들으면 된다. 뭔가 엮이는 것이 참 싫은 항자웅이었던 것이다.

"좋습니다. 제가 양보한다고 치죠. 그럼 뭐라고 불러야 합니까? 항 대협이라 불러드릴까요?"

"항 대협은 무슨, 한 일도 없는데 뭔 대협이야. 다른 말 많잖아. 자웅이 형이나 아님 그냥 형님, 아님 공자도 좋다."

"…저랑 나이 차이가 얼만지 알면서 그러십니까?"

진월은 어처구니없다는 듯 입을 열었다. 아무리 봐도 족히 이십 년 이상 차이 나는 두 사람이다. 사실 형님이란 것은 좀 어폐가 있긴 했다.

"그럼 공자로 불러. 아니면 대인까지는 봐준다. 어때?"

"정말 그렇게 불러드려요? 진짜로요?"

"…제길."

항자웅은 머리를 벅벅 긁었다. 사실 그 어떤 호칭으로도 진월과 그와의 관계는 성립되지 않는다. 이십 년이란 나이 차이는 생각보다 꽤 컸다.

"아저씨도 있잖아요. 거 듣기 좋은데 왜 그래요?"

"꼬마 아가씨, 그건 네 생각이고."

옆에서 툭 끼어드는 하이화에게 눈 한번 흘긴 후 이번엔 손소에게 눈길을 주었다. 그의 판단을 기대하는 것이다.

"솔직히 나도 잘 판단이 서질 않는다, 자웅. 나야 언제나 국주라 불리니 별 상관 없었다만, 굳이 호칭이 그리 중요한 것은 아니잖아. 중요한 것은 숙부라 불리는 것만 아니면 되니 말이야."

"…거참, 딴에는 그러네."

손소의 말대로였다. 숙부라고 불리는 것이 죽어도 싫어 한 이야기니 그것만 아니면 됐다. 솔직히 지금은 아저씨라 불리는 것이 더 낫다고 생각하는 항자웅이었다.

확실하게 맥을 짚어준 손소를 향해 항자웅은 엄지손가락을 들어 보인 후 진월을 향해 눈길을 돌렸다. 진월은 미간을 잔뜩 찌푸린 채 뭔가 생각하는 듯했다.

"들었지? 다른 건 네 마음대로 해. 숙부만 아님 된다. 유사한 표현도 안 돼. 사백이니 뭐니 이런 말도 다 안 돼. 알겠냐?"

"……."

진월의 미간이 더욱더 찡그려진다. 결국 서로 엮이는 것이 싫다는 이야기인데 아무리 생각해도 별다른 호칭이 떠오르질 않았다.

호칭 문제는 별수 없이 일단은 접어두어야 할 것 같았다. 지금 그것보다 더 중요한 문제는 어떻게 항자웅의 마음을 얻어 초진도를 배우는가 하는 것이었다.

보지 않았다면 모를까, 본 이상 그 위력에 진월은 흠뻑 빠져들었다. 그저 빠른 것만이 아닌 공간을 베는 도법. 아직도 머릿속엔 비인차 당오리가 일도에 쓰러지는 장면이 선명하게 떠오르고 있었다.

무슨 일이 있어도 배우고 싶은 도법이다. 그러기 위해선 이따위 호칭은 문제도 아니었다.

"그나저나 슬슬 정리가 될 때도 된 것 같은데 어째 연락이 없네. 아직 정리가 덜 된 건가?"

"당문십걸이 있으니 지금쯤이면 해결되었겠지. 독술도 대단하지만 그만큼 의술도 강한 자들이니 진가의 부상자들은 해결되었을 것이야."

손소의 말대로다. 지금 진가장은 한창 바쁘고 부산스러웠는데 이는 당연한 일이다.

적들의 위협에서 벗어난 지 고작 한 식경도 되지 않았다. 초저녁에 시작된 공격, 지금은 어느새 이경 무렵이다.

일단 위급한 상황이 넘어가긴 했어도 아직 상황이 어찌 될지는 아무도 모른다. 당연히 다음 공격을 대비할 수밖에 없는 것이다.

진소군을 포함한 몇몇 사람들은 이 공격이 여기서 끝이 아니라는 것을 어느 정도 느끼고 있을 터였다. 손소와 항자웅만 해도 지금 진가장의 건너편 야산 쪽에서 강렬한 기를 느낄 수 있었다.

진소군이 말리지 않았다면 당장에 달려갔을 항자웅이다. 하나 그의 만류로 지금 그는 진가의 후원에 일행과 같이 있게 되었다.

아무래도 진소군이 따로 생각하는 것이 있는 듯했다. 그 생각을 듣기 위해 기다리는 중이다.

“예전부터 무슨 생각을 하는지 알 수가 없었던 양반이니 기다려야 하는 수밖엔 없겠지.”

“그건 네놈이 더했지. 그 큰 덩치에 안 맞게 이 생각 저 생각 하고 다니지 않았었나?”

마치 항자웅의 말에 대답이라도 하듯 진소군의 목소리가 들려왔다. 곧 문이 열리고 꽤 많은 사람들이 후원으로 들어왔다.

진소군과 가주 진우헌, 아들인 진립과 진산, 호법인 장연우와 연적심이었는데 거기에 당문십걸도 같이 있었다.

오늘 하루 본 사람은 거의 다 온 것인데 작은 방 안이 완전히 꽉 차는 느낌이다.

"무슨 그런 섭한 말씀을……. 대체 누구에게 그런 걸 배웠다고 생각합니까? 달리 사부라 불릴까나."

"정 그렇다면 저기 손소에게 물어볼까? 과연 누구의 손을 들어줄 것인지 아주 궁금하구나. 헛헛."

항자웅은 입꼬리를 말아 올리며 씨익 웃었다. 물론 진짜 손소에게 물어본다는 이야기는 아니다.

그저 즐거운 것이다. 이십 년 만의 사제 상봉이니 당연한 노릇이다.

"누구 말을 들어보니 오늘내일 하신다던데 이거야 원, 괜히 찾아온 사람 민망할 정도네."

"헛헛헛, 그래 보이느냐?"

항자웅의 얼굴에서 웃음기가 살짝 걷혔다. 실은 항자웅도 느끼는 것이 있었다.

천수가 다해간다는 것은 확실했다. 언제가 될지는 모르지만 그리 오랜 시간이 걸릴 것 같지는 않았다.

이건 무공이나 의술의 문제가 아니다. 귀천이라는 건 하늘의 섭리이자 자연의 이치, 그 누구도 거스를 수 없는 문제였다.

"그나저나 웬일로 네 녀석이 강호에 나온 것이더냐? 그냥 나온 것도 아니고 여기 처자까지 데리고 말이야. 한데 이 처자는 상당히 낯이 익구나."

마치 반가운 손자라도 본 듯 그는 말했다. 그 부드러운 모습에 항자웅의 얼굴에도 다시 웃음이 피어오른다.

받아들여야 하는 것이다. 이미 그는 자신의 운명을 받아들였으니 그를 아는 사람으로서 같이 받아들여 주어야 했다.

"낯이 익을 겁니다. 이 꼬마 아가씨 아버지가 하린벽이거든요."

"한음도 하린벽! 빙궁의 하 대협을 말하는 것이오?"

생각지도 못한 이름이 나왔는지 진우헌이 되물었고, 항자웅은 고개를 끄덕였다.

슬쩍 눈을 돌려 하이화에게 눈길을 주었다. 스스로 소개하라는 뜻이다.

"하이화라고 합니다. 빙궁에서 살아요."

역시나 특이한 소개와 함께 그녀는 항자웅의 뒤편에 살짝 숨었다. 여태껏 뻔뻔하게 잘 돌아다니더니 웬 부끄러워하는 척?

"그래그래, 이제 보니 하린벽 그 친구를 쏙 빼닮았구만. 헛헛, 영존께서는 안녕하신가?"

"말씀 중에 죄송하지만 현재 빙궁의 사정이 좋지 않다고 들었습니다. 하면 하 낭자는 항 대협을 초청하러 나온 것이로군요."

빙궁이 현재 외부의 적을 맞고 있음은 널리 알려진 사실이다. 오히려 이곳 서림진가보다 더 먼저 싸우고 있었다.

빙궁의 최고수라 할 수 있는 한음도 하린벽. 그 딸이 지금 외부로 나왔다면 생각할 수 있는 것은 도움을 구할 방수를 찾는 것뿐이다. 진우헌의 추측이 잘못된 것이 아닌 것이다.

물론 항자웅의 입장에서 본다면 맞는 이야기는 아니다. 하나 결과적으로 그리 생각하는 것이 옳았다.

“아니, 그보다는 이 아가씨의 안전이 더 중요한 것이었구만. 몸 안에 빙정을 가지고 있지 않은가?”

“네?”

역시나 진소군은 한눈에 알아보았다. 다른 사람들이 모두 놀라는 가운데 그는 하이화에게 정중한 목소리를 내었다.

“상황이 이러니 하 낭자에게 부탁을 드릴 수밖에 없겠군. 현재 가솔들의 상당수가 다친 상황이네. 귀찮겠지만 그들의 치료를 위해 잠시 움직여 줄 수 있겠는가?”

“……”

정중한 진소군의 목소리에 하이화는 항자웅의 뒤에 숨어서 나오지도 않았다. 항자웅은 그녀의 머리를 슬쩍 쓰다듬었다.

“별것 아니야. 왜 우리 집에서 나한테 했듯 여기 아픈 사람들에게 해주면 돼. 그것만 해도 그들에게는 엄청난 도움이 되거든.”

“…내가… 도움이 된다고?”

하이화는 고개를 갸웃거렸다. 왜 이런 반응인지 모르긴 해도 추측은 가능했다. 아마도 그녀는 어릴 때부터 여기저기 구박 좀 받았을 터였다.

당연했다. 정신이 온전하지 못하니 말이다. 누군가에게 도움이 된다는 것 자체가 그녀에겐 신기할 수밖에 없는 것이다.

“그래. 그렇게만 해주면 나머지는 다른 사람들이 알아서 할 거야. 난 여기서 저 할아버지하고 할 이야기가 있으니… 꼬마 네가 데려가라.”

빙정의 힘이 발현된다면 독은 거의 활동하지 못한다. 독과 극

열이 상극이라는 것과 비슷한데 극열만큼이나 같은 효과를 내
는 것이 극한이었던 것이다.

　게다가 빙정으로 인해 정신도 차분하게 가라앉는 효과를 내
니 일석이조였다. 독으로 인한 요상에는 탁월한 효능이 있었다.

　"아저씨는 안 가?"

　"난 조금 있다가 갈게. 그리 오래 걸리진 않을 거야."

　잠시 주변을 보며 주뼛거리던 그녀는 곧 고개를 끄덕이더니
진월의 옆으로 갔다. 진월은 밝은 웃음과 함께 손을 뻗어 문을
가리켰다.

　"가시죠, 하 낭자. 일이 다 끝나면 후원의 연못을 보여줄게요.
진짜 좋다구요, 거긴."

　"잉어도 있어?"

　"그럼요! 커다란 거북이도 있어요."

　침울했던 얼굴은 순식간에 사라지고 그녀는 밝게 웃기 시작
했다. 그렇게 두 사람은 문으로 사라져 갔고, 항자웅은 그저 멍
하니 뒷모습만 바라보고 있었다.

　"흐음, 그럼 넌 지금 강호에 싸움 나는 곳만 골라서 찾아다니
는 것이냐? 너답긴 하지만 그런 오지랖은 아닌 것 같은데?"

　진소군의 목소리에 항자웅은 정신을 차렸다. 왠지 진소군의
눈초리가 묘하다.

　"그럴 리가 있어요? 내가 무슨 싸움귀신도 아닌데 왜 전쟁터
만 돌아다니겠어요. 그게 아니라 난 원살토를 쫓고 있어요."

　"원살토? 그건 또 무슨 이야기더냐?"

　항자웅의 미간이 살짝 찡그려졌다. 진소군의 모습을 살펴보

니 진짜 모르는 듯한 모습인데 이상한 것은 그 옆에 있는 사람들의 표정이다.

그들도 무슨 말이냐는 듯한 얼굴을 하고 있었다. 아무래도 여기서 서로 정보를 내놓아야 할 필요가 있을 듯했다.

"나와 손소가 온 것은 이곳의 소문을 들어서가 아니에요. 그렇다고 진월 녀석이 알려준 것도 아니지요. 원살토를 쫓는 과정에서 알게 된 사실입니다."

진우현의 항가장에서 시작된 일부터 해서 팽호를 만난 일, 지살토의 우천간을 만나 이곳에 대한 일을 듣게 된 것, 그리고 그리해서 지금 이 자리에 와 있다는 것을 항자웅은 간략하게 정리해 말했다.

이야기를 하는 내내 사람들의 표정이 보였는데 다들 상당히 기묘한 표정을 보여주었다. 아무래도 처음 들은 것이 분명했다.

"그럼 지금 본 장의 이 흉사 뒤에 원살토가 있다는 말입니까?"

얼굴을 일그러뜨리며 큰아들 진립이 울분을 토해내었다. 당한 가솔들이 상당수니 충분히 이해되는 반응이다.

"지살토의 우천간을 만났을 때 그가 직접 한 말이니 믿을 수밖에 없을 듯합니다. 그는 원살토의 아래 있는 천살토 쪽에서 움직였다고 했어요. 그들이 이 흉사의 뒤쪽에 있다는 것은 틀림없는 사실입니다."

손소의 확인이 더해지자 여기저기서 적개심 어린 눈빛들이 줄기줄기 새어 나왔다. 흉수의 실체를 확인한 이상 남은 것은 복수뿐인 것이다.

“이상하군. 원살토는 지금 현재 하 낭자가 있던 빙궁과 일전
을 치르는 중이라 알고 있는데 본 장을 칠 여력이 있단 말인가?
그들의 힘이 그토록 대단하나?”

호법인 장연우가 중얼거렸다. 그야말로 모든 사람이 의문스
러워하는 점이 이것인데 사실 이건 항자웅도 같이 가지고 있던
의문이다.

“제 표국이 대단하다는 것은 아니지만 표국의 정보망에서도
원살토의 힘을 예측할 수가 없습니다. 생각보다 대단한 조직인
듯합니다.”

“손 대협께서 그리 말씀하신다면 재론의 여지가 없지요. 이
강호에 그런 세력이 활개치고 있었는데 대체 왜 아무도 몰랐던
것인지……”

가만히 듣고 있던 항자웅은 눈빛을 살짝 빛냈다. 가주 진우헌
의 말, 틀린 것이 아니다.

이 정도 세력이 규합되어 움직인다 해도 일단 준비 기간이라
는 것이 있다. 그리고 그 기간 동안 전력은 노출된다. 아무리 비
밀로 해도 말이다.

특히나 이 강호엔 천약련이 있다. 강호에서 일어나는 각종 대
소사에 깊숙이 관여하면서 조금이라도 정의로운 세상을 만들기
위해 노력한다는 그들, 그들이 이 일을 몰랐을 리가 없다.

그러고 보니 이곳에도 천약련의 힘이 전혀 미치지 못했다. 천
약련 자체는 잘 모르지만 그 안에 외무원주로 있는 진덕승은 잘
알고 있다. 진덕승은 이런 일을 눈감고 있을 사람이 아니다.

뭔가 있었다. 그것이 어떤 것인지 아직 감이 오질 않고 있지

만 틀림없이 어떤 일이 일어나고 있는 것이 분명했다.

"그렇다면 설마 본 문의 일에도 원살토가 개입되었다는 이야기가 되는 것입니까?"

모든 사람들이 눈길이 한꺼번에 모였다. 검은 무복을 입은 열 명의 사내, 당문십걸이었다.

상황을 파악하고 종합하여 생각해 본다면 결론은 그뿐이었다. 항자웅 일행은 서림진가를 천살토가 공격한 것으로 알고 있는데 천살토라고 온 사람들이 당가 사람들이다.

당연히 그리 생각할 수밖에 없는 것이다. 당문의 흉사 뒤에도 원살토가 존재하는 것은 부인할 수 없는 사실이다.

"아무래도 당가와 본 문과의 일에는 원살토라는 자들이 배후에 있는 것 같구나. 그런 의미에서 내 하나 부탁하고 싶은 것이 있다. 들어줄 수 있겠느냐?"

진소군의 말에 항자웅은 고개를 돌렸다. 어느새 그는 바로 앞에 나타나 자신을 바라보고 있었다.

원래 진소군은 작다. 이십 년 전에도 항자웅의 명치쯤밖에 오지 않았던 그인데 지금은 허리가 굽어 더 작아졌다. 왠지 모르게 콧등이 시큰한 순간이었다.

"부탁 나름이지요. 애를 낳아 달라거나 하늘에 있는 별을 따다 달라면 못합니다."

"헛헛, 망할 놈, 여전하구나. 걱정 마라. 그런 것은 아니니."

툭하니 항자웅의 옆구리를 치곤 진소군은 고개를 들었다. 잔주름이 가득한 노안과 함께 투명하리만치 깨끗한 눈동자가 눈 안 가득 들어온다.

눈만 본다면 아직 소년의 그것과도 같은 진소군이다. 내력의 정심함이 상상 이상임을 알 수 있게 하는 증거였다.

"이곳은 걱정 말고 어서 빙궁으로 가라고 하고 싶건만 차마 그럴 수가 없구나. 나도 그렇고 우리 진가의 힘도 그리 강하지가 못해."

"아버님⋯⋯."

현 가주인 진우헌이 아랫입술을 깨물었다. 가슴 아프지만 그 말을 부정할 수가 없었다. 그래서 더욱더 가슴이 아리는 순간이었다.

"좀 기력을 회복한 후 내가 저쪽으로 가보려 한단다. 그때 같이 좀 가줄 수 있을까나?"

슬쩍 눈빛으로 바깥쪽을 가리키며 진소군이 말했다. 그 방향은 진가의 앞산 방향, 바로 정체를 알 수 없는 거대한 힘이 느껴지는 곳이었다.

현재 진가의 힘은 겨우 장원만을 지킬 정도다. 그것도 고수들이 모자라 아주 힘겹게 말이다. 그만큼 왔던 자들의 힘은 대단했다.

그들을 대신하여 진소군이 나서겠다는 말인데 그보다 더 중요한 것이 있었다. 기력을 회복한다고 했다.

가만히 있어도 천수가 다해가는 사람이다. 기력을 짜내 움직인다면 어떻게 될지 모르는 상황이다.

어쩌면 이 세상에서 마지막 행사가 될 수도 있었다. 비록 웃음 가득 지으며 말하지만 그 속뜻을 파악하지 못할 항자웅이 아니다.

"장난해요, 사부?"

진소군과 같은 미소가 항자웅의 얼굴에서도 피어올랐다. 하지만 완전히 같지는 못했다. 진심으로 웃는 진소군에 비해 항자웅의 것은 조금은 건조한 것이었다.

"그러려고 온 겁니다. 저 녀석하고 함께요."

애꿎은 손소에게 입술을 비죽 내밀며 항자웅은 고개를 돌렸다. 왠지 모를 울컥한 것이 가슴속에서 밀려들어 왔기 때문이다.

그냥 계속 보고 있으면 꼴사나운 모습을 보일 수도 있을 것 같았다. 이 덩치에 눈물이라니 말도 안 되는 상상이다.

"헛헛, 고 녀석."

진소군은 한 번 더 항자웅의 옆구리를 툭툭 쳤다. 어깨를 치고 싶었지만 키 때문에 허리를 치는 것이리라.

"고맙구나."

부드러운 그 음성에 항자웅은 천장으로 시선을 돌렸다. 왠지 천장의 서까래가 슬쩍 흐려 보이는 것 같았다.

그렇게 한참 동안 항자웅은 천장만 바라보았다. 흐려졌던 서까래가 다시 깨끗하게 보일 때까지 말이다.

1

딸그랑.

철조가 떨어지는 소리. 절로 귀를 막고 인상을 쓰게 만들 만큼 시끄럽다. 보통 때라면 버럭 소리라도 지르며 조용히 하라 했을 터였다.

그러나 지금은 아니다. 그 상대가 바로 자신의 사형인 당오리이기 때문이다. 당일연은 아랫입술을 질끈 깨물었다.

"빌어먹을… 빌어먹을! 이 개 같은 미친 손가락!"

카랑, 캉.

나머지 철조를 모두 바닥에 내던지며 당오리는 욕지거리를 시작했다. 내뱉은 말 속에는 짙은 살기도 같이 들어가 있었다.

"자기야, 조금만 진정해요. 조금만 더 쉬게 되면 다시 예전처럼 움직일 수 있을 거예요."

당일연은 당오리의 어깨를 부여잡으며 말했다. 최대한 부드럽게 아무것도 아니라는 듯이 말이다.

그러나 당오리의 입술은 이미 비틀어져 버린 후였다.

"예전처럼 움직인다고? 이 몸이?"

당오리는 손을 들었다. 양손 새끼와 약지가 절단된 상태, 더 이상 피가 나오지 못하도록 목면 천으로 칭칭 둘러 감은 모습이다.

"예전처럼은 고사하고 빌어먹을 철조도 낄 수가 없어! 온몸에 힘이 전혀 들어가질 않는단 말이야!"

화를 내며 당일연의 신형을 밀어내려 했지만 그마저도 불가능했다. 당오리는 아예 몸에 힘을 주는 것 자체가 불가능했던 것이다.

어떻게 목숨은 살렸지만 그것으로 끝이었다. 걷거나 간단하게 움직이는 것은 가능할 것 같았지만 그래선 안 된다.

그는 무림인이다. 세상 사람들에게 손가락질 받아가면서도 이를 악물고 살았던 이유는 단 하나, 그가 가진 무공의 성취뿐이었다.

그런데 이젠 그 성취를 전혀 느낄 수가 없다. 살아도 산 것이 아니게 된 것이다.

"나… 난 당오리야! 당문의 당오리! 쌍요악의 일인이며 혈살음수조의 주인이야!"

"자기야!"

당일연은 당오리의 신형을 꼭 안았다. 지금 그녀가 해줄 수 있는 것은 이것이 전부였다.

목숨도 겨우 붙인 상황이다. 더 이상 무엇을 더 할 수 있단 말인가? 여기에서 무공까지 회복하는 것은 솔직히 무리였다.

그나마 운이 좋아 살아날 수 있었건만 당오리의 입장은 좀 달랐다. 그는 차라리 죽는 것이 낫다고 생각하고 있는 것이다.

"이야! 대단한 회복력일세. 고작 삼 일 만에 움직일 수 있게 된 건가?"

음울하고 침울한 두 사람과는 달리 아주 밝고 낭랑한 목소리가 뒤쪽에서 들려왔다. 순간 당오리의 눈길이 움직였다.

바로 당오리 자신을 살려준 자다. 비단으로 만든 화려한 무복을 입은 사내인데 몇몇을 대동하고 관제묘 안으로 들어서고 있었다.

"너… 네놈 때문에 내가 이렇게 되었다! 이놈! 이게 무슨 꼴이란 말이야!"

"자기, 아니, 사형! 제발 좀 진정하세요, 사형."

당일연의 품에서 버둥거리며 당오리는 살기 어린 눈길을 보냈다. 하지만 비단 무복의 사내는 전혀 신경 쓰지 않는 모습이다.

"이런이런, 지금 무슨 소리를 하는 것이지? 나 때문에 네가 그렇게 되었다고? 네가 그렇게 된 것은 항자웅이란 놈 때문이 아니었나?"

타박타박 앞으로 걸어나와 당오리의 앞에 사내는 섰다. 당오리는 독기 어린 눈으로 사내를 노려보며 이를 갈았다.

"고치려면 내 무공도 같이 고쳐야지! 이래서는 날 죽인 것과 무엇이 달라! 네놈도 무인이라면 이해할 것이 아니냐!"

"허참, 물에 빠진 놈 살려줬더니 보따리도 내놓으라 이건가?"

너털웃음을 지으며 사내는 뒷머리에 손을 올렸다. 살짝 난감하다는 동작. 그러나 왠지 모르게 장난기가 묻어 나오는 동작이었다.

"이봐, 당일연, 난 엄연히 너와 네 사형의 주인이 아니었나? 어째서 이런 이야기를 내가 들어야 하지?"

"주, 주군, 그게… 그게… 저……."

당일연은 당황한 모습을 보였다. 틀림없이 그녀는 말했다. 살려만 준다면 주군으로 모시겠다고 말이다.

그녀만이 아니라 당오리도 마찬가지다. 물론 당오리가 사경을 헤매는지라 의견을 물을 수는 없었지만 그녀는 분명 약속했다. 당오리가 깨어난다면 같이 모시겠다고 말이다.

한 입으로 두말한 셈이다. 뭐라고 한들 반박할 상황이 아니었다.

"넌 분명히 살아만 있으면 된다고 했다. 나 또한 그리할 수 있었기에 그리했고. 그런데 일단 살아보니 그게 아니다 이거냐? 이것 참, 뭐라고 해야 하나."

사내의 음성에 작은 노기가 느껴진다. 당일연은 어찌해야 할지 모르며 고개를 좌우로 흔들었다. 결국 그저 사내의 처분에 맡길 수밖에 없어 보였다.

"우리가 이곳에 와 있는 것 자체가 당신이 만든 일 아닌가? 그 때문에 난 무공을 잃었어. 당연히 할 수 있는 말이라 생각하는데?"

"당문의 깊은 뇌옥에 감금되었던 사실은 잊었나? 그걸 구해

준 대가로 이곳에 와 있는 것이라 생각되는데?"

뭐라고 하든 도저히 이 비단 무복의 사내를 이길 수는 없었다. 그는 분명 먼저 베풀었고 그다음 움직인 것이 쌍요악이다. 탓할 거리는 아예 없었다.

당오리의 무공이 사라진 것이 문제가 될 뿐이다. 그 때문에 비틀린 당오리의 심정은 절대 돌아오지 않을 듯했다.

"당신이 내 무공도 같이 살렸다면 나 또한 당신에게 충성을 바쳤을 것이다. 이 꼴이 되어서 내가 충성을 바친다 한들 뭘 할 수 있겠나! 그 정도는 생각해 주어야 하는 것 아닌가?"

"크핫핫! 천하의 쌍요악이 이렇게 뻔뻔한 놈들인 줄 정말 몰랐군. 대단하다, 아주."

웃지만 기분 좋아 웃는 웃음은 아니다. 그 웃음에 실린 감정은 은은한 노기였다.

"좋아, 그렇다면 내 한 가지 더 이야기해 주지. 네놈의 무공, 살릴 수 있다. 어쩌면 이전보다 더욱더 강해질 수도 있지."

"…뭐라?"

당오리의 눈이 반짝였다. 다른 사람이 이야기하는 것이라면 헛소리라며 화를 냈겠지만 눈앞의 사내는 달랐다.

이 가슴에 일곱 개의 손바닥 자국을 만든 자다. 열양공으로 근골과 뼈를 붙인 대단한 내력의 소유자이자 기감의 소유자다.

비록 뇌옥에 갇혀 있었기에 많은 무림인을 만나보진 못했지만 그는 어느 정도 느낄 수 있었다. 아직까지 이 사람처럼 강한 사람이 없었다고 말이다.

"이젠 귀까지 안 들리나? 네 무공을 되살릴 수 있다. 단, 지금처럼의 모습은 되지 않을 것이야. 어쩌면 사람같이 보이지 않을 수도 있어."

"상관없다! 그런 길이 있다면 난 택하겠다!"

"자기야!"

두 번 생각할 것도 없다는 듯 당오리는 대답했다. 그는 슬쩍 고개를 돌려 당일연을 향해 말했다.

"이 모습을 봐, 연 매. 내력이 움직이지 않으니 주안술도 깨어지고 있어. 난 곧 하얀 머리의 쭈그렁 할아범이 된다. 게다가 이 손은 철조도 제대로 못 끼고 있지."

맞는 말이었다. 지난 삼 일 동안 당오리는 정말 많이 늙었다. 삽시간에 칠십대의 노인으로 변한 것이다.

시간이 흐르면 흐를수록 그는 본래 나이를 찾게 될 것이다. 어쩌면 그 때문에 죽을지도 모를 정도로 그들의 나이는 적지 않았다.

"이래 죽나 저래 죽나야. 난 준비가 됐다, 연 매."

"……."

당일연은 그를 말릴 수가 없었다. 이미 당오리는 머릿속으로 계산이 끝난 후였다. 이젠 염라대왕이 와서 윽박지른다 하더라도 그의 결심은 변하지 않을 터였다.

당오리는 갑자기 자세를 고쳐 잡았다. 두 무릎을 땅에 꿇으며 비단 무복의 사내 앞에서 꼿꼿이 허리를 편 것이다.

"나 당오리, 만일 당신이 내게 무공을 돌려준다면 목숨을 다해 그대를 섬기겠소. 이건 진심이오."

짐짓 비장한 각오인지라 장내에는 무거운 분위기가 흐르기 시작했다. 하나 비단 무복의 사내는 역시나 전혀 개의치 않는 듯했다.

"둘 다 아주 필요하면 납작납작 잘도 엎드리는군. 뭐, 그것도 장점 중 하나이려나."

한순간에 얼굴을 바꾸는 것도 재주라 했다. 그런 면에서 따지자면 당오리는 최고였다. 필요한 것을 얻어내는 능력인 셈이다.

"좋아, 주지. 전보다 더한 무공을 주겠다. 기간은 삼 일. 원래 사람마다 다르지만 당오리 너라면 가능할 것이다."

"삼 일! 정말입니까?"

말투까지 완전히 바뀌었다. 적응력 하나만큼은 인정해야 할 듯하다.

"약속하지. 그 후엔 넌 강호제일의 고수를 바라볼 수도 있을 것이다. 물론 내가 말한 대로 모습은 장담할 수 없다."

"상관없습니다, 주군! 감사합니다!"

크게 허리를 숙이며 당오리는 절을 했다. 비단 무복의 사내는 고개를 좌우로 흔들며 슬쩍 몸을 비틀었다.

"상황이 이러니 아무래도 빙궁은 자네 혼자 가야 할 것 같으이. 그곳에 가서 상황을 마무리해 주겠나?"

"그러지요. 하면 살명대를 두고 가겠습니다."

"아니, 필요없네. 데리고 빙궁으로 가서 힘을 보태게. 이곳은 나와 이 두 사람만 있으면 충분할 것 같아."

"…진심이십니까?"

놀라며 되묻는 사람은 바로 살왕 육야혼이었다. 그와 독안수 비간이 같이 있었는데, 놀라는 것은 당연했다.

살명대까지 같이 가면 남은 것은 낭인 나부랭이뿐다. 적들의 힘을 생각해 봤을 때 절대 무리였다.

하나 비단 무복의 사내가 농담하는 것은 아니었다. 그는 지그시 육야혼을 바라보며 왜 안 가느냐는 듯한 눈길을 던지고 있었다.

"알겠습니다. 하면 움직이지요. 빙궁에서 뵙겠습니다."

"그래. 그러지."

육야혼과 비간은 그렇게 떠났다. 관제묘에 나타날 때처럼 사라질 때도 그렇게 흔적 없이 말이다.

"자, 그럼 이제 우리의 이야기를 해볼까? 아참, 우선 기력부터 다스려야겠지?"

툭.

당오리의 눈앞에 작은 종이 뭉치가 떨어졌다. 손톱만 한 크기로 잘 접혀 있었는데 펴보니 하얀 가루였다.

"먹고 대주천을 시작하게. 잘 안 되지만 될 때까지 해야 할 것이야. 물론 힘들지. 죽고 싶을 정도로."

"죽음 따위, 두렵지 않습니다, 주군."

사락.

당오리는 단숨에 약을 입안에 털어 넣고 가부좌를 틀었다. 그러자 당일연이 당오리의 뒤쪽에 같이 가부좌를 틀었다.

"호오, 같은 내력을 익혔으니 이럴 땐 좋군. 이러면 내가 할 일이 확 줄어드니 고마울 따름이야."

그녀는 당오리의 등에 손을 붙이고 내력을 흘리고 있었다. 당오리의 대주천을 도와주려는 심산인 듯한데 충분히 가능한 일이었다.

"뭐 이러면 일단은 두고 보는 것뿐인가? 아이고."

관제묘의 한쪽, 마른 짚단이 쌓인 곳에 사내는 몸을 뉘었다. 푹신하게 파묻혀 들어가는 그 느낌에 절로 몸이 녹는 느낌이다.

"그럼 난 한잠 잘 테니 다 되면 깨우시게. 시간은 좀 걸릴 것이야."

작은 중얼거림과 함께 그는 눈을 감았고, 당오리와 당일연은 사력을 다해 대주천을 시작했다. 움직이는 것이라고는 바닥에 떨어진 빈 약 종이뿐이었다.

살랑거리는 바람에 슬쩍슬쩍 펄럭이고 있었다. 그러다 휙 하고 얕은 바람이 불자 종이는 부웅 날아갔다.

그리곤 다 쓰러져 가는 기둥에 부딪쳐 떨어졌다. 한데 그 종이가 떨어진 그곳에 먼저 놓인 것이 있었다.

동글게 말려 있는 약 종이, 그건 바로 육야혼이 입안에 털어넣고 구겨 버린 약 종이였다.

두 개의 종이는 완전히 같은 것이었다. 육야혼이 이를 갈며 먹었던 해독제, 그것이 당오리에게는 회복약이 되어 전해진 것이다.

어떻게 된 일인지는 비단 무복의 사내만이 알 뿐이다.

*　　*　　*

푸드드드득.

고요한 적막 속에 짐승의 날갯짓 소리가 파문을 일으킨다. 파문의 정체는 회색과 흰색이 반반씩 섞인 비둘기였다.

비둘기는 한 사내의 손에 잠시 잡혀 있다가 크게 날아오르는 중이었다. 손의 임자는 손소였다.

"뭐래?"

바로 옆에 있던 항자웅은 손소를 힐끔 보며 말했다. 비둘기는 손소의 손진표국에서 온 전서구였다.

"이상하군. 아직까지 당문에 별다른 일이 없어 보인다는데? 아무래도 누군가 완벽하게 정보를 차단하고 있는 것 같아."

"당문의 뇌옥에 있어야 할 쌍요악이 나와 설치는데 아무런 일이 없다……. 상대가 누구인지 모르지만 꽤나 골치 아픈 놈들 같은데."

손소는 고개를 끄덕여 동의를 표시했다. 틀림없이 용의주도한 놈들일 터. 일단은 정보가 너무나도 필요한 상황이다.

"아무런 일이 없어 보인다지만 이미 많은 무림 세력들이 주지하고 있는 것 같다. 하긴 당문십걸이 모두 나왔으니 그럴 수밖에 없겠지. 아마 지금쯤 이곳의 사정이 모두 당문으로 흘러들어 갈 수도 있을 것 같아."

"그렇다면 위험한 것 아닌가? 당문 내의 암투가 존재하고 그때문에 당문십걸이 내키지 않는 걸음을 했다면 결과적으로 당문십걸은 그들을 배신한 셈이니."

정자의 난간에 걸터앉아 항자웅은 의뭉스런 표정을 지었다. 아무래도 이번 일엔 의문점이 너무 많다.

당문이 당한 것부터 시작해서 당문십걸쯤 되는 사람들이 착하게 말을 듣고 거기에 당문에서 무슨 일이 일어났는지 아무도 모른다. 대체 이상하다 생각되는 것들이 몇 번씩이나 연달아 일어난 것인가?

"꼭 그렇지는 않을 테지만 그렇다고 안심할 수도 없겠지요. 그들이 원하는 것이 무엇인지 몰라도 그것이 당문의 멸망은 아닌 것 같았습니다."

정자 뒤쪽에서 인기척이 들려왔다. 호랑이도 제 말 하면 나타난다고 당문십걸의 수장인 당양우와 진가장주 진우헌이었다.

"그렇지 않아도 묻고 싶은 게 많았는데 잘되었군요. 어서 오시지요."

"손 대협께서 물으신다면 언제든 대답해 드려야지요. 우선은 누가 당문을 핍박하고 있는지가 가장 중요하겠지요?"

고개를 끄덕이는 손소를 향해 당양우는 웃었다. 어차피 그 이야기를 하기 위해 온 길이다.

"부끄럽지만 본가는 아직도 흉수가 누구인지 모릅니다. 항 대협의 도움으로 원살토가 개입되어 있는 것은 알게 되었지만 그렇다고 그들이 전부라고는 생각지 않습니다."

"원살토 외에 다른 자들이 있단 말입니까?"

손소는 살짝 놀라 되물었다. 이건 지금까지 결론 지어가던 자신의 생각을 모두 바꾸어야 하는 정보였다.

"확실하다고 생각합니다. 우리가 당한 자들은 원살토의 살수들이 아니었어요. 그들은 모두 복면을 한 채 나타났는데 무공이 너무나도 뛰어난 자들이었습니다. 도저히 원살토의 살수라고는 생각할 수 없어요."

"으음, 하긴 당문이니……."

수긍할 수밖에 없다. 살수들이 가장 많이 쓰는 것이 독과 암기다. 한데 그 두 가지에서 독보적인 존재감을 가지고 있는 당문을 살수만으로 치는 것은 어불성설이다.

원류에게 곁가지가 덤비는 꼴이라고 할까? 작은 전투 한두 개는 이길 수 있을지 몰라도 큰 결과는 당문의 승리가 될 수밖에 없다.

"고작 세 명이었습니다. 복면인 세 명에 의해 우리 당문십걸이 패퇴했지요. 다른 장로들이 나섰지만 그들 역시 당하고야 말았습니다."

"세 명이요? 단 세 명이 당문을 휘저었다 이겁니까?"

좀처럼 믿겨지지 않는 말에 손소는 눈을 동그랗게 떴다. 당문은 이곳 서림진가와는 완전히 다른 곳이다.

총인원이 적어도 삼천여 명이 넘는 거대 가문이다. 물론 모두가 당가는 아니었고 당가 주변에서 같이 일하고 움직이는 사람들까지 합한다면 그 정도란 뜻이다.

단 세 명이 어찌해 볼 상황이 아닌 것이다. 사실일 텐데도 참으로 믿기 힘든 순간이었다.

"당혁기 어르신은 어찌 된 것입니까? 그분이라면 그리 쉽게 당할 리가 없을 텐데요."

항자웅과 손소 두 사람이 가장 궁금해하던 것이 이것이다. 만우일추 당혁기, 한때 강호제일을 꿈꾸던 사람이다.

그 누구보다도 일 대 다수의 싸움을 즐기는 사람이었기에 인원수는 그를 핍박할 수 있는 요소가 아니다. 한 개의 암기로 최소한 열 명을 쓰러뜨린다는 우스갯소리가 있을 정도니 말이다.

그런 사람이 고작 세 명에게 당할 리는 없다. 그 세 명이 모두 당혁기 수준이라면 이야기는 다른지만.

"그분 또한 이곳에 계신 진소군 어르신과 마찬가지십니다. 천명을 기다리고 계신지라 하루에 많이 깨어 있기도 힘든 상황입니다."

"……"

항자웅은 아랫입술을 질끈 깨물었다. 조각이 서서히 맞추어져 가고 있다. 누군가 당문의 힘이 약할 때를 노리고 있는 것이다.

하긴 당혁기와 진소군 두 사람의 나이가 거의 백여 세를 넘거나 근접한 사람들이다. 언제 하늘의 부름을 받아도 이상하지 않을 나이인 것이다.

"만우일추 당혁기 어르신, 월도제 진소군 어르신, 그리고 한음도 하린벽…… 왠지 좀 이상하군."

"뭐가? 짐작되는 것이라도 있어?"

손소가 묻지만 항자웅은 아랫입술을 비죽 내밀 뿐 별다른 말이 없었다. 그는 잠시 그렇게 생각을 하더니 손소에게 다시 말했다.

"거기에 팽가의 할머니도 집어넣어 봐. 뭔가 확 오지 않아?"

"팽가의 할머니… 거패도후(巨敗刀后)를 말하는 거냐?"

아마도 세상에서 항자웅만이 그리 부를 수 있을 것이다. 거패도후라는 이름은 그리 만만한 것이 아니니 말이다.

거패도후 팽연지(彭然知), 팽가가 낳은 불세출의 기재다. 만일 그녀가 남자였다면 이미 강호제일인에 그 이름을 올렸을지도 몰랐을 일이다.

작은 덩치에 맞지 않게 팽가의 거대한 대도를 들고 다니는지라 눈에 띄지 않을 수가 없었다. 수많은 강호의 싸움 속에서 살아남고 여인의 길보다는 무사의 길로 확연히 진로를 택한 일대 여협이다.

"사천무성(四天武星)을 말씀하시는 것이군요. 혹여 그 점에 의혹이라도 있으신 겁니까?"

진우헌이 말했다. 사천무성. 그건 이 대단한 네 명에 대해 강호가 붙여준 최고의 별호였다.

항자웅 일행은 그저 십무원의 교관 중 구파일방 출신이 아닌 사람들로 구분하며 툭툭 이야기하지만 실제 사천무성의 의미는 그보다도 훨씬 대단한 것이다.

만우일추 당혁기, 월도제 진소군, 한음도 하린벽에 거패도후 팽연지, 이 네 명은 강호에서 특별한 대우를 받았다. 구파일방의 무인들에 비해서 그들의 얻는 평판이 더욱더 높았던 것이다.

그건 그들의 배경 때문이다. 이 네 명은 구파일방이라는 거대 문파 출신들이 아니다. 모두 세가 출신들로 일개 가문에서 성공한 사람들인 것이다.

거대 무공 문파의 힘은 상상을 초월한다. 그들은 지금도 엄청난 인원의 일류고수들을 키워내는데 너무도 강하기에 솔직히 고수가 나와도 그런가 보다 한다.

하나 세가는 다르다. 지원도 한정되어 있고 무공 자체도 연구가 부족하다. 그런데 그런 곳에서 동시에 네 명이나 기재가 나타난 것이다.

구파일방의 장문인 급보다도 강하다는 자들이다. 도저히 믿을 수 없을 만큼 강한 자들이었기에 세상은 열광했다. 그래서 그들에게 사천무성이라는 영광스런 별호가 붙여지게 된 것이다.

"의혹이라기보다는 지금 현재 처한 상황이 문제죠. 친구, 사람들을 통해 좀 알아볼 수 있을까? 하북팽가가 지금 어떤지 말이야."

"설마 삼가일궁(三家一宮)이 목표라고 말하고 싶은 거야?"

손소는 확실하게 다시 물었고, 항자웅은 고개를 크게 끄덕였다. 상황은 그렇게밖에 생각할 수 없었다.

"처음이 빙궁, 그다음이 당문, 그리고 마지막이 이곳 서림진가라고는 하나 실상 다 같이 진행되었다고 해도 틀림이 없을 것 같아. 시간 차이가 거의 없어 보이잖아."

"그래서 팽가도 당할 것이다?"

"당할 거라는 확신이 중요한 것이 아니라 다른 세 곳처럼 당하고 있다면 그 사실 자체가 중요하지. 저들의 목표가 가시화되는 것이 아니겠나?"

일리있는 말이다. 만일 팽가까지 이곳과 비슷하다면 결론은 자연스럽게 흘러나온다. 삼가일궁이 목표인 것이다.

대체 왜 그 네 곳이 당하는 것인지는 모르지만 최소한 그 범위는 알게 된 것이다. 지금으로선 그것만으로도 소기의 성과인 셈이다.

"그렇군. 알아볼 필요가 있겠어. 삼가일궁이라……."

손소의 목소리가 낮게 가라앉아 있었다. 이곳은 자신과 항자웅이 있으니 어떻게 해보겠지만 다른 곳이 문제였다.

그는 한 사람이고 도움이 필요한 곳은 여러 곳이다. 아예 모르는 곳이라면 모를까, 오래전부터 알던 사람들이니 그냥 있을 수도 없는 노릇이다.

"단 세 명이 당문을 접수할 정도로 강한 자들이다. 게다가 지금 동시에 일이 벌어지고 있어. 우리만으로는 무리다, 손소."

"무슨 뜻이야, 그건?"

"말 그대로다. 다른 사람들의 도움이 필요해. 사천이라면 반쯤 정신 나가 있는 애 하나 있잖아."

당양우와 진우헌은 고개를 갸웃거렸지만 손소는 피식 웃었다. 누굴 이야기하는지 그는 잘 알고 있기 때문이다.

"지금 아미에 있으니 망정이지 지초가 이 자리에 있었다면 네 목이 성치 않았을 거다. 반쯤 정신 나간 애라."

"없으니까 하는 말이지 앞에 있으면 그리 말할 수 있나? 나도 살고 싶다고."

두 사람은 그저 웃을 뿐이지만 당양우와 진우헌은 두 눈을 휘둥그렇게 떴다. 누굴 말하는지 이제 알았던 것이다.

진육협의 일인인 아미의 현지초를 일컫는 것이다. 현재 아미의 장문인으로 수업 중인 사람을 반쯤 정신 나간 애라 칭하다니…….

"거기에 구사도 같이 있으면 될 듯해. 다른 곳이라면 몰라도 당문이라면 구사도 움직일 거야."

"그렇지. 너와 진소군 어르신과의 관계처럼 당혁기 어른과 그 녀석의 관계도 그러니."

당양우의 귀가 쫑긋거릴 이야기였다. 그렇다면 당혁기가 당문 이외에 제자를 두었다는 말인데 처음 듣는 이야기였던 것이다.

당연히 그로서는 궁금하기 짝이 없었고, 손소와 항자웅의 곁으로 다가왔다. 누구인지 알기 위해서였다.

"혹 지금 말씀하시는 구사라는 분이 누구인지 알 수 있겠습니까?"

"아, 한 씨지요. 한구사라는 녀석입니다. 상황 판단 하나는 진짜 강호 제일이라 칭해도 틀림없을 녀석이에요."

항자웅의 대답에 손소는 고개를 끄덕였다. 무공이 강하고 약하고는 다른 문제다. 한구사는 본능적으로 상황을 판단하는 비상한 재주를 지녔다.

"하긴 그래서 지금 전장을 운영하고 있겠지. 전장 이름이 한림(漢林)이라 했나?"

"아, 맞아. 꽤 돈 좀 만지는 것 같았어. 나도 처음에 그 녀석 신세 많이 졌거든."

"전의행(錢義行) 한구사(韓具思)! 한림전장의 전주가 우리 당문과 관련이 있단 말입니까!"

당양우의 놀란 목소리에 손소는 작은 웃음으로 대답했다. 놀라는 것도 이해되는 것이, 한림전장이라 하면 이 강호에서 가장 성공한 전장이었다.

강호에서 통용되는 돈의 삼분지 일이 한림전장의 것이라는 말이 있을 정도이니 그 능력이 어느 정도인지 알 수 있었다. 재력이 단단하다는 구파일방도 한림전장의 돈을 사용하고 있다

하니 더 말해 무엇 할까?

비록 다른 사람들에 비해 크게 알려져 있지는 않지만 한구사도 당당한 진육협의 일인이다. 그와 현지초가 같이 움직인다면 많은 도움이 될 터였다.

"있다마다요. 나중에 보시면 알 겁니다. 그리고 거기에 손소녀도 같이 가면 어느 정도 계산이 설 것 같다. 너희 셋이면 충분한 전력이지 않을까?"

"그럼 빙궁엔 너 혼자 간다는 거냐?"

손소의 얼굴이 굳어졌다. 손소까지 당문 쪽으로 간다면 과연 천군만마가 따로 없을 테지만 문제는 항자웅이다.

그 혼자 빙궁의 일을 해결해야 하는 것이다. 아무리 항자웅이 손소가 인정하는 고수라 해도 그건 쉽지 않은 문제였다.

"나 혼자는 좀 그렇겠지. 그쪽에 사는 녀석 하나 불러보게. 낙이언 그 녀석이 그쪽 근처에 살잖아."

낙이언이란 말에 손소의 굳었던 얼굴이 조금은 펴졌다. 진육협의 일인인 낙이언이 함께한다면 아무래도 좀 나을 터였다.

"팽가 쪽은 마침 송일 그 양반이 그쪽에 있으니 가봐 달라고 하면 될 것 같고. 그렇게 움직이는 게 제일 나을 것 같다."

"진육협이 다시 움직여야 한다고 믿는 거냐?"

조용히 지켜보고 있는 당양우와 진우헌의 가슴이 쿵쾅거리기 시작했다. 지금 이 두 사람의 입술에서 진육협의 이름이 모두 나와 버렸다.

패색이 짙던 정마대전을 무승부로 이끈 주역들이다. 그들이 나선다는 것은 이 강호가 움직인다는 것과 다름없는 이야기였

고, 이는 또 한 번의 파란이 일어난다고 해도 틀린 말이 아니었
다.

"이미 늦었다고 생각해. 상대를 따라잡으려면 더 빠르게 움
직여야 할 것 같아."

"…알았다. 그럼 그렇게 연통을 넣지. 대답들이 참 궁금하구
만."

강호에 파란이 일 수도 있는 일을 아무렇지도 않게 결정한 후
두 사람은 나란히 서 있다. 둥실 떠 오른 달구경이라도 하는 듯
평온한 표정이다.

당사자들이야 이렇게 편하게 있을 수 있지만 구경하는 사람
들은 아니다. 당양우와 진우헌은 그저 놀라우면서도 궁금할 따
름이었는데, 특히나 항자웅이란 인물에 대해서 더욱더 궁금해
지고 있었다.

지금 보면 손소가 아니라 항자웅이 결정을 한다. 그 결정에
따라 손소가 움직이고 결국 진육협 전체가 움직이려 하고 있다.

진육협 전제를 잘 알면서 무공도 대단하다. 진소군이 제자라
칭할 정도이고 직접 그 실력을 확인했다. 초진도의 궁극적인 완
성형을 말이다.

그의 정체가 궁금해진다. 모르긴 해도 절대 보통 사람은 아닐
터였다. 무공에서 뿐만이 아니라 인맥에서도 말이다.

어쩌면 이 두 사람은 지금 이 강호에 숨어 보이지 않던 한 마
리 거대한 잠룡일지도 모른다.

2

"훅… 훅… 훅……."

짧은 숨을 일정하게 내쉬며 당오리는 땀을 비 오듯 흘렸다. 옆에 있던 당일연이 계속 땀을 닦아내지만 그 손길이 무색하게 다시 땀이 흘렀다.

어느새 손수건이 흥건하게 젖어 쥐어짜야 할 정도로 푹 젖은 것인데, 그와 함께 고약한 냄새도 같이 흘러나왔다. 그러나 당일연은 싫은 내색 하나 하지 않았다.

그녀의 신경은 오로지 당오리의 무사뿐이었다. 연신 땀을 닦아주며 그녀는 말했다.

"주군, 이게 정상인 겁니까? 벌써 만 하루를 이렇게 땀만 흘리고 있습니다. 이러다 사람이 먼저 상하지 않을까 걱정됩니다."

그녀가 아니라 누가 봐도 먼저 생각할 수 있는 사실이다. 적당히 흘리는 땀은 몸에 좋지만 이렇게 과도하게 흘린다면 그것 또한 몸을 해친다.

탈수로 죽는 것이다. 당일연의 걱정도 충분히 이해할 수 있는 반응이다.

"물론 아주 정상이지. 그 고약한 냄새가 몸 안의 탁기를 배출하는 것이라구. 이런 현상에 대해 들어본 적 없나?"

비단 무복의 사내가 말하자 당일연의 얼굴이 조금은 풀어졌다. 그런 소리, 들어본 적 있다.

아니, 무공을 하는 사람이라면 누구나 들어본 적이 있는 소리일 터였다. 모든 사람들이 꿈에라도 만나고 싶은 상황이다.

기연(奇緣)이라고 한다. 영과(靈果)나 영약(靈藥)을 먹었을 때 몸이 변하는데 그때 나타나는 현상이라고 했다.

그때의 상황을 환골탈태(換骨奪胎)라고 한다. 뼈와 근육이 변해 무공에 가장 적합한 체질로 변한다는 바로 그 상태였다.

물론 당일연은 본 적이 없고 그저 듣기만 했다. 그것도 술자리에서 우스갯소리로 들은 것이라 진짜 이런 경지가 있는 줄은 몰랐다.

"주신 약이 이런 효능을 만들어낸 것인가요? 그 약이 굉장한 영약이었군요."

"약속하지 않았나? 예전의 무공을 찾아주겠다고. 이 정도 피해는 감수해야지."

"감사합니다, 주군!"

당일연의 얼굴에 환한 미소가 피어올랐다. 이제 당오리에 대한 걱정은 더 이상 하지 않는다는 듯이 말이다.

물론 그따위 영약은 없다. 이틀 전 당오리가 먹은 것은 살왕 육야혼이 먹은 해독제와 같은 성분이다. 잠깐 몸을 다스리는 것에 불과했다.

그보다는 다른 처치를 해놓았기 때문인데, 그건 절대 당일연에게 밝힐 수 없었다. 그건 당일연이 생각하는 것과 다른 방향으로 상황이 전개될 것이니 말이다.

"우컥… 컥!"

"사형! 정신이 좀 드세요?"

바로 그때 당오리의 입이 열렸다. 기침과 함께 검은 피를 한 움큼 뱉어낸 후 다시 침묵하자 그녀는 비단 무복의 사내에게 눈길을 돌렸다.

"좋은 징조야. 의심나면 그 친구의 맥을 짚어봐. 지금 그 어느 때보다도 세차게 뛰고 있을 거야."

"……!"

틀림없었다. 당오리의 몸속에서 한줄기 거대한 힘이 움직이고 있었다. 무공을 잃기 전보다 더욱더 큰 힘이 말이다.

비단 무복의 사내에게 엎드려 절이라도 해야 할 판이었다. 기쁜 마음에 그녀는 당오리의 어깨에 손을 올렸는데, 그때였다.

"욱… 우극… 우아아아악!"

"사, 사형!"

당오리가 몸을 부들부들 떨기 시작했다. 가부좌를 틀고 허리를 앞으로 숙인 채 양손으로 땅을 부여잡으면서 말이다.

상당한 고통을 느끼는 듯 표정이 좋지 않았다. 당황한 당일연이 주저하는 순간 당오리의 몸에 이상한 현상이 나타나기 시작했다.

우득, 우드득!

관절이 뒤틀리는 소리가 들려왔다. 분명하게 느껴지는 그 소리에 당일연은 두어 걸음 뒤로 물러섰다.

"환골탈태! 진짜 환골탈태야!"

놀라움과 기쁨이 동시에 그녀의 얼굴에 나타났다. 당오리의 몸은 가부좌를 하고 엎드린 채 변화가 시작되고 있었다.

찍, 찌이이익.

입고 있는 옷도 죽죽 찢겨 나가며 걸레처럼 너덜너덜해졌다. 옷 따위야 다시 사면 되는 것이니 전혀 신경 쓸 것이 없었다.

"……."

한데 한참을 그렇게 바라보던 당일연은 뭔가 이상하다는 생각이 들기 시작했다. 옷이 찢어진 곳들이 좀 의외였다.

척추가 있는 등부터 시작해서 어깨와 소매였다. 그녀가 알기로 환골탈태라는 것은 몸 안의 근골을 재구성한다는 뜻이다.

키가 조금 커지기는 했어도 이렇게 팔이 길어지고 몸이 커지지는 않는다. 게다가 커지는 것도 기껏해야 손가락 한 마디 정도가 정상일 텐데 당오리는 그 폭이 너무 컸다.

"크악! 크아아아악!"

당연히 비명을 지를 수밖에 없다. 당오리의 팔은 거의 손끝부터 팔꿈치까지의 크기만큼 커졌다. 짧은 시간 엄청난 성장이 시작된 셈이다.

"과연 조법의 달인, 역시 양손이 긴 것이 유리하다는 것을 온몸으로 느끼고 있었던 것인가."

뒤쪽에서 비단 무복의 사내가 중얼거리자 그녀는 고개를 돌렸다. 이상하게도 그는 언제나 표정이 모호하다. 얼굴 자체가 보이질 않는다.

마치 무언가 막이 한 꺼풀 씌워져 있는 듯한 모습에 도저히 표정을 읽을 수가 없었다. 지금도 마찬가지다.

"이게 정상인 겁니까? 그냥 놔둬도 되는 건가요?"

"물론이야. 절대 건드려선 안 돼. 이제부터가 시작이니 잘 지켜보라고."

흔들림없는 목소리에 그녀는 입술을 깨물었다. 누가 뭐래도 이 상황의 주도권은 그가 잡고 있다. 믿을 수밖에 없는 것이다.

"으득! 비, 빌어먹을… 크아아악!"

두두둑!

팔만 길어지는 것이 아니다. 당오리의 손가락도 일순간 쭉 늘어나며 두꺼워지기 시작했다. 잘려 나간 손가락을 제외하고 남은 세 손가락이 말이다.

기다란 팔에 손가락까지 두꺼워지자 그야말로 괴물이 따로 없었다. 그 이후로 약 일다경 동안 당오리의 몸은 계속 떨렸고 비명도 계속되었다. 지켜보는 당일연이 힘들어할 정도로 처절한 비명이었다.

그리고 그 시간이 지나고 난 후 당오리는 잠잠해졌다. 양팔을 축 늘어뜨리고 가부좌를 튼 채 엎드린 그 모습 그대로다.

"키히… 키히히……."

흡사 신음 소리와도 같은 웃음소리가 관제묘에 울려 퍼지자 당일연은 흠칫 놀랐다. 그 목소리의 여운이 왠지 모르게 마음속을 쩌릿하게 울렸기 때문이다.

좋은 의미가 아니다. 마치 살기와도 같은 느낌. 저절로 몸을 피하게 만드는 그런 유의 느낌이다.

스윽.

문득 당오리의 양손이 허공으로 들렸다. 엎드린 채 좌우로 슬쩍 들어 올린 것인데 그 길이가 일견하기에도 놀라울 정도다.

적어도 두 자 이상은 늘어난 듯했다. 양손 모두 두 자씩 늘어났으니 좌우로 팔을 벌리자 마치 새의 날갯짓과도 같은 느낌이 들었다.

그 손이 다시 내려간다. 그리고는 관제묘의 땅바닥에 깊숙이

파고들었다.

꾸우우우웅!

"……!"

지진이라도 난 듯 땅이 울렸다. 그것도 눈 깜박할 사이가 아니라 상당한 시간 동안 울렸다. 물론 당오리가 해놓은 짓이다.

손가락과 손바닥이 땅속에 약 이 촌 이상 박혀 들어간 상태다. 그리 큰 동작도 아니었거늘 정말 대단한 위력이었다.

"키히히! 좋아. 아주 좋아. 네가 나에게 거짓을 말한 것은 아니었구나."

"사형, 정신이 들었군요!"

분명 당오리의 목소리다. 당오리는 엎드린 채 웃으며 이야기하고 있었다. 이 정도로 이야기할 정도라면 이미 무공이 돌아온 것이나 다름없다.

진짜 무공을 돌려준 것이다. 당일연은 당오리의 곁으로 달려갔다.

"이제 됐어요! 됐다구요, 사형! 정말 축하해요."

그녀는 진심으로 기뻐했다. 조금 몸이 변한 것은 있지만 그런 것 따위는 아무런 문제가 되지 않았다.

무공을 하는 사람에게 중요한 것은 얼마나 강한가 하는 것이지 잘생겼는가가 아닌 것이다. 강한 무공이 있다면 그것으로 모든 것을 얻을 수 있었다.

"됐다고? 큭큭. 그래, 되긴 되었지. 한데 뭐가 되었을까?"

"네?"

살짝 비틀린 목소리에 당일연은 당황했다. 그 목소리의 여운은 틀림없이 비웃음이다. 당일연을 비웃는 것이 아니라 당오리 그 자신을 비웃는 것이었다.

"무공이 되었으니 다른 것은 별 필요 없겠지. 자, 그럼 이건 어때?"

말과 함께 당오리는 허리를 폈다. 숙였던 상체가 들려지자 당오리의 모습이 완연히 드러나기 시작했다.

"흡."

자신도 모르게 당일연은 뒷걸음쳤다. 드러난 당오리의 모습은 더 이상 사람이라 볼 수가 없었다.

입은 앞으로 튀어나오고 귀는 커졌다. 그런데 귓바퀴가 머리에 착 달라붙어 너무도 괴기스러운 형상을 하고 있었다.

그러나 무엇보다도 뒤로 물러나게 만든 것은 눈이었다. 작고 옆으로 길게 찢어졌는데 그 눈동자가 너무도 두려웠다.

마치 피를 찍어놓은 듯 새빨간 눈동자, 그 두 개의 눈동자가 당일연의 전신을 샅샅이 훑고 있었다.

"왜 그래, 연 매? 나 당오리야. 당신 마음에 들어 있는 유일한 사람, 거의 죽을 뻔하다 다시 살아온 사람이라고. 마음껏 기뻐해야 하는 것 아닌가?"

당일연은 피하고 싶었다. 그런데 어느새 그녀의 양어깨가 당오리의 길어진 손가락에 꽉 잡혀 버린 후였다.

움직이는 것조차 보이지 않을 정도로 강해진 것이다. 막상 눈앞에 서 있는 것을 보니 키도 한 자 이상 훌쩍 커진 것처럼 보였다.

마치 거대한 갈고리를 갖고 있는 늑대의 형상이라고나 할까?

절대 사람으로는 볼 수 없는 그 느낌에 당일연의 시선이 옆으로 흘렀다.

"연 매, 그럼 안 되지. 날 보라고. 언제나 함께했던 당신의 사형이라니까."

"사, 사형, 잠시만……."

어떻게든 틈을 만들어 몸을 빼내려 했지만 당오리는 요지부동이었다. 아니, 오히려 왼손을 뻗어 당일연의 몸을 휘감으며 오른손으로는 그녀의 앞섶을 잡아 뜯었다.

"두려워 마, 연 매. 지금 난 그 어느 때보다 기분이 좋은 상태야. 이 몸… 보기에만 좀 그렇지 효과는 확실해. 이 온몸에 넘치는 힘을 주체할 수 없다는 말이지."

찌이이익!

"그만두지 못해요! 좀 비켜보라구요!"

속옷까지 한꺼번에 옷이 찢겨 나가자 그녀의 눈에서 한광이 일었다. 아무리 이미 서로 볼 것 못 볼 것 다 본 사이라 해도 이건 지나친 행동이었다.

더욱이 옆엔 주군으로 모시는 사람이 있는 상황이니 어찌 그냥 넘어갈 수 있겠는가? 그녀는 왼손에 살짝 내력을 올린 채 당오리의 가슴을 밀었다.

텅.

하지만 그녀의 손길은 밀 때보다 더한 충격을 받으며 뒤로 튕겨 나왔다. 마치 엄청나게 팽팽한 가죽 포대를 후려친 듯했다.

당황한 그녀는 다시 내력을 끌어올려 한 번 더 사용하려 했지만 그럴 수가 없었다. 어느새 당오리가 양팔을 벌려 그녀의 신형을 꽉 끌어안았던 것이다.

"진정하라고, 연 매. 난 연 매를 뭐 어쩌려는 것이 아니야. 그저 내가 느끼고 있는 이 강한 울림을 같이하고 싶어 그런 것뿐이라고."

우득, 우드득!

"사형, 자… 잠… 아아아악!"

당일연의 비명 소리가 관제묘에 높게 울려 퍼졌다. 그녀를 안고 있던 당오리의 긴 팔이 조여지자 그녀의 가슴뼈가 산산이 부러진 것이다.

숨조차 쉬지 못할 충격에 당일연은 입만 크게 벌렸다. 온몸의 힘이 빠져나가며 쓰러지기 직전이었지만 당오리가 부둥켜안고 놔주지를 않았다.

"같이 가자, 연 매. 나 방법을 알았어. 잘 들어야 돼?"

의식이 흐려져 가는 가운데 당일연의 귓가에 당오리의 비죽한 입이 다가왔다. 그리고는 쉼없이 입술이 움직이기 시작했다.

잠시의 틈도 없이 계속된 귓속말은 차 한 잔을 다 마실 시간까지 지속되었다. 순간 당일연의 몸이 살짝 떨리기 시작하자 그제야 당오리는 그녀의 신형을 관제묘의 바닥에 내려놓았다.

"누군가에게 고맙다는 인사를 한 지 참 오래되었군. 일단 감사를 전하지. 아주 고맙다."

비단 무복의 사내를 향해 당오리는 돌아섰다. 일어서고 보니 손이 땅에 거의 닿을 정도로 길게 늘어나 있다.

원숭이보다도 더 길지만 그 힘은 원숭이 따위에게 비교할 것이 아니었다. 이전보다 근 두 배 이상의 무공이 성장한 것을 그는 느끼고 있었다.

"왠지 주군에게 하는 말치고는 참 가볍군그래. 조금은 예의라는 것을 갖추어야 하지 않을까?"

사내의 말에 당오리는 웃었다. 분명 그리 이야기했었다. 살려주고 무공만 주면 그다음엔 목숨을 걸고 충성하겠다고 말이다.

그러나 그건 그때 이야기다. 지금은 그럴 필요가 없다. 이 정도 힘이라면 강호 일통도 할 수 있다는 자신감이 충만해 있었다.

"예의라는 것은 서로가 동등한 입장에 있었을 때나 하는 이야기지. 게다가 자신보다 더 강한 힘을 주는 멍청이에게 차릴 예의 따윈 애당초에 없다."

서서히 살기를 끌어올리며 당오리가 말했다. 그가 약을 먹고 가부좌를 틀고 있을 때 그의 귓가로 쉼없이 구결들이 들어왔다. 듣고 싶지 않아도 들을 수밖에 없는 전음이었다.

전음은 몇 번이고 거듭되었고, 어느 순간 사라졌다. 하나 이미 그 구결은 머릿속에 조각칼로 새겨진 듯 확실히 기억되었고, 그 기억에 따라 당오리는 내력을 휘돌렸다.

고작 그것뿐이다. 딱 그것만 했음에도 불구하고 그는 이렇게 변했다. 무슨 주술이라도 쓴 것처럼 된 것이다.

"하아, 역시 피곤하기 그지없어. 어떻게 다들 하나같이 이렇게 같은 반응인지 말이야. 손바닥만 한 힘을 얻었다고 마치 천하를 얻은 듯한 표정들이라니……."

자박.

한 걸음 앞으로 나서며 사내는 중얼거렸다. 내력도 올리지 않은 작은 발걸음. 그건 그저 죽으러 나오는 것이나 다름없었다.

피식 웃으며 당오리는 손을 뻗었다. 당오리 역시 아무런 의도도 없이 그저 쭉 팔만 내미는 것처럼 보였지만 실상은 달랐다.

싯, 시시싯.

마치 십여 개의 팔이 날아가듯 잔영이 보였다. 그것도 날아가는 궤적 속에 자연스럽게 연결되는 것이 아니라 여기저기 중구난방으로 말이다.

커다란 팔이 휘둘려지며 가해지는 공기의 저항 때문에 나타난 현상이었다. 특별히 의도한 것도 아닌데 목표를 찾기 어려울 정도로 흔들려 버린 것이다.

쐐애애액, 콰각!

"……."

그러나 그 공격은 너무도 쉽게 비단 무복의 사내에게서 비껴났다. 분명 제대로 휘둘렀지만 마치 허깨비를 상대하는 듯 그는 빠져나간 것이다.

대신 관제묘의 땅바닥만 푹 파여 나갔다. 당오리는 본격적으로 내력을 올리며 양손을 늘어뜨렸다. 진짜로 상대하려 하는 것이다.

"역시나 한 수는 있다 이거구만. 어디 그럼 그 한 수가 무엇인지 볼까나!"

타타탓! 부우웅!

힘차게 달려 들어가며 양손을 좌우로 크게 휘둘렀다. 기다란 팔을 바깥쪽이 아니라 안쪽으로 휘두르자 마치 가위질을 하는 듯한 모양이 되었다.

그 안에 누군가 있다면 맞을 수밖에 없다. 한데 이번에도 그는 헛손질을 했다.

휘이이잉.

손에 걸리는 감각이 아무것도 없지만 당오리의 표정은 어둡지 않았다. 짐작대로라면 지금쯤 위쪽으로 신형을 날렸을 터다.

어차피 허초. 실초는 지금부터였다. 당오리는 양발에 힘을 주었다.

터어엉! 쫘지직!

근 일 장 가까이 몸이 솟구치며 서까래에 머리가 닿았다. 낡은 서까래가 반으로 부러지며 지붕 한쪽이 내려앉기 시작했다.

우르르르륵! 파사사삿!

자욱한 흙먼지가 피어오르는 가운데 당오리는 눈을 빛냈다. 그 속에서 비단 무복의 사내를 찾으려는 것인데, 의도하지 않은 것이지만 상황은 그에게 유리했다.

그만큼 튀어 올라올 수 있을지 당오리도 몰랐다. 시야가 흐려져 귀찮기는 했지만 그건 비단 무복의 사내에게도 마찬가지였다. 당오리는 침착하게 왼손을 빠르게 뻗으며 휘두르기 시작했다.

쫘자자자자자작!

피를 매개체로 한 혈살음수조. 그러나 오로지 그렇게 피를 사용하는 암기술만 있는 게 아니다. 조법 자체도 상당히 대단했다.

양손을 균등하게 써서 속도와 위력을 배가하는 일반적인 조법에 비해 혈살음수조는 부가 되는 손을 사용하게 먼저 움직인다. 오른손잡이라면 왼손을 먼저 쓰는 셈이다.

일격필살을 위한 무공이기 때문이다. 언제나 하던 대로 허공에서 왼손을 휘두르자 먼지에 휘감긴 대기가 찢어발겨졌다.

그리고 그 사이에 보이지 않던 공간들이 눈에 들어온다. 바로 그 공간 중 하나에 비단 무복의 사내가 있을 것이다. 그는 붉은 눈을 더욱더 빛내며 오른손에 힘을 주었다.

"……"

한데 없었다. 공중에 올라가 있던 신형이 완전히 땅에 내려올 때까지 그는 비단 무복의 사내를 찾지 못한 것이다.

"정말 놀고 있네. 얼마 되지 않는 힘조차도 제어를 못하는 것이냐?"

저 멀리 이 장여 떨어진 곳에서 사내의 목소리가 들려왔다. 그는 아예 공격 반경에서 멀리 떨어져 있었던 것이다.

목표를 확인한 당오리는 양발에 힘을 주었다. 흙먼지가 조금 더 걷혀지면 바로 그의 목을 따기 위해 달려나가려 한 것인데, 그때였다.

"계속 그따위로 정신 못 차린다면 네놈은 쓸모없는 것이겠지."

슷.

사내의 오른손이 움직였다. 그저 옆으로 휙 하고 말이다. 한데,

쩌어엉!

"후억!"

당오리의 옆구리에 엄청난 충격이 전해졌다. 전혀 예상하지

도 못한 충격인지라 대비하지도 못했다.

대비는커녕 기척조차 느끼질 못했다. 기척도 기척이지만 위력도 대단해서 그의 몸은 허공으로 부웅 떠서 날아가 버렸다.

꽈아아앙!

서 있는 관우상을 박살 내며 당오리는 처박혔다. 맞은 부위가 저릿하지만 문제는 그것이 아니었다. 공격이 계속되었던 것이다.

빠각.

턱이 돌아갔다. 누군가 발로 후려 찬 듯한 느낌. 역시 기미조차 없는 공격이다.

파아앙!

가슴에 엄청난 장력이 다가와 내치자 그는 다시 뒤로 튕겨나갔다. 근 반 장을 높게 떠올랐다가 땅바닥에 처박혔다.

퍼어어억!

딱 세 수에 그는 몸을 가늘게 떨기 시작했다. 고통보다도 머릿속에 스쳐 가는 다른 생각에 좋지 않던 기억이 확 떠올랐던 것이다.

같았다. 그 항자웅이란 놈의 칼질, 도저히 막을 수 없었던 그 칼질과 같은 무공에 그는 당한 것이다.

"네, 네놈… 대체 어떻게 그 항자웅이란 놈과 같은 무공을……."

"눈이 쓸모없으면 헛바닥이라도 잘 놀려. 주둥아리 잘못 놀렸다가 죽는 놈 내 앞에 여럿 있었다."

어느새 바로 앞에 비단 무복의 사내가 나타났다. 물끄러미 내려다보며 여기저기 상태를 살펴보는 듯했다.

"같아? 하긴 안목이 그따위니 여태 무공이 고작 그 수준이지. 내가 이렇게 힘을 썼는데도 아직 느끼는 것이 없어?"

"무, 무슨 말을 하는 거냐?"

"혓바닥이라도 잘 놀리라는 말이다. 아직도 말이 짧구나."

우드득.

"크악!"

가슴을 밟아 뼈 하나가 튕겨 나가자 당오리는 정신이 번쩍 들었다. 이 사람은 진짜 고수인 것이다.

자신이 감히 보기도 힘들 정도로 말이다. 마음만 먹으면 그는 당장 자신을 죽일 수도 있었다.

"죄송합니다, 주, 주군!"

"훗, 이제야 좀 눈치가 생긴 건가?"

이길 수 없는 상대라면 할 수 있는 일은 한 가지였다. 고개를 숙이는 것뿐이다.

"한 번 더 기어오르면 넌 내 손에 죽는다. 알겠나?"

"알겠습니다, 주군. 절대 그럴 일 없을 겁니다."

대답을 하면서 당오리는 스스로에게 놀랐다. 이 정도로 쉽게 잘못했다는 말이 자신의 입을 통해 나올 줄은 몰랐다.

무공을 얻으며 성품까지 같이 변한 것 같았다. 황당하게도 뭔가 마음속에서 좀 뒤틀려 버린 듯한 느낌까지 들고 있었다.

"좋아, 그럼 됐어. 이 계집이 일어나면 이걸 먹여라."

툭.

종이로 된 약 봉지. 그건 당오리도 이 사내에게 받아먹은 것이다.

"먹이지 않으면 후회하게 될 테니 꼭 먹여. 네 입으로 녹여서 강제로라도 말이다. 알겠나?"

"예, 알겠습니다, 주군."

고분고분 따르며 그는 일어나 자세를 고쳐 잡았다. 더 이상 당오리의 몸에서 적개심은 느껴지지 않았다.

완전히 꼬리를 내린 것이다. 그 모습에 비단 무복의 사내는 만족한 듯 목소리를 내었다.

"이러니 얼마나 보기 좋아? 기분 좋으니 하나 더 이야기해 주지. 너 지금 내 얼굴이 보이나?"

"……."

황당한 질문에 당오리는 무슨 말인가 싶었다. 하나 그가 사내의 얼굴을 본 순간 그 질문의 의미를 이해할 수 있었다.

보이지 않았다. 복면을 쓴 것도 아니고 역용을 한 것도 아니다. 그냥 맨얼굴인데 그 형태가 전혀 보이질 않았던 것이다.

억지로 굴곡된 것도 아니고 분명 눈, 코, 입이 다 있다. 한데 묘사를 하려고 하면 할 수 가 없다. 머릿속이 헝클어져 버린 것처럼 말이다.

"안 보인다면 됐다. 넌 날 죽어도 못 이긴다는 증거니까."

할 말 다 했다는 듯 그는 신형을 돌렸고, 쓰러진 관제묘 밖으로 향했다.

"그년이 깨어나면 다시 진가장으로 간다. 그때까지 회복해 둬. 피가 필요하면 저 뒤쪽에 애들이 있으니 알아서 하고."

낭인들 이야기였다. 사람 목숨을 무슨 도시락처럼 여기는 듯하다.

　그렇게 비단 무복의 사내는 사라지고 당오리는 고개를 갸웃거리며 그 뒤를 눈으로 좇았다. 좇기도 힘들 정도로 그의 신법은 너무도 신묘했다.

　아랫입술을 질끈 깨물며 당오리는 신형을 돌렸다. 이제 그의 신경은 비단 무복의 사내가 아니다. 죽은 듯 쓰러져 있는 당일연이었다.

　이제 그녀의 몸에서도 비 오듯 땀이 흐르고 있었다. 그가 겪었던 것을 그녀도 서서히 겪기 시작한 것이다.

1

　광서성에서 하북팽가를 가는 것은 그리 녹록한 일이 아니다. 다른 그 무엇보다도 가장 피곤한 것은 역시 거리다.

　귀주와 중경을 지나 호북에서 하남으로, 다시 하북으로 들어가야 하는 것이기에 사실 얼마나 걸릴지 추측조차 쉽지 않다.

　다만 팽호가 그곳으로 갔으니 그도 움직이는 것뿐이다. 화인은 잠시 주위를 둘러보다 입을 열었다.

　"이쯤이면 좋을 것 같군. 그만 쉬지. 아직 갈 길도 머니."

　"아이고, 그럽시다, 군사님. 제길, 어서 말이라도 하나 훔쳐야지 이거야 원."

　"다음 마을이 그리 멀지 않으니 그리하자고. 이러다 눈 오면 도착하겠어."

　아직 여름도 오지 않은 계절이다. 물론 진짜 그렇게나 많이 걸린다는 것은 아니지만 말을 타겠다는 것은 현명한 판단이다. 굳이 시간을 지체할 이유가 없는 것이다.

하지만 화인의 걸음이 워낙 느리니 어쩔 수가 없었다. 진짜 말이라도 구하지 않으면 피곤할 수밖에 없는 상황이 여태껏 펼쳐져 왔다.

하나 그건 같이 오고 있는 참도수들 이야기고 화인은 달랐다. 어느 정도 시간이 필요한 일이 있었는데 바로 그의 가슴속에 있는 것 때문이었다.

그는 자리에서 일어나 수풀이 우거진 숲을 향해 발걸음을 돌렸다. 지팡이를 짚으며 힘겹게 움직이자 참도수들이 말한다.

"소피라도 보러 가시는 거요?"

"아아, 이번엔 좀 큰 거라네. 시간이 좀 걸릴 테니 푹 쉬고들 있게."

"산모기 조심하쇼, 군사님. 꽤 따가울 거요. 킥킥."

농담 같지도 않은 말에 화인은 잘 지어지지도 않는 웃음을 띠어주었다. 그리고는 서서히 녹음이 짙어져 가는 수풀 사이로 들어갔다.

오 장 이상 떨어진 곳으로 간 화인은 커다란 바위 아래 앉았다. 이러면 저 뒤쪽의 참도수들이 그를 볼일은 없을 터였다.

허리춤을 풀어내는 것이 아니라 그는 가슴 앞섶에 손을 넣었다. 그리고는 검은색 길쭉한 목갑을 끄집어내었다.

일 척이나 됨 직한 크기의 목갑. 분명 토주는 이것을 흑시라 불렀다.

흑시가 무엇인지는 모른다. 하지만 열쇠라고 하는 것을 봐서 어딘가를 여는 것일 터였다. 한데 토주가 신경 쓰는 것이라면 보통 것이 아닐 터였다.

오죽했으면 팽호의 안위 따윈 신경조차 쓰지 않았을까? 팽호의 목숨보다도 더 소중한 것이란 뜻인데 그것이 무엇인지 화인은 상상조차 되질 않았다.

아니, 사실 팽호의 목숨이고 뭐고 간에 중요한 것은 그게 아니었다. 이 흑시를 가지고 있는 것을 토주에게 숨겼다는 것이 문제다.

"내가 미쳤지, 미쳤어. 대체 이게 뭐라고. 후."

한숨밖에 나오지 않는다. 흑시를 찾았을 때 바로 넘겨주어야 할 것. 그런데 그렇게 하지 못했다.

왜인지는 모른다. 그저 토주가 그것을 찾는 순간 그의 머릿속에 뇌전이 지나갔다. 이건 넘겨선 안 된다고 말이다.

자칫하면 그 자리에서 목이 날아갈 순간이었다. 다행히 잘 넘어갔지만 지금 생각해 보면 정말 아찔하다.

잠시 고개를 들어 앞으로의 행보를 생각해 본다. 일단 가장 중요한 것은 이 흑시를 다시 팽호에게 넘기는 것이다. 그리고 팽호로 하여금 토주에게 넘기도록 해야 한다.

물론 내가 가지고 있었다는 말은 절대 해선 안 된다. 적어도 직속상관으로 모시기로 한 사내이니 그에겐 사실대로 말해야 할 것이다.

포악한 성격이지만 의외로 의리를 내세우는 팽호이니 아마도 그냥 넘어갈 터였다. 그렇게 되면 이 멍청한 짓거리는 해결된다.

한데 그러자니 이 목갑이 걸린다. 가장 무서운 사람에게 거짓말을 하면서 얻어온 것이다. 그런데 그냥 넘겨준다……

왠지 마음이 찜찜하다는 생각에 화인은 손목을 흔들었다. 목갑 안에서 작은 소리가 흘러나온다.

달칵, 달카닥.

무게로 봐서 그리 대단한 것은 아니다. 진짜 열쇠인지도 모른다는 생각이 들 정도로 가볍다. 그러나 확실한 것은 모른다.

"빌어먹을, 뭐가 그리 무서워서 이따위 바보 놀음이야? 지금 토주라도 내 앞에 있는 거야?"

목숨 걸고 가져온 것이다. 기왕지사 상황이 이렇게 되었으니 끝까지 갈 수밖에는 없다.

화인은 손에 힘을 주고 목갑의 뚜껑을 열려 했다. 그런데 생각 외로 단단하게 밀봉이 되어 있었다.

"뭐야, 이거? 네까짓 것도 날 무시하는 거냐?"

갑자기 화가 치밀어 오른다. 형제를 모두 잃고 팽호의 밑에 들어간 신세. 절대 좋은 처지가 아니다.

어디서부터 잘못되었는지 모르지만 가슴속 깊이 울컥하는 것은 사실이다. 화인은 내력을 끌어올려 목갑을 잡아 뜯었다.

드득.

"…이, 이게 진짜!"

황당했다. 화인의 내력으로도 목갑은 열리지 않았다. 분명 나무로 만들어진 것인데도 말이다.

화가 머리끝까지 치밀어 오르자 화인은 목갑을 들고 있던 오른손을 높이 들었다. 그리고는 있는 힘껏 땅바닥에 패대기쳤다.

퍼어억!

돌멩이가 점점이 박혀 있는 땅이다. 무른 땅도 아닌데 목갑은 그대로 땅에 반쯤 박혀 버렸다. 그러자 화인의 눈이 뒤집혔다.

"이 망할 것!"

손아귀에 단단한 돌멩이 하나를 쥐고 그대로 내리찍기 시작했다. 그래도 워낙 단단해 흠집 하나 가지 않았다.

하나 내력을 주입해 때리는 상황이다. 돌멩이가 부서져 나가고 다시 주워 들고 때리기를 근 이십여 차례 이상 되자 목갑에도 이상이 생겼다.

퍽, 퍽, 퍽, 퍽.

살짝 일그러진 목갑을 보자 화인은 이를 악물었다. 그렇게 십여 번을 더 때린 후였다.

빠각!

열렸다. 결국 목갑은 반 동강이 났고, 화인은 손을 뻗어 부러진 목갑을 좌우로 흩뿌리기 시작했다.

"헉헉! 뭐 이런 경우가! 헉헉!"

크게 가슴을 울렁이며 화인은 황당한 표정을 지었다. 진짜 어이없는 상황이다. 무공이 강하지 않다 해도 한때 오인우살로 불린 화인이다.

물론 그중에 머리 역할을 하긴 했어도 기본적으로 무공이 있기에 가능한 일이었다. 한데 그 정도의 무공으로도 목갑 하나 열지 못하다니…….

대체 무엇이기에 이토록 대단한 공을 들였나 생각하며 그는 손에 걸린 것을 잡아당겼다. 목갑 안에는 별것은 없었고 뭔가 길쭉한 게 하나 들어 있었다.

한 개의 단검이었다. 장식이라고는 눈 씻고 찾아봐도 단 한 개도 없는 아주 수수한 것이다.

아니, 너무 수수해서 특이해 보일 정도다. 화인은 아무 생각 없이 손잡이를 잡아당겼다.

스릉.

목갑과는 달리 아주 쉽게 뽑혀 나왔고, 그러자 검신이 보였다. 검신의 길이는 약 한 뼘. 어떻게 된 게 손잡이 크기보다도 작아 보이는 검신이다.

이래서는 제대로 쓸 수 없을 것인데, 그건 이게 실제로 사용되는 단도가 아닌 듯했다. 하긴 열쇠로 쓴다면 당연한 일이다.

자세히 살펴보던 수인의 눈에 검신에 새겨진 글자가 들어온다. 상당히 작은 글씨인데 보기에는 별 무리가 없었다. 글자는 정말 정교하게 새겨져 있어 단번에 읽을 수 있었다.

군림천하(君臨天下).

아주 멋들어진 네 글자에 화인은 자신도 모르게 피식 웃었다. 하다못해 저 시골 골짜기 무관에만 가도 떡 하니 걸려 있는 글귀다.

아주 대단한 내용이지만 너도나도 말하니 현실성이 없는 글귀. 마치 잘되라는 축원문 정도로 전락해 버린 글귀이기에 웃음이 나왔던 것이다.

"개나 소나 다 천하구만. 이건 또 뭐… 응?"

슬쩍 칼날 뒷면을 뒤집었을 때 또 다른 글자가 있는 것이 보였다. 한데 이번 글자는 그리 많이 보지 못한 글자였다.

만마지원(萬魔之願).

"이건 또 무슨 말이야?"

마(魔)라는 단어가 여기 왜 쓰여 있는지 그것부터가 모를 일이다. 이 글자를 사용하는 곳은 이 강호에서 단 한 곳뿐이다.

마교다. 스스로 성교라 칭하며 세상이 좁다고 설치던 그들, 이십 년 전 정파연합인 천약련에게 무릎을 꿇은 그곳이다.

글자 내용만으로는 어째서 이것이 흑시라 불리는지 전혀 추측할 수가 없었다. 화인은 혹 다른 것이 있나 하는 마음에 여기저기 살펴보기 시작했다.

그러나 그 두 개의 단어 이외엔 어떤 흔적도 찾을 수가 없었다. 혹시나 재질이 독특한 것인가 생각해 봤지만 어딜 봐도 보통의 청강검과 다른 것이 없다.

막다른 길에 와 있는 셈이다. 그는 미간을 찡그리며 중얼거렸다.

"미치겠군. 고작 이 여덟 글자 보고자 그 난리를 친 건가? 후우우."

스스로 생각해도 한심한 일이다. 잠시 큰 호흡을 하며 화인은 마음을 다스렸다. 앞으로의 일을 예상하려면 조금이라도 머리가 차가워져야 했다.

지금으로선 팽호에게 가는 것 이외에 별다른 수가 없다. 뭘 어떻게 하든지 그곳으로 가야 다음 일이 풀린다. 변수는 이 단검이지만 아직은 어떤 변수도 없는 셈이다.

진행 방향은 팽호가 있는 북경으로 잡되 중간 중간에 정보를 수집해야 했다. 이 단검을 가지고 있는 것을 들키지 않으면서 정보를 알아볼 곳이 필요했다.

앞으로 자잘한 마을들이 좀 나오겠지만 일주일 정도 가면 귀주성의 성도 귀양이 나온다. 그곳이라면 정보를 좀 알 수도 있을 듯했다.

성도치고는 그리 큰 편이 아니지만 참 다양한 민족들이 사는 곳이다. 그곳에선 정보도 활발히 다루어지니 이 흑시에 대해 조금이라도 알 수 있을 터였다.

마침 말도 필요하다 하니 그 핑계로 들르면 될 듯하다. 결심이 선 화인은 단검을 다시 검집으로 되돌린 후 품속에 넣었다.

바위에서 일어나며 엉덩이를 툭툭 털었다. 그리고는 다시 참도수들이 있는 곳을 향해 움직였다.

"아이고, 꽤나 배 아프셨나 봅니다. 시원하십니까?"

"미안하군. 속이 영 좋질 않아서 말이야. 그럼 출발할까?"

참도수들이 일어선다. 그들은 방향을 가늠하더니 좌측으로 움직이려는 듯 신형을 돌렸다.

"아니, 바로 귀양으로 가는 것이 좋을 듯하군. 작은 고을에 말한 필이나 제대로 있겠나?"

"귀양 말이우? 걷게 되면 열흘은 걸릴 것인데 괜찮으시겠소?"

참도수들이 의아한 눈빛을 보낸다. 화인은 바로 답을 던졌다.

“작은 마을에서 말 한 마리 팔라 그래도 지들 써야 할 테니 팔
리가 없겠고 그냥 가져오자니 들키면 관아에 고변을 넣겠지. 그
사람들에게는 가장 중요한 것이 말이나 소 아니겠나?”

“…….”

“괜히 가면서 문제 만들지 말자는 것일세. 그렇다고 모두 죽
이고 가져올 수도 없지 않나? 그만한 것으로 사람 목을 친다면
자네들은 몰라도 난 잠자리가 불편해.”

“훗, 뭐, 그럽시다, 그럼. 성도 귀양으로 가지요.”

어쩔 수 없다는 듯 그들은 발걸음을 오른쪽으로 돌렸다. 성도
로 가는 길, 화인은 그제야 만족한 미소를 지었다.

요 근래 최악의 일만 겪고 있지만 악운이 언제까지 계속되리
라는 법은 없다. 운이라는 것은 언제든 뒤바뀔 수 있는 것이다.

그때를 기다리며 숨죽이면 된다. 바람이 있다면 그때라는 것
이 빨리 오기만을 원할 뿐이다.

*　　　*　　　*

문양(文讓)은 두 눈에 힘을 주었다. 그가 바라보는 것은 저 멀
리 어둠 속. 사위는 이미 충분히 어두워진 후였다.

시간은 이미 초경을 지나 이경 무렵으로 접어들 때니 당연히
그럴 만했다. 다행히 아직 만월이 이지러지지 않아 달빛만으로
도 환하게 주변을 밝혀주고 있었다.

“후, 수고했어, 문양. 자, 배고프지?”

“아, 왔어?”

뒤쪽에서 누군가 다가와 뭔가를 내밀었다. 그건 작은 주먹밥이었는데 만든 지 얼마 안 된 듯 모락모락 김이 피어오르고 있었다.

"마침 주방에 사람이 있어서 하나 부탁했어. 너, 바로 가서 잘 거지."

"고맙다, 무일(茂壹). 마침 배가 고픈 참이었어."

문양과 무일 두 사람은 이제 이십대 초반의 젊은이였다. 한창 혈기 왕성한 그들이 있는 곳은 진가의 정문이다. 이들이 정문의 경계를 맡은 것이다.

고작 문지기라 하면 할 말이 없지만 정문을 지킨다는 것은 쉬운 일이 아니다. 이는 어느 정도 판단력이 있어야 하고 또 그에 걸맞은 무공도 있어야 했다. 특히 요즘같이 어수선한 때면 더더욱 중요한 자리다.

사실 무일과 문양은 아직 정문에 나와 있을 만큼 고수는 아니다. 두 사람 다 진가장에 입문해 무공을 배운 지 아직 오 년이 채 안 되는 상황이니 일류고수 급도 되질 않는다.

진가장의 무인 상당수가 다쳤기에 할 수 없이 나온 걸음이었다. 다행히 급한 불은 껐지만 위쪽에서는 아직도 안심할 수 없다는 판단을 내린 후다.

"별다른 것은 없지?"

"그래, 없어. 있다면 내가 죽는 한이 있어도 저걸 당겼겠지."

문양은 눈짓으로 머리 위에 있는 줄을 가리켰다. 적이 온다는 표시로 저 줄을 잡아당기면 안쪽으로 신호가 들어간다.

문양과 무일의 입장에서는 그저 저 줄을 당길 일이 없기만을 바랄 뿐이다. 문양이 앉아서 주먹밥을 먹기 시작하자 무일이 입을 열었다.

"그런데 요즘 너 도법 어느 정도나 수련한 거야? 칠성 정도 수련한 거냐?"

"칠성은 무슨, 사형들이 다 쓰러졌는데 어떻게 수련실에 들어가? 나도 답답하지만 할 수 없지, 뭐. 이제 오성이나 될까?"

두 사람이 익힌 것은 아직 초진도가 아니다. 초진도는 적어도 이십 년 이상 공력을 가져야 펼치는 것이 가능하다. 이제 입문한 지 오 년 된 두 사람이 펼치는 것은 무리였다.

그들이 익힌 것은 표진도법(慓進刀法)이란 것이다. 표진도는 빠름을 위주로 한 도법으로 직선보다는 곡선적인 움직임을 위주로 한 도법이다.

초진도로 가기 위한 입문 정도로 생각하면 되는데, 그렇다고 위력이 형편없는 것은 아니다. 오히려 표진도가 초진도보다 낫다고 하면서 계속 수련을 했던 사람들이 나왔으니 말이다.

"그렇긴 해도 어떻게 가만히 있을 수가 있어? 너 봤잖아, 그날 항자웅이란 사람이 펼친 것. 그것이 진짜 초진도라잖아."

"보긴 봤지. 아주 똑똑히. 어떻게 잊을 수가 있겠어."

입에 넣은 주먹밥을 씹지도 않은 채 문양은 멍한 표정을 지었다. 아직도 그날의 기억은 생생하다.

항자웅이란 사람이 초진도를 펼쳤던 날, 사조님이 제자라 불렀던 그 사내는 초진도가 무엇인지 확실하게 보여주었다.

허공을 베는 검, 공간조차 베어버리는 그 섬뜩한 움직임을 도저히 잊을 수가 없다. 게다가 그 위력은 또 어떤가?

문양에게는 상고시대의 기인이라 할 수 있는 쌍요악, 그중 한 명인 당오리는 패퇴시켰다. 그것도 일도에 말이다.

만일 진소군이 그만하라 하지 않았다면 나머지 한 명조차 베어버렸을 그였다. 그것도 역시 단칼에 말이다.

"죽어도 익히고 말겠어. 한때 내가 왜 이곳에 들어와 이 월도를 휘두르나 했지만 이젠 아니야. 반드시 초진도를 익혀 항 대협 같이 되고야 말겠어."

무일은 약간 흥분한 듯 주먹을 들어 올렸고, 문양은 상념에서 깨어나 미소로 답했다. 낯 뜨거운 이야기이긴 해도 그날 항자웅을 본 사람은 누구나 그렇게 생각할 것이다.

물론 항자웅이란 사내의 수준까지 높이려면 엄청난 노력이 필요하다는 것은 안다. 하지만 포기할 자는 아무도 없을 것이다.

솔직히 지금 진가장은 상당한 피해를 입은 후였지만 사기는 그 어느 때보다도 높다. 그건 바로 항자웅이 보여준 그 한 수 때문이었다.

공간마저도 베어버리는 그 일도는 여기 사는 모든 이들의 목표가 될 것이다. 비록 그는 출입하지 않고 있지만 몇몇 문도들은 연무장의 출입을 시작한 것이 그 증거였다.

"비록 우리 대에 진월이 녀석도 있지만 혹시 알아? 우리도 열심히 하면 항 대협 같이 될지 말이야."

"풉, 역시 허풍선이 무일답구만. 진월이라면 몰라도 항 대협은 달라. 내가 보기엔 죽었다 깨어나도 못할 거 같은데?"

문양의 목소리에 무일은 입술을 비죽 내밀었다. 사실 문양도 상당한 실력이다. 진월이 비록 자신들의 대에선 두각을 나타내지만 그건 진월이 직계가족이라 그런 것이다.

입문이 좀 늦은 문양이기에 그 점을 고려하면 오히려 오성은 문양이 더 낫다는 평도 나온다. 열심히 하면 문양도 고수가 될 수 있는 것이다.

두 사람 다 직접 가주에게 사사할 정도로 큰 기대를 받는 실정이었다. 무일은 슬쩍 부러운 신색을 내비치며 입을 열었다.

"나야 뭐 죽어라 해도 안 되지만 넌 다르잖아. 그러니 너도 좀 더 신경 써봐. 자꾸 가만히 있으면 뒤처진……."

피이잇, 투툭.

문양은 미간을 찡그렸다. 이마에 뭔가 뜨거운 것이 튀었기 때문인데, 그는 손을 들어 문질렀다.

"야, 무일, 너 왜 침을 뱉고 난리야. 에이, 진짜!"

침이 아니었다. 문지른 손을 내려다보니 색깔이 있는 액체다.

달빛 아래지만 그 색깔이 무엇인지는 구분할 수 있다. 틀림없는 붉은색이었다.

문양은 눈을 들었다. 그러자 무일의 놀란 얼굴이 보인다. 문득 무일의 목에 무언가 박혀 있는 것이 보였다.

막대기 같은 것이 양쪽으로 박혀 들어와 있었다. 그것이 사람의 손이라는 것을 알게 된 것은 섬뜩한 소리가 들려온 후였다.

우드득!

무일의 목이 완전히 꺾였다. 왼쪽 귀와 어깨가 완전히 달라붙은 것이다. 무일의 뒤쪽으로 검은 그림자가 보인다.

적이다. 그것도 기척을 알 수 없을 정도로 고수였다. 문양은 손에 든 주먹밥을 그림자 쪽으로 던지며 오른손을 움직였다.

채애앵!

월도를 뽑아 올리며 문양은 한쪽으로 신형을 움직였다. 맞설 생각은 추호도 없다. 그냥 보기만 해도 서로 간의 무공 수준은 명백하게 보인다.

그가 노리는 것은 경시줄이다. 위급 시 안쪽으로 신호를 보내는 줄, 바로 그 줄을 당기려 했던 것이다.

"귀여운 놈이네. 꽤 판단도 빠르고 말이야."

잔뜩 가래가 끓어오르는 소리가 들려오더니 이어 비릿한 피내음이 코 안 가득 밀려들어 오자 문양은 머리가 쭈뼛하게 서는 것을 느꼈다.

본능적인 두려움에 그는 경시줄과는 반대로 몸을 피했다. 그러자 그곳에 또 하나의 그림자가 있는 것이 보였다.

"호오, 감도 좋구나. 하나 어쩐다? 이 누님은 네가 이 줄을 당기는 것을 꼭 막아야 하겠거든?"

"……."

문양은 두 눈을 부릅떴다. 더 이상의 적은 없었고 오로지 이 둘뿐이다. 그러나 이 두 명만으로도 그는 벅찼다.

아니, 둘 중 하나만으로도 힘든 상황이다. 냉정한 상황 판단을 위해 그는 좀 더 주의 깊게 두 사람을 살펴보기 시작했다.

"……!"

그런데 바라보면 바라볼수록 이상한 점이 느껴졌다. 이 두 사람, 사람의 형상이 아니었다.

약간 허리가 굽긴 했어도 분명 서 있는 자세다. 한데 양팔이 거의 땅에 닿을 만큼 길었다.

팔만 길면 그런가 보다 싶은데 손가락도 길쭉하다. 그 손가락의 끝에 철조가 하나씩 끼워져 있었다.

한쪽은 크고 다른 한쪽은 키가 좀 작다. 하지만 둘의 얼굴 모양은 유사점이 많다. 역시 사람이라고 보긴 힘들다.

입이 비죽 나왔고 코 역시 길게 늘어져 있다. 귀는 크지만 뒤로 꺾여 머리에 착 달라붙어 있었고 눈썹은 제멋대로 자라 휘날렸다.

하지만 무엇보다 기분 나쁜 것은 그 눈이다. 길게 찢어진 눈 안에 피처럼 붉은 눈동자가 완연하게 자리 잡고 있었던 것이다.

상대가 되지 않는 것은 잘 알지만 그렇다고 가만히 있을 수는 더더욱 없었다. 문양은 머릿속으로 계속 생각했다. 대체 어떻게 하면 안쪽에 이 상황을 알릴 수 있을 것인지 말이다.

소리치면 되긴 한다. 그러나 소리치게 놔둘 두 인간이 아니다. 제일 좋은 것은 저들과 싸우다 줄을 잡아당기는 것인데 그건 도박이나 마찬가지였다.

하나 도박이라도 할 수밖에 없는 상황이다. 내력을 모조리 끌어올리며 문양은 오른손을 휘둘렀다.

터어엉, 패애액!

오성의 표진도법이 발현되었다. 중심을 이루는 몸의 움직임은 짧게, 팔과 곡도의 움직임은 가장 크게 만들어 위력과 속도를 배가시키는 도법이다.

발현된 순간 문양은 한 괴물의 눈앞에 다가섰다. 약간 작은 편으로 가슴이 봉긋하게 튀어 나온 괴물이다.

입을 열면 진기가 흐트러질까 봐 기합조차 생략한 일격이었
다. 문득 문양의 귓가에 작은 소리가 들려왔다.

티릿.

아주 작지만 뭔가 걸리는 듯한 느낌이 손아귀에 들어왔다. 슬
쩍 눈을 들어 보니 머리카락 몇 개가 잘렸다. 적어도 스치기라
도 했으니 완전한 실패는 아니었다.

괜스레 자신감이 고개를 드는 순간이었다. 하지만 괴물의 눈
을 본 순간 그는 피가 싸늘하게 식는 것을 느꼈다.

웃고 있었다. 붉은 두 개의 눈동자는 틀림없이 웃고 있었다.
마치 일부러 스쳐 준 것이라는 듯이 말이다.

쉬잇.

바로 계획을 수정하며 그는 뒤쪽으로 손을 뻗었다. 경시줄을
잡아당기려는 의도였다.

줄과 손의 거리는 약 일 척. 이 정도면 앞으로 쓰러져도 잡을
수 있는 거리다. 성공했다는 마음에 살짝 몸에 들어간 힘이 풀
어지는 순간이었다.

투우욱, 휘이익.

둔탁한 소리와 함께 그의 손길은 바람을 갈랐다. 분명 지금쯤
저 줄을 잡고 있어야 할 것인데 어찌 된 일인지 알 수가 없었다.

자신의 왼손을 본 순간 문양은 그 원인을 알 수 있었다. 팔꿈
치부터 그 앞에 있어야 할 손이 없어졌다. 대신 붉은 피가 허공
에 분수처럼 뿜어지고 있었다.

"흐읍!"

피피핏.

왼팔은 떨어져 나가 바닥에서 펄떡이고 있었다. 어느새 괴물 하나가 다가서 그의 왼팔을 잘라낸 것이다.

"크흐흐, 역시 귀여운 놈이야. 특별히 넌 아프게 죽여주마. 어떻게 죽여줄까?"

문양은 스스로에게 놀랐다. 두려움에 절로 다리가 뒤로 향했던 것이다. 하지만 머리는 이미 도망칠 수 없다는 것을 알고 있었다.

이래 죽나 저래 죽나 마찬가지, 문양은 아랫입술을 꽉 깨물며 눈을 부릅떴다. 두어 걸음 뒤로 물러섰다가 그대로 앞으로 도약하며 오른손을 대각 아래로 내렸다.

"차아앗!"

모든 두려움을 떨치려는 듯 그는 소리쳤다. 차라리 이 소리를 듣고 경계를 해주었으면 하는 생각이 들었지만 소리친 순간 그는 알았다. 이 소리를 듣는 사람도 없다고 말이다.

문 뒤쪽의 기척이 느껴지질 않는다. 이미 그곳도 당했다는 뜻이다.

부우우웅!

허리 뒤쪽에서 끌어당기듯 월도를 휘두르자 그 위력이 심상치 않았다. 아무리 하수라 해도 목숨을 다한 일격이다. 괴물도 얼굴에 웃음기를 거둔 채 흥미롭게 바라보고 있었다.

쉬이이잇, 파아아아.

월도가 위로 올라간다. 치켜 올리는 순간 당기는 힘에서 미는 힘으로 전환한 것인데 괴물의 얼굴에 웃음기가 다시 떠올랐다.

거리가 너무 멀었다. 적어도 한 자 이상의 거리가 남았기에

이 공격은 실패나 다름없었다. 하나 그건 괴물 놈의 생각이다.

부우우웅.

월도가 하늘로 치켜 올라간다. 중간에 멈추어 재공격을 하는 것이 아니라 그냥 허공으로 올라가고 있었다. 애당초 공격이 아니라 칼을 날리는 것이 목적으로, 이 칼을 이용하여 안쪽에 상황을 전하고자 한 것이다.

그 의도를 확실히 파악한 듯 괴물의 얼굴에서 웃음기가 다시 사라졌다. 대신 노화로 이글거리는 눈빛을 보자 문양은 입꼬리를 말아 올렸다. 이번엔 그가 웃을 차례였다.

"역시 죽일 놈이야. 그것도 아주 아프게 말이야."

콰각.

"흡."

문양은 눈을 크게 떴다. 그의 왼쪽 가슴에 괴물의 오른손이 박혀 있다. 역시 괴물답게 손가락이 세 개였다.

까득, 우드득, 파아아아.

괴이한 소리와 함께 피분수가 눈앞에서 피어올랐다. 가슴에 박혔던 손가락이 보였고 그 손가락 안에서 뭔가 펄떡이는 것이 보였다.

심장이다. 누구의 것인지는 굳이 확인해 보지 않아도 알 수 있었다. 문양은 온몸의 힘이 빠지는 것을 느꼈다.

툭.

무릎이 꺾였다. 아프진 않다. 모든 것이 모호한 듯한 느낌에 절로 눈이 감겨왔다. 너무도 졸린 것이 깊은 잠을 좀 자야 할 것 같았다.

문득 그의 입술이 열린다. 힘없이 아릿한 목소리가 바람결에 흩날렸다.

"가주님… 죄송합… 니……."

털썩.

문양의 신형이 힘없이 나뒹굴었다. 스물한 살의 젊디젊은 청년, 채 피어보지도 못하고 그렇게 스러져 갔다.

2

항자웅이 보여준 초진도가 진짜인지 아닌지 모르지만 확실한 것은 있다. 절대 지금 진월의 능력으로는 무리라는 것이다.

그러니 할 수 있는 것은 뻔하다. 그가 할 줄 아는 초진도를 계속해서 수련하는 것이 그것이다.

피이잉.

좌우로 길게 칼을 그어본다. 이건 뭐 도법이라고 하기도 민망한 초식이다. 횡소천군이라 불리기도 하지만 실은 그냥 좌우로 긋는 것뿐이다.

초진도의 초식이라고 해서 특별히 다른 것은 없다. 하지만 초진도가 다른 것은 그 이후의 것, 연속된 초식의 움직임이 바로 초진도의 요결이었다.

핏, 피피핑, 피이잉!

하늘에 내뿌리는 달빛을 자르듯 진월은 멋들어진 움직임을 보여주었다. 정말 월도가 보이지도 않을 정도로 빠른 도법. 칼날에 부서진 달빛만이 방금 전 월도가 지나갔음을 알게 할 뿐이었다.

"여덟 번… 이게 한계인가?"

가만히 중얼거리며 진월은 미간을 찡그렸다. 좌우로 흔들리기 시작한 월도는 그 방향을 달리하며 여덟 번 휘둘러졌다.

한 호흡에 낼 수 있는 최대한의 칼질이다. 아무것도 없을 때 이 정도니 적을 상대할 땐 기껏해야 여섯 번 정도일 터. 아무래도 한참 모자란다.

그가 알기로 최대 열두 번의 움직임이 있어야 한다. 그래야 초진도라는 이름을 제대로 쓸 수 있다. 사실 이 정도는 초진도가 아니라 표진도법이라도 충분히 가능하다.

"후우……."

너무도 먼 갈 길에 절로 한숨이 나온다. 당장에라도 수백, 수천 번의 칼질을 할 수 있으면 좋으련만 너무도 요원한 일이다.

이래선 항자웅 같이 되는 길은 아예 불가능할 터였다. 왠지 오늘 손에 들린 월도가 너무도 무거워지는 순간이었다.

"벌써 끝이냐? 이거야 원, 대충 두어 번 휘두르고 끝날 거면 뭐 하러 연공하냐? 그냥 상상이나 하고 말지."

"그쪽은 상상으로 가능할지 몰라도 전 안 되거든요. 한 번이라도 제대로 휘둘러 보고 싶어 그럽니다."

장난기 가득한 목소리에 진월은 비죽 입술을 내밀었다. 슬쩍 고개를 돌리니 그곳에 일단의 인물들이 보였다.

항자웅와 손소, 그리고 하이화가 있었다. 항자웅은 장난스런 미소를, 손소는 무표정, 하이화는 졸린 듯 눈을 비비고 있었다.

"거참, 졸리면 자라. 이 아가씨가 점점 이상해져 가네."

"자도 같이 잔다니까요. 아저씨는 잠도 안 자요?"

"이상한 오해할 만한 발언은 좀 자제해 주면 안 될까? 그리고 왜 꼭 내가 너 잘 때 같이 자야 하는데?"

막 진월에게 이야기하려다 항자웅은 하이화와 티격태격하기 시작했다. 진월은 피식 웃으며 고개를 돌렸는데, 이 두 사람의 생각은 괜히 이해하려 하면 피곤할 따름이다.

그냥 가만히 보는 것이 최선책이다. 괜히 끼어들면 머릿속만 헝클어진다. 게다가 지금은 하이화가 뿔이 나 있다.

빙정을 사용하여 그녀는 상당히 많은 진가의 사람들을 구해 주었다. 모자란 약이 올 때까지 모두의 목숨을 살려둘 수 있도록 그녀는 빙정의 힘을 사용해 독의 진행을 늦추었다.

누군가에게 도움 같은 것을 줘본 적이 없는 그녀였기에 진심으로 기뻐했고 며칠이든 그녀는 아낌없이 빙정의 힘을 꺼냈다. 내력 같은 것이 아니기에 고갈될 일은 없으니 약간 피곤하기만 할 뿐이다. 조금 쉬면 다시 또 할 수 있었다.

문제는 그 며칠 동안 항자웅이 거의 옆에 가 있질 않았다는 사실이다. 그것이 지금 그녀가 삐친 이유였는데, 약이 오고 사람들의 상세가 많이 좋아지자 그때부터 항자웅이 뒷간 가는 때만 빼고 졸졸 따라다니는 실정이었다.

"그리고 너도 그 쓸데없는 초식은 그만둬. 뭐 하는 거야? 진짜 초진도를 연성하고 싶은 마음이 있기나 한 거냐?"

"…무슨 말씀이세요? 진짜 초진도라니요?"

황당한 말에 진월은 항자웅에게 되물었다. 물론 가만히 되물은 것은 아니다. 울컥하는 마음에 좀 목소리가 커졌다.

“말 그대로 진짜 초진도다. 낙엽이나 베는 도법이 아니라 이 달빛을 베어내는 초진도를 익히란 말이지. 대체 지금 뭐 하는 거야?”

“…….”

이건 뭐 반박하기도 뭣한 상황인지라 진월은 잠시 생각을 시작했다. 어릴 때부터 익혀온 초진도법을 다시 한 번 복기해 본 것이다.

수십 번을 머릿속에 그려본 결과 자신이 틀린 것이 아님을 그는 확신했다. 진월은 오른손의 월도를 내밀며 입을 열려 했다.

“말로 해서 못 알아듣는 것이라면 직접 보여주는 수밖에 없지. 옆으로 비켜봐.”

스륵.

어느새 진월의 월도가 항자웅의 손아귀로 들어가 있었다. 항자웅은 오른손을 내밀며 뭔가를 하려 했다.

한데 그 뭔가라는 것이 참 특이했다. 그저 오른손 하나만 획 들고는 손목만 움직일 뿐이었다.

흡사 장난과도 같은 동작에 진월의 미간이 다시 찡그려졌다. 치밀어 오르는 짜증에 뭐라고 외치려던 순간이다.

시이잉.

월도가 움직였다. 진월이 했던 것처럼 좌우로 길게 말이다. 그런데 그 모습이 진월이 했던 것과는 달랐다.

워낙 순식간의 일이라 그런지 모르지만 분명 다르긴 했다. 진월은 잠시 그 여운을 곱씹었다.

달빛, 부서진 달빛이 달랐다. 깨끗하게 그어버린 자신과 달리 항자웅의 도법은 지저분하기 그지없었다.

그것이 무엇인지 모르지만 엄청난 차이라는 것을 느낄 수 있었다. 진월은 항자웅에게 대체 이게 뭔지 물어보려 했다.

"물러서."

담담한 그의 목소리에 진월은 한 걸음 뒤로 움직였다. 별것 아닌 목소리지만 이상하게도 그 목소리를 거부할 수가 없었다.

작은 힘이 느껴진다고나 할까? 하지만 진짜 힘은 그다음에 느껴졌다.

피이이잇.

"……!"

어둠 속에 한줄기 선이 진월의 눈앞에 펼쳐졌다. 어디서부터 시작된 것인지 모르지만 끝은 확실히 알 수 있었다. 진월의 미간에서 멈추었던 것이다.

"좀 알겠나?"

역시나 들려오는 항자웅의 담담한 목소리. 그러나 진월은 알 수가 없었다. 대신 느끼는 건 있었다.

피하고자 했다. 좌우로 몸을 흔들던 뒤로 크게 물러나던 말이다. 그러나 실제로 그가 한 일은 그 자리에서 몸만 떨었을 뿐이다.

항자웅의 손에 들린 자신의 월도, 그 변화에 압도당했다. 흔들리는 칼의 움직임이 이토록 대단한 것인지 정말 몰랐다.

그가 좌로 움직이면 칼날도 좌측으로 움직였다. 우측으로 움직이면 우측으로 오고 말이다. 물론 진짜 그렇게 움직인 것은 아니다.

　그렇게 될 것 같은 움직임을 보여주었던 것이다. 칼날이 좌우로 튕기며 짧은 울림을 보여주었고, 또 그때 조금 전에 보여주었던 지저분한 도광이 나타났다.

　이제 보니 지저분한 것이 아니다. 방향을 전환하기에 나타난 현상이었고, 정말 습득하기 힘든 기술이었던 것이다.

　"그렇게 보이는 대로 베는 것은 누구나 다 하는 거다. 굳이 초진도라고 이름 붙여가며 할 이유가 없다. 진짜 초진도는 바로 이 일수화(一手化)를 기본으로 하는 것이야."

　즉, 일 초식에 모든 변화를 담는 것을 이야기하는 것이다. 진월은 그저 입만 딱 벌린 채 항자웅을 바라볼 뿐이었다.

　"어려운 거 안다. 게다가 최소한 일도에 아홉 가지 변화는 가지고 있어야 초진도의 기본이 완성되는 것이라 볼 수 있으니 죽어라 훈련해야 하지. 속도를 기반으로 한 월도의 움직임은 이미 충분하다."

　잘못 배운 것이 아니라 다음으로 나가야 하는 것이다. 진월은 그 정도의 수준으로 올라와 있었고 또 다음을 고민하고 있었다. 그래서 항자웅이 가르쳐 주었던 것이다.

　"저쪽으로 가서 좀 더 해봐. 처음엔 잘 안 된다는 거 명심하고. 하다 하다 안 되면 네 아버님에게 여쭈어보든가."

　사실 항자웅이 아니더라도 가주인 진우헌이 곧 가르쳐 주었을 터였다. 아무래도 요즘 상황이 복잡해 제대로 신경을 쓰지 못하는 듯했다.

　항자웅에게 월도를 받아 들고 진월은 이 장여 떨어진 곳으로 가 자리를 잡았다. 그리곤 중얼거리며 다시금 월도를 휘두르기 시작했다.

"이제야 가르칠 마음이 든 거냐? 흐음, 이거 미래의 강호고수를 지금 미리 보고 있는 셈인가?"

"저 길이 어떤 것인지 잘 알면서 왜 그래? 비꼬는 거야?"

"초진도를 비꼬다니 어느 바보가 그럴까? 그저 네가 사람 신경 쓰는 거 참 오랜만에 봐서 그래."

"허어, 오랜만이라니, 이 옆에 혹이 안 보여? 신경 쓰여 아주 죽을 거 같은데 말이야."

말과 함께 항자웅은 고개를 내려 옆을 바라본다. 하이화를 향해서였다.

하이화는 그런 항자웅을 마주 보았다. 큰 눈을 동그랗게 뜨고 대체 그 혹이 누구냐는 눈길로 말이다.

피식 웃으며 항자웅은 눈길을 돌렸다. 능청스럽게 다 알면서 이런 반응을 보이는 것이 아니다. 하이화는 진짜 자신이 혹이라는 것을 인지하지 못하고 있다.

뭐 그런 점이 좋아서 아직 곁에 두는 것이니 상관없었다. 시간도 늦고 했으니 이젠 정말 잠이라도 자야겠다고 생각할 때였다.

시링.

"……"

항자웅과 손소의 눈이 반짝였다. 두 사람의 귓가에 동시에 들려오는 아주 작은 소리. 그건 허공을 가르는 파공음이었다.

반사적으로 항자웅은 하이화를 안았고 손소는 진월의 곁으로 움직였다. 만일의 상황을 대비하기 위함이었다.

피이잉, 카아앙.

소리의 정체는 칼 한 자루였다. 그것도 진가에서 쓰는 월도였
는데 허공에서 날아와 연무장 바닥에 깊숙이 박혀들고 있었다.

힘이 실린 것은 아니다. 운 좋게도 바닥에 깐 청석과 청석 사
이에 박혀 일어난 일이다. 즉, 의도해서 온 것이 아니란 뜻이다.

"뭐야, 이건? 저쪽은 정문 쪽인가?"

"그래, 정문 쪽 맞아. 아무래도 뭔가 변고가 생긴 것 같다."

손소의 말에 진월이 앞으로 나갔다. 고개를 돌리며 무슨 일인
가 살피다 바닥에 꽂혀 있는 월도를 보더니 두 눈을 굳혔다.

"이건……!"

달려와 꽂혀 있는 월도를 보던 진월의 두 눈에 불길이 피어오
르기 시작했다. 그건 명백한 분노였다.

"문양! 문양의 칼이 왜 여기에 있는 거야!"

무인이 그 병기를 놓을 때는 한순간뿐이다. 그 목숨이 다할
때뿐인 것이다.

그 사실을 너무도 잘 알기에 진월의 두 눈이 붉어졌다. 항자
웅은 진월의 어깨에 손을 올리며 그를 달래려 했다. 한데,

"……!"

항자웅과 손소의 신형이 동시에 돌려진다. 방금 전에 이 칼이
날아온 방향을 향해 말이다.

"느꼈나, 손소?"

"그래, 틀림없다. 상당한 놈들이 들어왔어."

항자웅은 고개를 끄덕인 후 진월의 어깨를 툭 쳤다. 지금 그
가 할 일이 있는 것이다.

"이화를 맡아. 우리가 가보겠다."

타탓, 파아앙!

말이 채 끝나기도 전에 항자웅과 손소의 신형이 허공을 날아올랐다. 후원에서 정문까지 가는 것은 그리 오랜 시간이 걸릴 일은 아니었다.

진가의 호법인 귀연관 장연우, 그는 운이 좋았다고 생각했다. 마침 소피를 보러 뒷간에 갔다 오는 길인데 정문에서 그리 멀리 떨어진 곳이 아니었다.

정문에서부터 허공으로 떠오른 도를 보았다. 당연히 변고가 생긴 것을 알았고, 안쪽에 통문을 했다. 그리고는 가장 먼저 정문 쪽으로 달려나갔다.

본전에서 정문까지는 그리 먼 거리가 아니다. 하나 상황이 상황인지라 그사이에 꽤 많은 본문 제자들을 배치해 놓고 있었다. 그 수만 해도 약 이십여 명이 넘었다.

그런데 그 이십여 명의 인원이 어디로 갔는지 보이질 않았다. 아니, 보이긴 했다. 한데 그건 사람이라 보기 힘든 모습이었다.

온몸이 찢기고 부러진 데다 절단된 사람도 부지기수다. 본전으로 정문으로 가는 곧은길에는 세 개의 문이 존재하는데 지금 깔려 있는 청석의 색깔이 이상하게 보였다.

푸른색이 아니라 붉은색이었다. 잠시 멍하던 장연우의 두 눈에 살기가 피어올랐다.

"잔혹한 놈들이로구나. 세상에 살아서는 안 될 놈들이 들어왔어!"

양손 가득 내력을 끌어올리며 그는 앞으로 달려나갔다. 상대가 누구인지는 대번에 알 수 있었다. 저 앞에 서 있는 두 마리의 괴물이었다.

보통 사람보다 훨씬 긴 양팔을 가진 채 성성이처럼 허리를 굽히고 있었다. 짐승처럼 비죽 튀어나온 입을 가지고 있었지만 분명 짐승은 아니다.

짐승은 도구를 사용하지 않는다. 양손에 철조를 낀 모습이니 분명 사람일 터였다. 그렇다면 장연우가 할 일은 하나였다.

고오오오오!

온 내력을 끌어올리며 오른발을 크게 앞으로 내디뎠다. 신형을 앞쪽으로 기울이며 무게중심을 전면에 두었다.

파아앙, 파사삭.

내딛은 곳의 청석이 박살 나는 것과 동시에 장연우의 신형은 쏜살같이 앞으로 나갔다. 한순간 그의 신형이 좌우로 길게 늘어나며 연기처럼 사라졌다.

귀연관이라는 별호가 탄생한 이유였다. 보이지 않는 어둠의 손길, 그로 인해 귀연관이라 불렸다. 그리고 그 손길은 한 번도 그를 배신한 적이 없었다.

지금도 마찬가지다. 허깨비처럼 휘돌아 가다 그는 손을 뻗었다. 두 괴물의 명치 부근이었다.

퍼어엉.

양손 가득 육중한 느낌이 느껴진다. 보통 이런 경우 상대가 뒤로 튕겨 나가게 마련인데 이번엔 아니었다.

엄청난 반탄력이 느껴진다. 장연우의 몸이 뒤로 휘청거릴 정도로 말이다.

장연우는 이를 악물었다. 그리곤 온 힘을 다해 쌍장을 날리기 시작했다.

스파파파파파팡!

얼마나 많은 장력을 내뿜었는지 그조차도 판단할 수가 없을 정도다. 적어도 이십여 개의 장력을 뿜어내어 이 두 괴물에게 차례로 날렸다. 그 위력은 필설로 표현하기 힘들 정도였다.

바위조차 부수어 버리는 그의 장력이다. 이 정도면 되었을 것이라 생각하며 그는 손을 거두었다. 한데,

"겨우 이 정도로 호법을 서고 있었나? 아니지. 우리가 너무 강해진 건가?"

"오호홋! 아무래도 그런 것 같아. 정말 기분 좋은 일이군요."

"……."

두 눈을 부릅뜬 채 바라볼 수밖에 없었다. 이 두 괴물은 멀쩡했다.

어디 한 군데 다친 곳, 아니, 맞은 흔적조차 없었다. 이건 정말 말도 안 되는 일이 일어난 것이다.

"표정을 보니 단단히 놀랐구만. 그러나 아직 놀라기엔 일러. 진짜 놀랄 일은 지금부터거든."

부우웅!

괴물 하나가 손을 휘두른다. 무의식중에 몸을 뒤로 빼며 손을 올렸다. 보통 사람이라면 충분히 피할 만한 거리였다.

파아앙, 우득.

"크윽!"

그러나 너무도 팔이 긴 괴물이었다. 부지불식간에 양팔을 위로 올려 막기는 했지만 왼팔이 이상했다. 뼈 쪽에 뭔가 문제가 생긴 것 같았다.

"정신 차리라고, 이 친구야! 이제부터 제대로 보여줄 테니 말이야!"

쫘자자자작!

괴물의 손길이 장연우의 몸을 훑었다. 날아오는 것을 보면서도 막을 수가 없었다. 막는다 한들 긴 철조는 휘어져서 그의 몸을 할퀴고 지나갔다.

후두드드득!

무릎을 꿇은 장연우의 몸 아래 붉은 피가 샘물처럼 쏟아져 내리기 시작했다. 장연우는 고통도 잊은 채 입을 벌렸다. 이건 차원이 다른 무공의 크기였던 것이다.

"대체… 누, 누구냐?"

이미 그의 죽음은 기정사실이다. 한 사람의 실력이 이 정도일진대 두 사람이 동시에 덤빈다면 생각하기도 싫었다.

다만 자신을 이렇게 만든 자가 누구인지 알고 싶었다. 말을 할 수 있다면 괴물이 아니라 사람일 테니 말이다.

"오호홋, 진짜 황당하네. 며칠 되지도 않았는데 벌써 우릴 잊었나? 귀연관 장연우, 이러면 곤란해. 담벼락에서 한판 하지 않았어?"

"……!"

죽을 만큼 다친 것도 잊을 만큼 장연우는 놀랐다. 지금 누굴 말하는 것인지 알았던 것이다.

“싸, 쌍요악?”

당오리와 당일연, 두 사람이다. 그러고 보니 한 사람의 모습은 조금 닮았다. 작기도 하지만 가슴이 어느 정도 나와 있었던 것이다.

체형으로 본다면 여인에 가깝다. 아마 그것이 당일연일 터였다.

“이제야 알아봐 주는군. 고맙기는 한데 그렇다고 살려줄 수는 없을 것 같구나. 큭큭큭.”

당오리의 손이 올라온다. 몇 개 남지 않은 손가락, 그중 하나를 내밀더니 징연우의 이마에 올려놓았다.

“그나마 날 알아봐 준 것에 대해 상을 주지. 고통 없이 단번에 죽여주마.”

손가락에 내력이 어린다. 장연우는 이를 악물며 당오리가 하는 모양을 바라보았다. 지금은 꼼짝없이 당할 수밖에 없는 상황이다.

“저승에 가면 말해. 이 당오리가 보내서 왔다고 말이다. 크핫핫핫!”

기분 좋은 웃음을 지으며 당오리는 손가락에 힘을 주었다. 부상당한 장연우는 미동도 못하고 있으니 그저 머리에 구멍이 나는 일만 남은 셈이다.

“음?”

하지만 다음 순간 당오리는 살짝 몸을 떨었다. 장연우의 미간에 구멍을 내는 것보다 당오리 자신의 가슴에 피분수가 솟아날 것만 같았다. 어디선가 강렬한 살기가 그를 옥죄고 있었던 것이다.

순간 당오리는 흠칫하며 눈을 들었고, 그러자 찬연한 검광 하나가 그의 목을 향해 날아오는 것이 보였다. 당오리는 양손을 들어 올렸다. 다 죽어가는 장연우의 목숨 따위에 연연할 때가 아닌 것이다.

카랑! 카라랑!

철조와 검신이 부딪치며 불꽃이 튕겨 나온다. 양손이 저릿저릿하게 울릴 정도로 강렬한 일격에 당오리는 한쪽 눈을 찡그렸다.

"빌어먹을! 쌍룡검객 손소!"

예상외의 고수가 등장한 것이다. 솔직히 이 몸을 얻기 전이라면 수세로 돌아서서 겨우 몸만 보전했을 상대다.

그러나 지금은 다르다. 몸 안에 휘도는 이 엄청난 기운이 당오리에게 자신감을 불어넣고 있었다. 물론 그냥 자신감만 있는 것은 아니다.

"연 매! 이쪽으로!"

그에겐 당일연이 있다. 자신과 비슷한 무공을 지닌 당일연, 그녀라면 엄청난 도움이 된다.

당오리의 말을 듣자마자 당일연은 바로 달려왔고, 이내 당오리의 뜻을 알아채었다. 그녀는 즉시 내력을 최대로 끌어올리며 손소를 향해 출수했다.

그녀는 상체를, 당오리는 하체를 맡았다. 서로의 양손에서는 혈살음수조가 다시금 출수되었다. 이전에 익혔던 것과는 완전히 다른 위력이 나오고 있었다.

콰가가가각!

휘두를 때마다 공기까지 같이 찢어발긴다. 허공에 걸리는 감이 이 정도라면 두말할 것도 없다.

찌이이이익!

옷이 찢어지는 소리가 난다. 당오리는 만면에 미소를 지으며 한 걸음 뒤로 물러섰다. 손소의 옷이 찢겨지는 소리다.

찍, 찌지직!

당일연마저 손소의 옷을 찢고서는 같이 물러서고 있었다. 말이 좋아 옷이 찢어진 거지 거의 다친 것이나 다름없다.

기력을 충분히 담은 일격이니 스치기만 해도 살갗이 찢어지는 것은 당연했다. 이 한 가지 사실만으로도 기분 좋은 이유가 그것이었다.

쉬이이잉, 피이이잇!

그러나 역시 진육협의 일인이다. 뒤로 물러나는 두 사람의 신형을 손소는 그냥 두지 않았다.

거대한 용 두 마리가 똬리를 틀며 다가오는 듯한 착각이 들 정도로 강렬한 일격이었다. 하나는 당오리에게, 또 하나는 당일연에게 향하고 있었다.

따라라라랑!

하늘 가득 자리 잡은 검광이 흐른 후 두 마리의 용은 사라져 갔다. 당오리와 당일연은 겨우 거리를 이 장 정도 벌린 후 상대를 살폈다.

두 개의 검을 양손에 쥔 채 손소는 굳은 얼굴을 하고 있었다. 단단한 인상에 청수한 무복을 걸친 그였지만 지금 그 청수한 무복은 너덜너덜하니 걸레쪽이 되어 있었다.

언뜻 그 사이로 피까지 비쳐 나오는 것을 보며 당오리는 웃었다. 정말 만족스러운 결과가 아닐 수 없었다.

"진육협의 일인이라는 쌍룡검객이 고작 이따위라? 이것 참, 실망이 이만저만이 아닐세."

이죽거리며 그는 손소의 반응을 살폈다. 비록 조금의 이득은 봤지만 아직 안심할 때는 아니었다. 무엇보다 찢어진 의복 사이로 피는 비치지만 흐르는 것은 하나도 없었다.

정타가 없었다는 뜻이다. 그건 아직 손소가 충분히 움직일 만하다는 뜻도 되었다.

그러나 걱정할 것은 없었다. 방금 전에도 보았듯 이제 자신과 당일연은 이 손소의 아래가 아니다 이젠 오히려 그를 죽일 수도 있는 것이다.

"쌍요악… 정말 멍청한 것도 유분수지. 대체 어디서 그따위 짓을 당한 거냐?"

손소의 목소리가 들려온다. 당오리는 누런 이를 드러내며 웃었다. 그래 봤자 괴물처럼 변한 얼굴이 일그러지는 것뿐이지만 그래도 그것이 웃는 것 맞다.

"그따위 짓이라니? 이 몸이 지닌 힘을 보고서도 그런 소리를 하나? 이 몸이라면 강호 일통도 꿈이 아니지. 진육협의 일인이라는 손소 네놈의 목숨도 이 손아귀 안에 있는 것을 못 느꼈나?"

"내 목숨이 네 손에 있다고? 지금 꿈을 꾸는 건가, 아님 미친 건가?"

손소는 비릿한 웃음을 동반했다. 명백한 비웃음에 당오리의 눈이 좁아진다.

"꼭 죽어봐야 정신을 차리는 놈이 있지. 그래 봤자 저승이지만 말이야."

키이잉!

양손에 낀 철조가 운다. 손안에 밀려드는 내력을 주체하지 못해 생기는 현상인데 그 소리 하나만으로 당오리는 용기백배했다.

"저승이라……. 그 몸을 해가지고 저승에서 인간계로 갈 수 있을 것이라 생각하나?"

딸각.

쌍검을 검집으로 돌려놓으며 손소는 말했다. 허리 한쪽에 두 개의 검을 모두 돌린 후 손소는 검파에 손을 얹었다.

검을 검집으로 돌린 후 손소는 오른손을 들어 올렸다. 손바닥을 쫙 편 채 내력을 크게 키워 올리자 주변의 공기가 진동하기 시작했다.

"그게 뭐 대단한 것이라도 되는 것인 줄 알고 있나 본데 똑똑히 알려주지."

우우웅!

한순간 손소의 오른손을 향해 바람이 불기 시작했다. 강풍은 아니었지만 머리카락이 날릴 정도로 확실히 불고 있었다.

순간 그가 오른손을 휘저었다. 쫙 펴져 있던 손바닥을 꽉 움켜쥐면서 말이다. 그러자 당오리와 당일연은 서로 몸을 밀착시켰다.

후우우웅!

저절로 일어난 현상이다. 어떻게 된 것인지 모를 상황에 두 사람은 눈만 동그랗게 떴다. 그러던 어느 한순간 손소의 오른손이 다시 움직였다.

그저 뒤로 크게 젖히는 별 볼일 없는 동작이지만 그 파장은 작지 않았다.

파아아아앗!

"흡!"

"아악!"

두 사람 모두 한줄기 긴 혈선이 가슴에서 배까지 터져 나올 듯 그어졌다. 이미 손소는 이 두 사람의 몸에 검상을 남겨놓았었다. 조법에 그 자신의 옷이 찢어질 때 손소는 그들의 몸에 검결을 남겨두었던 것이다.

그 상처를 기압 차로 터뜨려 버린 것이다. 실로 대단한 무위가 아닐 수 없었다.

"몸뚱이 조금 변했다고 달라질 것은 없다. 아무리 괴물이라도 피 나오면 죽는 거다."

차가운 그의 눈길이 당오리와 당일연에게 향했다. 벌레만도 못한 것들을 보는 듯한 한광에 두 사람은 그저 이를 악물 뿐이었다.

진육협이란 이름이 이토록 거대한 것인지 그제야 깨닫고 있는 것이다.

1

"너 이놈들!"

"날뛰지 말고 뒤로 물러나 있어. 네 상대가 아니다."

두 눈이 붉어진 진월을 간단히 뒤로 돌려 세우며 항자웅이 말했다. 그러나 진월의 분노는 이미 극에 달한 상태였다.

"뭘 물러나란 말입니까! 우리 장원에 와서 가솔들을 죽인 놈들이라구요! 설사 내가 죽어도 이 원한은 갚고야 말 겁니다!"

아무래도 진월은 이성을 잃어가는 것 같았는데 그건 지금 그의 품에 안겨 있는 한 청년 때문이었다. 문양이라는 이름의 친구던가?

"원한 갚는 거야 말리지 않는다. 저 두 놈을 처리한 후 목을 자르든지 뭘 하든지 마음대로 해. 그러나 지금 나설 수는 없어. 이유는 알 것이라 믿는다."

"목숨 따위가 그리도 중요한 겁니까! 우리는 강호인, 칼날 위에 목숨을 얹고 살아가는 사람들이 아닙니까!"

"그렇다고 목숨을 버려도 된다는 것은 아니다. 진정하지 못할까!"

"…아버님……."

울부짖던 진월의 표정이 처음으로 변했다. 아무리 이성을 잃었어도 가주인 진우헌에게까지 마음대로 할 수는 없었다.

진우헌을 비롯한 진가의 고수들이 뒤쪽에서 나타나고 있었다. 모두의 얼굴에 놀람과 분노가 가득했는데 당연한 일이다.

항자웅이 보기에도 저 두 연놈이 하는 짓은 용서라는 단어를 쓸 정도를 한참 넘어섰다. 죽은 자들 모두가 다 잔혹하게 살해되었던 것이다.

"고맙소이다, 항 대협. 자식 놈 하나가 이렇게 신세를 지는군요."

"별말씀을……. 그저 저 인간 같지도 않은 놈들을 조금 알기에 경계하는 것뿐입니다."

조금은 이해하기 힘든 대답을 하며 항자웅은 고개를 돌렸다. 한참 어우러지고 있는 손소와 쌍요악을 향해서였다.

바로 옆에 달라붙어 있던 하이화까지 의문스러운 눈길로 항자웅을 바라볼 정도이니 다른 사람들은 오죽할까. 하나 항자웅은 아무런 대답도 없이 그저 바라보기만 할 뿐이었다.

"직접 보니 확실히 알겠구나. 수결(獸結)이 맞는 것이겠지?"

"예, 그렇군요. 이십 년 만에 보는 것이지만 틀림없네요."

항자웅의 왼편에 어느 틈에 진소군이 나타났다. 넉넉한 웃음과 함께 입을 열고 있지만 그건 그저 보이는 것뿐이었다.

항자웅이 보기에도 지금 그는 생기가 빠져나가고 있었다. 이젠 정말 이 세상에 있을 시간이 거의 없는 것 같았다.

주변에 있던 진가장 식솔들의 인사를 받으며 진소군은 고개를 끄덕였다. 그가 이곳에 나온 것만으로도 진가장 사람들의 안색이 많이 좋아졌다.

정신적인 지주라는 것은 이런 것이다. 실력이 어떻든 간에 보는 것 자체만으로도 침착해질 수 있다는 것. 말은 쉽지만 살면서 이런 사람을 만나는 경우는 거의 없다.

비록 진가장이 지금은 힘들지만 분명 축복받은 곳이다. 이런 사람이 있다는 사실 그것 하나만으로도 말이다.

"기력을 회복하고 뭔가 좀 해보려 했건만 아무래도 기력이 모이질 않는구나. 그저 약간 생각한 것을 해볼 테니 봐주겠느냐?"

"뭔지는 몰라도 기대하죠. 그래도 이 항자웅의 사부라 자처하면서 시시껄렁한 것은 아니겠죠?"

씨익 웃으며 항자웅이 말하자 여기저기서 곱지 않은 눈길들이 쏟아진다. 진가장 식솔들의 시체와 그들이 흘린 피 속에서 할 행동이 아닌 것이다.

진월 같은 경우 울컥하는 마음에 바로 소리치려 하고 있었지만 그럴 수가 없었다. 당사자인 진소군이 전혀 개의치 않았으니 말이다.

"망할 녀석, 본심을 숨기는 것은 여전하구나. 입꼬리 올리기 전에 눈 속에 있는 불길이나 지우거라. 헛헛헛."

말과 함께 진소군은 앞으로 나갔다. 손소와 쌍요악이 싸우고 있는 곳을 향해서였다.

가만히 그 모습을 보던 항자웅은 고개를 좌우로 흔들었다. 참으로 본심을 숨기기 어려운 대상이었다. 무엇보다 항자웅을 너무도 잘 아는 사람이기도 했고.

"아저씨도 화가 나 있었구나? 그렇죠?"

갑자기 들려오는 하이화의 목소리에 항자웅의 고개가 내려간다. 살짝 몸을 떨고 있는 그녀의 모습이 눈 안 가득 들어왔다.

아니, 그녀만이 아니라 진월의 모습도 들어왔고 이어 진가장 식솔들도 모두 눈에 들어왔다. 다들 항자웅을 향해 눈치 아닌 눈치를 주고 있다.

"그 참, 역시 쉽지 않아."

"뭐가요?"

항자웅의 목소리에 하이화가 대답한다. 하나 항자웅의 더 이상의 대답은 없었다.

진소군처럼 되는 것을 말하는 것이다. 이 피와 죽음 속에서도 보여주는 여유로움을 닮고 싶었다. 진짜 항자웅이 그에게 배우고 싶었던 것은 무공이 아니라 이런 것들이었던 것이다.

나이가 문제인지 아니면 인격이 문제인지는 모르겠지만 확실히 지금 항자웅의 가슴속에서는 불길이 치솟아오르고 있었다. 겨우겨우 숨기고 있는 중이었다.

"뭐… 그런 게 있다 치자, 꼬마 아가씨."

"…할 말 없으면 꼭 그러더라, 이 아저씨."

항자웅은 다시 웃었다. 하나 여전히 그 눈은 여전히 웃고 있지 않았다.

"괜찮으시겠습니까?"

"헛헛, 손소 너야말로 괜찮겠느냐? 어서 가서 치료를 받도록 하거라."

손소의 어깨를 툭툭 치며 진소군은 앞으로 나섰다. 이제부터 자신이 상대할 것이라는 의지의 표현이었다.

당연히 손소로서는 불안했다. 항자웅이 느끼는 것을 손소가 느끼지 못할 리 없었다. 그도 진소군이 지금 위험하다는 것을 잘 알고 있는 것이다.

"제 몸이야 그리 대단한 것도 아닙니다. 굳이 이럴 필요는 없습니다, 어르신."

"아니, 아니야. 내가 보여줄 것이 있다네. 자네도 그렇고 자웅에게도 말이야."

"……."

진소군의 고집은 꺾이지 않았고, 손소는 결국 고개를 끄덕이며 한 걸음 뒤로 물러섰다. 혹시나 모를 상황을 대비하기 위함이었다.

"걱정은 저 뒤쪽에 있는 자웅이 놈 하나만으로도 넘친다네. 가서 좀 이야기해 주겠나? 언제든 나올 준비 좀 해달라고 말이야. 기력이 영 예전 같지 않아서 말이야."

물러나라는 뜻이다. 진소군이 이 정도까지 나온다면 어쩔 수 없었다. 손소는 고개를 끄덕이며 신형을 돌렸다.

그가 완전히 물러날 때까지 진소군은 아무런 행동도 취하지 않았다. 손소가 이내 항자웅이 있는 곳으로 완전히 가고 나서야 그의 입술이 열렸다.

"불쌍한 사람들 같으니, 그토록 무공이 절실했던가? 그 모습을 하면서도 어떻게 무공을 한다 할 수 있겠나?"

쌍요악을 향해 나온 진소군의 말은 강한 질책이 아니었다. 부드러우면서도 여린 목소리. 그러나 그 어떤 질책보다도 가슴에 아프게 와 닿는다.

"무공을 한다는 놈이 하는 소리가 어째 영 웃기지도 않는구나. 무공이 절실하냐고? 우린 무림인이다. 당연한 소리 따윈 집어치우지."

슬쩍 손으로 가슴을 매만지며 당오리는 만족스런 웃음을 띠었다. 아까 전에 손소에게 다쳤던 상처, 이젠 다 아물어 있었다.

금창약을 바른 것도 아니다. 그렇다고 혈도를 짚고 운공요상에 들어간 것도 아닌데 상처가 다 나았다. 그것도 내력을 동반한 힘을 쓰고 있었는데도 말이다.

놀라운 육체였다. 힘과 안력, 청각을 비롯한 오감이 모두 두 배 이상 커졌다. 거기에 이 대단한 회복력까지 덧붙여진다면 이건 이전과 비교한다는 말 자체가 무의미할 정도다.

"무림인은 무공만 강하면 되는 것이었나? 다른 그 어떤 것도 필요없이 오직 무공만을 말인가?"

"죽을 때가 되니 마음이 심란해지나? 어디서 개똥철학 따위를 늘어놓으려는 게야."

당오리는 서서히 내력을 끌어올리며 상황을 살폈다. 아무리 자신감이 넘친다 하더라도 상대는 강호제일을 꿈꾸었던 사내다.

특히나 그 빌어먹을 심검 같은 것도 한번 체험한 후라 더욱더 조심해야 했다. 진소군의 손가락 움직임 하나까지도 모두 눈에 담고 있는 중이었다.

"그저 강하기만 하는 것이 최고라는 생각, 그래, 부정할 수는 없는 이야기지. 나도 한때는 그렇게 살아왔으니 말이야."

진소군은 오른손을 움직였다. 마치 마실이라도 나온 듯 그의 손에 들린 월도는 꽉 잡히지도 않았다.

엄지와 검지만으로 잡힌 채 살랑이며 흔들리기 시작했다. 불어오는 산들바람에 버드나무 가지가 휘어지듯 말이다.

"하지만 그 강함의 끝이 어디까지 이어져 있는지 아는가? 그 길이 과연 무림인이 추구하는 길이 맞는가 말일세."

"미친 늙은이! 진짜 제대로 노망이 난 모양이구나! 그 빌어먹을 주둥이를 당장에 뭉개주지!"

타아앗!

더 참지 못하고 당오리는 움직였다. 허리를 푹 숙이며 상체를 최대한 낮게 만들고 양손을 좌우로 쭉 편 채 말이다.

이미 내력을 올리고 있는 그였기에 당오리의 몸 주변에는 짙은 운무가 서리기 시작했다. 주변에 널려 있는 시신들에게서 피를 구하는 것이야 어려울 것이 없었다.

"같이 가요, 자기!"

스슷.

어느새 당일연의 신형도 미끄러져 다가오자 진소군의 몸에 거대한 압력이 내리눌러지기 시작했다.

혈살음수조의 효과다. 더욱이 당일연과 당오리 두 사람이 동시에 압력을 쳐 내리기 시작하니 제아무리 진소군이라도 버티는 것이 그리 쉬운 일이 아니다.

"헛헛, 과연 큰소리칠 만한 힘은 있구려."

한 걸음 뒤로 물러서며 진소군이 말했다. 그 소리를 듣는 순간 쌍요악은 동시에 사이한 미소를 지었다. 모든 것이 그들에게 유리한 쪽으로 움직이고 있으니 당연한 일이다.

어느새 두 사람은 진소군의 이 척 앞으로 다가섰다. 그 정도 거리가 되었다고 확신했을 때 당오리는 한층 짙은 미소를 지었다.

이 정도 거리에서 혈살음수조를 펼친다면 도저히 막아낼 수가 없을 터였다. 양손을 좌우로 쫙 벌리며 그는 소리쳤다.

"일지파랑(一地破浪)!"

벌려진 양손을 한꺼번에 좁혔다. 그러자 주변을 둘러싼 붉은 운무가 크게 요동을 쳤는데 마치 잔잔한 호수에 물결이 일 듯 수없는 동심원이 일어났다.

파파파파파!

말이 좋아 동심원이지 모두가 다 핏방울로 이루어진 암기다. 고작 이 척의 공간을 사이에 두고 피할 사람은 세상에 없다고 단언할 수 있다.

게다가 이 공격은 당오리 혼자서만 하는 것이 아니다. 쌍요악이란 이름에 걸맞게 당일연이 그냥 있을 턱이 없었다.

"이천파벽(二天破劈)!"

토오오옹!

당오리의 머리 위로 그녀가 뛰어오르며 소리쳤다. 그녀의 몸엔 붉은 안개가 보이지 않는다. 대신 그녀의 오른손이 완전히 붉어진 상태였다.

피 안개를 뭉쳐 오른손에 집중한 것이다. 일지파랑의 초식이 광역 공격을 위한 것이라면 이천파벽은 한 점에 집중하는 공격이다.

혈살음수조상의 가장 강한 초식인 혼벽쌍조(混劈双爪)라는 초식이다. 발동되기 전까지 좀 시간이 걸리나 일단 발동이 되면 무적이나 다름없었다.

내력과 속도, 그리고 치솟는 자신감. 당오리는 당연히 진소군의 죽음을 믿어 의심치 않았다. 그리고 그 믿음처럼 붉은 안개는 진소군의 신형을 완전히 둘러쌌다. 그런데,

쫘아아앗!

팽팽하게 잡아당기던 천이 급기야 찢어지는 소리가 귓가에 들려왔다. 그러나 찢어진 것은 천이 아니다.

밀려가던 당오리의 붉은 안개가 한꺼번에 찢겨 나가는 소리였다. 장난스럽게 들고 있던 월도의 위력이었다.

"잊으신 건가? 눈앞에 있는 사람이 누구인지를 말이야. 항자웅의 초진도를 가르친 사람이 바로 나라네."

"항자웅!"

갑자기 당오리의 몸에서 한기가 일었다. 머릿속으로 생각하기도 전에 몸이 먼저 반응한 것이다.

섬뜩한 느낌에 당오리는 고개를 들었다. 허공에서 오른손을 치켜든 채 달려들고 있는 당일연의 모습이 눈에 들어온다.

"연 매! 조심해라!"

크게 소리치며 당오리는 달려나갔다. 지금이라면 당일연은 무

방비 상태나 다름없었다. 그러니 그가 진소군의 신경을 분산시키든 아니면 당일연의 공격에서 별일이 없게 봐주든 해야 했다.

물론 시간은 충분했다. 거리가 별로 멀지도 않았고 또 당일연의 공격은 이미 최고조에 달했다. 이대로 놔두더라도 괜찮지 않을까 하는 생각이 들 정도다.

하나 바로 그 순간 당오리는 섬뜩한 기운 하나를 느꼈다. 날카로워진 감각들이 모두 아우성치며 이야기했다. 그만 피하라고 말이다.

고오오오오.

하지만 그 순간에도 당일연의 오른손은 진소군의 머리를 향해 내려쳐지고 있었다. 마치 커다란 붉은 누에고치를 손에 들고 내려치는 듯한 형국이었다.

쐐애애액!

철로 된 손톱 사이로 섬뜩한 바람 소리가 밀려 나간다. 당오리가 생각하고 있는 순간 이미 당일연의 오른손은 내려쳐진 후였다. 어깨가 한참 아래로 휘돌려 내려갔던 것이다.

상식적으로 저 정도 어깨 위치라면 이미 오른손 손가락은 땅에 내리박힐 정도로 내려와 있을 터였다. 그런데 뭔가 이상했다.

그녀의 오른손이 눈에 보이질 않았다. 그냥 허공만이 보일 뿐이었던 것이다.

오른손을 찾은 것은 조금의 시간이 지난 후였다. 이미 땅에 내려선 그녀의 머리 위에 떠 있었다. 팔꿈치부터 손목, 그리고 철조까지 모두 끼워진 채 말이다.

"끄아아아악!"

당일연의 섬뜩한 비명 소리가 허공에 울려 퍼졌고, 당오리는 달려가 그녀의 신형을 안아 들며 크게 뒤로 물러났다. 우려하던 일이 결국 일어난 셈이다.

아니, 지금도 일어나고 있었다. 그가 발을 내딛는 곳의 공간들이 모조리 베어지고 있었다.

키잉, 키이잉, 쩌어어엉!

아무리 거리가 멀어져도 도무지 피할 수가 없었다. 당오리의 주변에 있는 모든 것이 다 일그러져 보이기 시작했다. 거의 모든 공간이 다 잘려졌다는 뜻이다.

전후좌우 모두 다 일그러지자 당오리는 아랫입술을 깨물었다. 정말 두려울 정도로 강한 무공이다. 월도제라는 이름이 그냥 붙여진 것이 아니었던 것이다.

힘은 항자웅보다 약할지 몰라도 이 빠른 운용은 항자웅에 비할 것이 아니다. 어디 한군데 더 도망칠 곳조차 없기에 당오리는 양발을 함부로 뗄 수가 없었다.

다행히 진소군의 공격은 더 이상 이어지지 않았다. 그러나 그것이 안심을 해도 된다는 뜻은 아니다.

"강함을 추구한다는 사람이 고작 그 정도로 정신조차 못 차리면 어떻게 할까? 그래서야 수결(獸結)을 익힌 보람도 없지 않느냐?"

공격 대신 들려온 진소군의 목소리. 하지만 당오리는 대답조차 제대로 할 수가 없었다. 불안하기도 하거니와 무슨 소리인지 이해할 수도 없었다.

"이런이런, 누군지 모르지만 가르쳐 주면서 그것이 무엇인지도 알려주지 않은 것인가? 거참 못된 사람일세."

말과 함께 진소군의 고개가 움직인다. 당오리와 당일연이 있는 방향이 아니라 그 뒤쪽의 일주문을 향해서다.

십여 장도 넘는 거리. 하지만 내력이 실린 진소군의 목소리는 그곳까지 도달하는 데 충분하고도 남았다.

"뭐라고 지껄이는 거냐, 늙은이!"

악에 받친 당오리의 목소리에 진소군은 웃었다. 그는 한 걸음 앞으로 나아가며 입술을 열었다.

"별것 아니라네. 그저……."

우우우웅.

거대한 공기의 진동과 함께 진소군의 몸에서 어마어마한 기운이 흘러나오기 시작했다. 그건 지금까지 쌍요악이 키워 올렸던 것들과는 비교도 할 수 없을 만큼 커다란 것이었다.

"내 갈 길 가기도 바쁘다는 말일까나?"

사아아앗!

"……!"

순간적으로 당오리의 두 눈이 커졌다. 짐승의 그것과도 같아 표정이 거의 보이지 않지만 이 순간만큼은 확실했다. 그만큼 그는 놀랐다.

온몸으로 느껴지는 이 기운은 진소군의 것이라고는 믿을 수 없는 느낌을 내포하고 있었다. 온후하다거나 그저 맑고 거대하다는 기운이 아니었다.

사이함, 온 장원을 찢어놓을 만큼 강렬한 살기도 들어가 있었다. 당오리는 절로 자신의 몸이 떨리는 것을 느꼈다.

"다, 당신……."

덜덜 떨리는 턱을 놀리며 당오리는 입을 열었다. 강렬한 살기도, 그 살기 속에 들어가 있는 사악함도 놀랍지만 진짜 놀라운 것은 그것이 아니었다.

저 대단한 기운, 거의 열 배 이상 키워진 듯한 그 거대한 기운에 당오리는 놀랄 수밖에 없었다. 이상하게도 그 기운이 너무도 친숙했기 때문이다.

"어떻게… 우리… 우리와 같은……."

틀림없었다. 이 거대한 기운 속에서 무언가 같은 동질감이 느껴졌다. 그건 당오리와 당일연이 익혔던 무공과 같은 유의 것이었다.

"허허, 어떻게 그리 생각할 수가 있을까나? 이 사람과 그대들의 무공이 설마 같다고 생각하는 것인가?"

놀랍게도 진소군은 목소리마저 변했다. 가만히 하는 말인데도 사이함이 뚝뚝 묻어났다. 그 목소리를 듣는 진가장 식구들까지 모두 다 놀라 두 눈을 휘둥그렇게 뜰 정도였다.

"그럴 리 없네. 이 사람이 익힌 것은 자네들처럼 오십 년 전에 이미 쓸모없다 버려 버린 무공이 아니라네. 그보단 훨씬 더 진보한 것이지. 아닌 것 같은가?"

"쓰, 쓸모없다니… 대체 무슨 소리야!"

당오리는 소리쳤다. 아무래도 그는 모르지만 진소군은 아는 것이 있는 것 같았다.

하지만 진소군은 더 말해줄 생각이 없는 것 같았다. 한 걸음 한 걸음 앞으로 나가며 점점 내력만 키워 올릴 뿐이었다.

"시간이 없는 것을 용서하시게. 이젠 내 갈 길을 가야겠어."

그의 몸에서 검은 아지랑이가 피어오르고 있었다.

2

"수결이 뭡니까?"

정말 궁금한 얼굴로 진월이 물어왔다.

아니, 진월뿐만이 아니라 여기 있는 다른 사람 모두가 다 궁금할 터였다. 은연중에 귀를 쫑긋거리는 것이 보인다.

"빌어먹을 거다. 세상에 있어선 안 될 것이지. 예를 들자면 불륜 같은 거라고나 할까?"

"농담할 기분 아닙니다! 지금 뭐 하자는 겁니까!"

"농담으로 들리냐?"

되도 않는 말장난을 하지만 항자웅의 얼굴은 꽤나 굳어져 있었다. 신색으로만 봐서는 도저히 농담으로 들리지 않았다.

"그럼 뭐라고 생각해야 합니까? 알려줄 생각이 없으니 그냥 입 닫으라 이겁니까!"

"그리 생각한다면 고맙지. 그러니 우리 대화는 이만 하……."

다시금 항자웅이 농담처럼 중얼거릴 때였다. 진소군의 몸에서 거대한 내력이 뿜어져 나왔다.

엄청나게 짙은 살기에 사이함도 같이 뿜어내면서 말이다. 도무지 진소군이 내는 것이라고는 믿을 수 없을 정도였다.

"하, 할아버님!"

항자웅에게 화를 내던 진월조차 놀라서 입을 다물지 못할 정도였다. 그가 아는 진소군은 이런 쪽과는 너무도 거리가 먼 사람이었다.

아니, 거리가 멀다 가깝다의 문제가 아니다. 진소군은 이쪽과는 아예 연관이 없는 사람이다. 무공도 무공이지만 그 인격이 너무도 훌륭한 사람이었다.

월도제라는 별호, 제(帝)라는 글자는 그냥 붙는 것이 아니다. 그건 그저 무공만 잘해서는 붙지 않는다. 그만큼 강하기도 하지만 이에 어울리는 인격이 있는 사람만이 붙여진다.

그만큼 온유하고 자애로운 사람이 진소군이다. 한데 그 진소군이 지금 전혀 어울리지 않는 기운을 뿜어내며 서 있으니 놀랄 수밖에 없는 것이다.

"미치겠군. 대체 왜…….."

좀처럼 감정을 드러내지 않던 항자웅까지도 놀란 표정이 역력했으니 다른 사람들은 말하나마나였다. 하지만 항자웅의 놀람은 다른 사람들과는 조금 다른 의미였다.

"정말 이해할 수가 없다. 어쩌서 어르신이 손을 대신 것인지…….."

손소까지 고개를 흔들자 의혹은 더더욱 커져갈 수밖에 없었다. 하지만 두 사람은 이런 다른 사람의 궁금증에 대답해 줄 생각은 전혀 없는 듯했다.

"대체 뭐가 아쉬우신 거야? 하늘의 부름을 받기 직전까지 해야 할 것이라도 있다는 것인가? 아니면 그 끝이 궁금하셨던 건가?"

조금은 신경질적인 항자웅의 목소리가 흘러나왔다. 일견하기에 살짝 짜증이 난 듯도 한데 하지만 그건 그저 항자웅의 어투일 뿐이다.

진짜 그 말투 속에 녹아든 감정은 걱정이었다. 서로 사제 간으로 인정하는 사람들, 그 유대관계는 타인이 감히 끼어들 것이 아니었다.

"글쎄다. 확실한 것은 알 수 없지만 당신께서는 뭔가 보여주고자 하고 싶은 것 같다. 나와 너에게 모두 말이야."

"…보여주실 게 있다고?"

"그래, 분명 그렇게 들었다."

항자웅은 미간을 좁혔다. 보여준다……. 달리 무엇을 보여준다는 것인지 모르지만 지금까지 보여준 것들로 판단한다면 너무도 실망스러웠다.

저건 누가 봐도 진소군답지 않았다. 무공은 이미 열 배 이상 늘어나 앞에 마주 서기가 두려울 정도였지만 그건 그저 무공뿐이다.

그가 아는 진소군은 그 누구보다 이런 것을 싫어했다. 과거 그에게서 초진도를 배울 때도 그는 분명히 말했다. 무공만 강해져서는 안 된다고 말이다.

그만큼 심지도 굳어져야 하고 도덕심도 깊어져야 한다고 했다. 항상 무공을 수련하고 피곤해 눈이 감길 것 같은 상황에서도 도덕경을 주며 읽으라던 사람이 바로 저 진소군이다.

이런 사람이 변했다. 세상 그 누구도 범접하기 힘들 정도의 살기를 뿌리면서 말이다. 문득 그의 눈에 진소군의 몸 주변에 일어나는 검은 아지랑이가 보였다.

"이거야 원… 하루 이틀 된 일이 아니었구만."

그 누구보다 저런 현상을 잘 아는 항자웅이다. 보기만 해도 이미 그 성취를 알 수 있었기에 놀람은 더더욱 커졌다.

진소군은 이제 아무것도 하지 않고 그저 내력과 살기만으로 쌍요악을 압박하고 있다. 그것만으로도 쌍요악은 신형을 가누지 못했는데 너무 차이가 나 불쌍하게 보일 정도였다.

항자웅은 눈을 감았다. 보여줄 것이 이런 것이라면 더 볼 필요도 없다. 그저 가슴속 깊이 실망감만 더욱더 크게 채워질 뿐이다. 한데 그때였다.

문득 항자웅의 감각에 기이한 것이 감지되었다. 가까이 가면 그냥 베어질 것만 같은 살기 속에서 뭔가 하나의 이질적인 것이 피어오르고 있었다.

퉁, 퉁, 퉁.

틀림없다. 이건 진소군의 몸에서 느껴지는 것이다. 뭔가 내력이 그 안에서 새롭게 휘돌고 있었는데 그때마다 진소군의 몸에서 다른 기운이 피어오르고 있었다.

"……."

뭐라고 이야기해야 할까. 평범함이라고 해야 하나? 아니, 그것보다는 좀 더 다른 것으로 말할 수 있었다.

정반대의 기운이다. 따뜻함, 광명정대함, 포근함……. 원래 그가 가지고 있던 천성들이 다시 나타나는 듯한 생각에 일말의 반가움이 느껴질 정도다.

하지만 그건 다른 사람들의 이야기다. 진가장 식솔들은 그럼 그렇지 하는 마음에 가슴을 쓸어내리겠지만 항자웅은 다르다. 그는 이제야 진소군이 말하려는 것을 알 것 같았다.

몸으로 직접 보여주고 있는 것이다. 같이 가문을 지키자는 이야기는 핑계다. 이런 식으로 직접 보여주기 위해 마지막 힘을 비축하고 있었던 것이다.

"빌어먹을… 망할 사부!"

꽈아악!

항자웅의 양손이 꽉 쥐어진다. 부릅뜬 두 눈에서는 붉은 기운이 보이기 시작했다. 실핏줄이 올라오고 있는 것이다.

바로 옆에 있던 하이화와 진월이 이상하다는 눈으로 항자웅을 바라봤다. 하지만 항자웅은 개의치 않고 두 눈에 힘을 주었다. 그는 지금 가슴속에서 올라오는 뜨거운 것을 참기 위해 애쓰고 있었다.

"역시 어르신이란 말밖에는 할 말이 없구나. 정말 이렇게까지 하실 줄이야."

손소의 목이 살짝 잠겼다. 그 역시 가슴속에서 치밀어 오르는 것을 겨우 참고 있는 것이 역력해 보였다.

"아아, 그래, 정말 이렇게까지 할 줄은 몰랐다. 정말이다."

저벅.

항자웅의 발걸음이 한 걸음 앞으로 나갔다. 그가 움직이자마자 살을 엘 것 같은 살기가 덤벼들었지만 그는 요지부동이었다.

아니, 오히려 그 살기를 모조리 튕겨내며 앞으로 나아갔다. 그러면서 서서히 항자웅의 몸이 변하기 시작했다.

우득, 우드득.

한 걸음 한 걸음 갈 때마다 항자웅의 배가 사라진다. 가슴이 두꺼워지고 양팔이 두꺼워진다. 그와 함께 엄청난 내력이 치달아 올라오고 있었다.

고오오오.

진소군의 몸에서 일어난 살기가 무색해질 정도다. 항자웅이 한 번 걸을 때마다 주변 사람들의 발걸음도 같이 움직였다. 조금씩 뒤로 물러나기 시작한 것이다.

"이백여 년 전 이 강호에는 한 사람의 기인이 있었지. 소속도 모르고 이름도 모르지만 사람들은 그를 발타 선사(醱駝禪師)라 불러주었다네."

문득 들려오는 손소의 목소리에 진월과 하이화의 눈길이 돌려졌다. 분명 손소는 자신들을 향해 이야기하고 있는 것이리라.

"작은 키에 곱추 신세였지만 강호의 누구도 그를 함부로 할 수가 없었다더군. 그건 그의 무공 때문인데, 실제 당시 강호제일인은 발타 선사란 기록이 남아 있을 정도로 그의 무공은 개세적이었나 봐."

흥미진진한 옛날이야기지만 지금은 들을 때가 아니었다. 눈앞의 상황은 옛날이야기와는 비교조차 할 수 없을 정도로 급박했지만 이어진 손소의 말에 완전히 귀를 기울일 수밖에 없었다.

"수결은 그 발타 선사란 자의 무공이다. 놀랍게도 그는 본신의 힘이 아닌 짐승들의 힘을 사용할 수 있다고 했고, 실제로 모습을 바꾸어가며 무공을 펼쳤다 하네. 그 위력은 두말할 것도 없었겠지."

"그게 무슨 말도 안 되는……."

더 이야기를 하려 하다 진월은 입을 닫았다. 바로 눈앞에서 그 증거들이 떡하니 있으니 부정할 수도 없었다. 쌍요악이 그 수결의 증거인 셈이다.

"무공은 더 강해지고 오감은 더 영민해진다. 신체는 자신의 무공에 맞게 스스로 골격을 바꾸어 버리니 세상은 열광할 수밖에 없었다. 하지만 발타 선사는 홀연히 사라졌고, 수결도 그렇게 사라졌다."

마치 일장춘몽과도 같은 일이 일어났던 셈이다. 진월이 상상해 봐도 아쉬운 일이었다. 진짜 발타 선사가 눈앞에 있다면 그는 어떻게든 배우려 노력했을 터다.

무림인이란 다 같은 심정일 터였다. 강해지는 것, 그것만이 가장 중요한 것이었고 이를 위해 무엇이든 희생할 각오가 되어 있었다.

쌍요악의 입장이 이해되는 것이다. 괴물처럼 보인다 해도 그들은 좋아할 터였다. 무공이 높다는 것은 그만큼 대우를 받게 된다는 뜻이니까.

"그러나 발타 선사의 무공은 사라진 것이 아니라네. 발타 선사의 생사에 대해서는 더 말할 수 없지만 그의 무공은 전해졌지. 그리고 그 무공은 이십 년 전에 꽃을 피웠다네."

"이십 년 전… 설마 정마대전을 말하는 것입니까?"

놀란 진월의 눈에 손소의 고개가 끄덕이는 것이 보였다. 그렇다면 그 무공을 익힌 사람이 누구인지 저절로 알게 되는 것이다.

"나를 비롯한 진육협, 우리가 바로 그 무공을 익힌 사람들이네."

"……."

놀란 진월은 열린 입을 다물지 못했다. 눈앞에 보이는 저 쌍요악 같은 무공을 진육협이 익히고 있었다니…….

하지만 진육협이 저렇게 변한다는 것을 들은 적이 없다. 모습을 바꾸어가며 흉측해져 돌아다닌다면 소문이 나지 않을 리가 없다.

"무슨 생각하는지 대충 알겠군. 발타 선사가 남긴 무공이 이백 년 전이라네. 그동안 설마 그냥 똑같이 익히기만 했을 것 같은가?"

"아……."

그제야 진월은 알 것 같았다. 발전하고 또 발전하여 이젠 동물처럼 보이지 않으면서도 무공을 펼쳐 내는 것이 가능한 지경에 이른 것이다.

"그럼 대체 항 대협은 어떻게 된 것인가요? 항 대협의 무공은 전혀 다른 것입니까? 진육협과도 너무 잘 알고 있는 것 같기도 하니 영 정체를 모르겠네요."

"훗."

저 멀리 항자웅의 모습이 보인다. 천천히 다가가 진소군의 뒤에 바짝 서 있었는데 뭐라 하는지 몰라도 두 노소는 그저 서 있기만 했다.

"간단히 말해주지. 원래 육협이 아니라 칠협이야. 그리고 저 녀석은 그때 우리의 수장이었다."

"……!"

진월을 포함한 주변 사람 모두가 놀라 눈을 동그랗게 떴다. 이건 예상치 못했던 이야기다.

진소군이 제자라 부르고 항자웅은 스승이라 불렀을 때 어느 정도 짐작은 했다. 둘 사이에 사제 관계가 형성되려면 그 접점은 오직 십무원밖에 없었다.

아마 십무원에서 무공을 익히다 떨어져 나온 사람쯤으로 생각했던 것이 일반적인 듯했다. 평소 항자웅이 하는 짓을 보면 충분히 그렇게 생각할 수 있었다.

"진 가주나 당 대협은 알고 있을 것 같군요. 귀월(鬼月)이란 이름을 들어보셨나요?"

"설마……."

아까부터 이미 손소의 말에 귀를 기울이던 진우헌은 놀라 외쳤다. 그만이 아니라 당문십걸의 수장 당양우도 크게 놀라는 기색이 완연했다.

"하늘의 달은 벗 삼아도 땅 위에 떠오른 달은 피하라. 그 달 아래 춤을 추는 자, 사람이 아니라 귀신일지니……."

당양우의 목소리가 들려왔다. 살짝 떨리는 그 목소리에 화답이라도 하듯 손소의 담담한 목소리가 허공에 흘렀다.

"맞습니다. 그 귀월이지요. 그게 저놈입니다."

적막만이 흐르는 순간이었다.

"보았느냐?"

"……."

진소군이 말하지만 항자웅은 말이 없었다. 그저 묵묵히 그의 뒤에서 바람이라도 막는 듯 서 있을 뿐이다.

"헛헛, 이 녀석이 왜 대답이 없어? 보긴 본 것이야?"

"……."

사이한 목소리지만 그 속에 따뜻한 정이 어려 있다. 항자웅은 온몸에 힘을 꽉 준 채 입술을 열었다.

"그게 그렇게 마음에 걸리셨습니까? 천명을 다함에 있어 이놈에게 몸으로 보여주어야 할 정도로요?"

항자웅의 목소리가 떨린다. 진소군은 살포시 웃으며 고개를 끄덕였다. 수결의 영향으로 그의 웃음은 너무나도 사악해 보였다.

"빙궁의 하린벽, 당문의 당혁기, 팽가의 팽연지, 그리고 나……."

옛일을 회상하는지 그의 눈길은 아득해졌다. 젊은 날의 어딘가를 기억하고 있는 것이리라.

"널 이렇게 만든 사람들이 아니냐. 그 죄는 죽어서도 속죄받지 못해. 비록 그때 강호가 위험해 처해 있었더라도 말이다."

항자웅의 눈도 살짝 감겼다. 그의 머릿속에 그때의 광경이 생각났다. 확실히 항자웅에게 그 네 사람은 인간 같지도 않은 느낌이었다.

그러나 이미 이십여 년이 훌쩍 지난 일이다. 그때 일을 문제삼고 싶지도 않고 화내고 싶지도 않다. 그건 이 사람들의 책임이 아니다.

그저 상황이 그랬을 뿐이다. 그리고 그 상황 속에 항자웅 자신이 있었던 것뿐이다. 돌이켜 생각해 보면 정말 그뿐이다.

"이미 마음에 두고 있는 일이 아닙니다. 개의치 마세요."

문득 항자웅의 목이 잠긴다. 살기와 사이함은 진소군보다 몇 배는 강하지만 그 속에 든 진득한 그리움은 분명 전해지고 있었다.

"녀석아, 그건 네 입장이고 난 아니란다. 헛헛."

빙글 신형을 돌리며 그는 손을 뻗었다. 그 손가락 끝이 하얗게 빛이 나는 것이 보인다.

방금 전까지 몸 안에 휘돌던 그 사이한 내력이 아니었다. 점점 수결의 힘은 사라져 가고 본신의 힘이 나타나고 있었다. 그게 얼마나 대단한 일인지 항자웅은 너무도 잘 안다.

수결을 키워 올리면 이성이고 뭐고 다 사라진다. 오로지 상대를 죽일 것만을 생각하게 된다. 이십 년 전에 스스로 치를 떨게 만들었던 십삼마와의 결전은 그렇게 수행되었다.

쿡.

진소군이 손가락으로 항자웅의 단전을 살짝 눌렀다. 그러자 그의 손가락에서 정명한 기운이 흘러나왔다.

흘러나온 기운은 사라지지 않고 단전 주위에 머물기 시작했다. 그렇게 진소군은 거의 십여 군데 대혈에 같은 동작을 반복했다.

쿡, 쿡, 쿡, 쿡…….

온몸에 진소군의 내력이 아로새겨지고 있었다. 다른 사람의 내력이 몸 안에 들어오는 것이 좋을 리는 없겠지만 이건 달랐다. 이건 항자웅이 사용할 수 있는 힘이 아니다.

그의 정신을 돌려놓는 힘이었다. 모든 동작이 끝이 났을 때 항자웅은 머리가 맑아지는 것을 느꼈다. 진소군의 청명한 힘이 해준 일이었다.

"이십 년 전, 네가 우릴 떠났을 때부터 우린 생각했다. 네게 가진 천형과도 같은 것, 어떻게든 다시 돌려놓겠다고 말이다."

"……."

"시행착오가 좀 많아서 쉽지 않았단다. 하나 그 시발점은 잡은 것 같아. 네 몸에 남겨둔 내 힘을 다른 세 사람에게 보여주렴. 그럼 그들이 다음을 이을 수 있을 것이야. 그리하여……."

잘 보이지도 않는 듯 진소군은 손을 뻗었다. 그리고는 항자웅의 얼굴을 쓰다듬기 시작했다, 흡사 이 얼굴을 반드시 기억해야 한다는 듯이.

"밝은 세상에서 환하게 살아갈 날을 기원하겠다. 언제나 어둠과 함께하는 네 삶이… 바뀌길 바란다."

"사부님……."

진소군의 몸에서 힘이 빠져나간다. 이젠 제대로 서 있지도 못할 정도로 그는 쇠약해졌다. 천명이 다한 것이다.

"허허, 저승에 가서 이야기해 봐야겠구나. 신이란 작자가 있다면 내 소원을 들어달라… 청해… 보마……."

툭.

뺨을 쓰다듬던 진소군의 손길이 떨어졌다. 쓰러지는 그의 몸을 안아 들며 항자웅은 한쪽 무릎을 꿇었다.

쿵.

너무나도 가벼워진 그의 몸을 으스러지도록 끌어안았다. 서서히 진소군의 몸에서는 온기가 빠져나가고 있었다.

"당신이 내 사부여서… 얼마나 감사한지 모르겠습니다."

이미 늦어버린 목소리를 내며 항자웅은 이를 악물었다. 방금 전까지 진소군이 쓰다듬던 그 양 볼에는 두 줄기 눈물 자국이 떨어져 내리고 있었다.

월도제 진소군, 강호의 거목이 스러져 하늘의 별이 되는 순간이었다.

1

"아버님!"

"할아버지!"

눈이 있다면 모를 리가 없다. 진소군이 죽었다는 사실을 말이다. 진가장의 식솔들은 뜨거운 눈물을 흘리며 그 자리에서 무릎을 꿇었다.

진가의 입장에서는 그 무엇보다 큰일이었다. 진가의 얼굴이라 해도 다름없던 진소군을 잃은 것은 진가의 칠 할 이상 잃었다 해도 틀린 말이 아니다.

물론 비명에 잃은 것은 아니니 조금은 마음이 가벼울지 모르나 그들이 처한 상황을 봐서는 참으로 안타까운 현실이다. 이미 진가는 회복하기 힘들 정도로 타격을 입었다.

"손… 대협, 진 할아버님이……"

"아, 그래요, 하 낭자. 돌아가셨어요."

먹먹한 가슴을 달래며 손소는 말했다. 하지만 진소군이란 사람, 과연 큰 사람이다.

수결은 강하다. 그 효과는 이미 말할 것도 없이 증명되었지만 한 가지 약점이 있었다.

도저히 정파의 무공으로 볼 수가 없었다. 사이함은 물론이고 아차 하는 순간 정신까지 피폐해진다. 만일 그 단계까지 가게 된다면 그야말로 무서운 일이 생겨 버린다.

수결을 익힌 자가 폭주하게 되면 그 피해는 이루 말할 수 없을 정도인 것이다. 과거 십무원에서 무공을 익힐 때 그런 친구들을 너무나도 많이 봐왔다.

항자웅과 함께 살아남은 진육협의 육 인, 그들만이 폭주하지 않고 겨우 살아남았지만 완전하게 안전한 것은 아니다. 언제든 폭주의 위험은 상주한다.

손소가 항자웅이 귀월을 띄우는 것을 막는 이유가 거기에 있었다. 물론 손소도 조심하는 상황이긴 하지만 그는 항자웅과는 다르다. 손소에 비한다면 항자웅은 이미 폭주하기 직전까지 간 사람이다.

바로 그 해결을 위해 진소군은 노력한 것이다. 그것도 스스로 수결을 익히며 이십 년 동안이나 말이다. 그리고 지금 그 실마리를 제시하고 하늘로 떠났다.

어찌 눈물 나지 않을 수가 있겠는가? 그렇게 숙연한 기분으로 눈을 돌려 볼 때였다.

"크릉… 크르르르……."

"크아아앙!"

두 마디 괴물의 부르짖음이 들려왔다. 눈을 돌려보니 당오리와 당일연의 모습이 보였다.

폭주라는 것은 저런 것이다. 결국 저 둘은 그 힘을 견디다 못해 이성을 잃었고, 그대로 항자웅에게 달려들고 있었다.

빠르기가 상상을 초월했다. 그대로 벽을 타고 달려도 떨어지지 않을 만큼 빠른데다가 힘도 대단했다. 내딛는 족적마다 모두 박살 나며 난장판을 만들 정도였다.

"소, 손 대협! 저기……!"

"걱정 마요. 별일 없을 겁니다."

놀란 하이화 대신 손소가 말했다. 그는 항자웅이 아니라 저 멀리 일주문 너머를 바라보고 있었다.

"대신 좀 보기 거북할 수도 있을 겁니다. 안 보는 것도 좋은 방법이겠네요."

"네?"

하이화의 반문이 나왔지만 손소는 아무 말 없었다. 아니, 말할 필요가 없었다.

그 말이 무슨 뜻인지 항자웅이 몸소 보여주고 있었다.

우드득!

"크아앙!"

당일연의 남은 한 팔이 부러졌다. 항자웅이 잡아 꺾은 것으로 기술이 들어간 것도 아니고 그냥 비틀어 버렸다.

쉭, 쉬이잇!

당오리의 양손이 뻗어온다. 너무도 빠르게 뻗어 어디서 어떻게 날아오는지조차 보이질 않는다. 그저 보이는 것이라고는 희뿌연 철조의 광택뿐이다.

그러나 그건 보통 사람들 이야기. 항자웅의 눈에는 너무도 똑똑하게 보였다. 아니, 똑똑하게 보이는 것은 둘째치고 느려 보이기까지 했다.

신체능력이 크게 높아진 것은 쌍요악만이 아니다. 항자웅 역시 무시무시할 정도로 신체능력이 높아졌다. 항자웅도 수결을 끌어올렸던 것이다.

귀월이라 불리는 그의 모습; 그건 바로 수결을 올릴 때의 모습이다. 그렇게 되기까지 진소군을 비롯한 네 사부는 참 많은 애를 썼다.

그들은 결국 성공했다. 항자웅에게 최고의 수결을 넣었고, 항자웅은 이를 완전히 자신의 것으로 만들었다. 그러나 수결은 그 자체로 불완전하다.

항상 폭주할 가능성을 지니고 있는 것이다. 특히나 그의 병기인 월산도가 없으면 더더욱 말이다.

정확한 이유는 알 수 없지만 수결을 올린 상태에서 내력을 사용하면 더욱더 폭주가 가속화되었다. 그래서 대부분의 공격은 높아진 신체능력을 사용하게 된다.

잔인하게 보일 수밖에 없는 원초적인 공격만이 사용되는 것이다. 거기에 강렬한 살기와 사이함이 배가되니 보는 것 자체로도 섬뜩한 것이 당연했다.

진소군은 이런 항자웅을 도와주려 했다. 무공의 위력은 놔둔 채 그 모습을 다시 변화시키려 했다. 그 스스로의 몸을 실험체로 삼아 이십 년간 해왔던 것이다.

바로 그 진소군의 시신을 뒤쪽에 놓은 채 항자웅은 신형을 움직였다. 이성을 잃은 괴물 두 마리가 진소군의 시신을 흩뜨려 놓는 일은 절대 있을 수 없는 일이다.

피잉, 피피핑, 피핑!

당오리의 공격을 모두 흘리며 항자웅은 그의 턱밑까지 미끄러져 들어갔다. 그리고는 오른손을 쥔 채 아래에서 위로 힘껏 쳐올렸다.

쩌엉, 우드드득.

"끄윽……."

옆구리가 움푹 들어가며 당오리의 입에서 기묘한 소리가 흘러나온다. 갈비뼈가 산산이 부서졌을 터였다. 일반적인 상황이라면 이것으로 끝날 정도로 강렬한 일격이다.

그러나 이들은 아니다. 괴물이 되어버린 이놈들은 이제 목숨을 끊기 전까지 절대 멈추지 않는다. 이를 너무나도 잘 알기에 항자웅은 멈추지 않았다.

빠르게 오른손을 당기더니 이어 연달아 이권(二拳)을 날렸다. 당오리는 두 개의 일격을 고스란히 몸으로 받았는데 왼쪽 어깨와 얼굴 쪽이었다.

콰앙! 콰앙!

두 개의 흔들림이 당오리의 몸에서 일어났다. 왼쪽 어깨가 뒤로 밀려나고 왼쪽 광대뼈가 쑤욱 함몰되자 항자웅은 허리를 뒤로 젖히며 슬쩍 미끄러져 거리를 벌렸다.

당오리는 비칠거리며 끊임없이 신형을 흔들거리고 있었다. 하나 그 와중에도 오른손을 올리며 항자웅을 치려 했다. 물론 힘없이 올라오는 그따위 공격에 당할 리는 없다.

비칠거리는 당오리의 오른쪽에서 당일연이 달려오고 있었다. 양손을 다 쓸 수 없는 당일연이지만 공격하고자 하는 본능은 여전했다. 항자웅은 한 걸음 앞으로 나가는 듯하더니 바로 허공에 신형을 날렸다.

왼 다리를 들어 올려 당오리의 오른쪽 목을 노렸다. 아무리 괴물이라도 숨은 쉬어야 하는 법. 확실한 마무리를 위해 몸을 날린 것이다.

퍼억!

당오리의 오른쪽 뺨에 항자웅의 왼 무릎이 꽂혔다. 비칠거리던 당오리는 피할 생각도 하지 못하고 고스란히 그 충격을 받았다.

허리를 크게 틀며 항자웅은 왼발에 힘을 주었다. 장딴지가 펼쳐지며 왼 무릎에 가해지는 힘이 배가된다.

우두둑!

당오리의 왼쪽 귀가 왼쪽 어깨와 완전히 밀착되었다. 한번 붙은 머리는 다시 올라오지 못했다. 문득 당오리의 두 눈에 검은자가 없는 것이 보였다.

털썩.

힘없이 신형을 나뒹굴며 당오리는 움직임을 멈추었다. 더 이상 그에게서 생기가 느껴지지 않자 항자웅의 신형이 다시 움직였다.

"크아앙!"

양팔을 못 쓰는 당일연은 입으로 물어뜯기라도 하듯 고개를 벌리며 다가왔다. 항자웅은 허리를 뒤로 젖히며 그녀의 공격을 피했다.

"아릉! 크아아앙!"

그러자 이번엔 배를 물어뜯겠다는 듯 고개를 처박았다. 하나 그곳엔 항자웅의 왼 주먹이 올라오고 있었다.

콰앙.

당일연의 고개가 뒤로 확 젖혀지고 그녀의 몸이 쫙 펴진다. 항자웅은 허리를 틀며 오른발을 쭉 펼쳤다.

부우우웅!

마치 풍차가 휘돌리듯 유려한 곡선이 만들어진다. 그리고 그 곡선은 당일연의 가슴에서 최종적으로 머물렀다. 물론 그냥 머무르고 마는 것은 아니다.

퍼어억!

섬뜩한 소리와 함께 그녀는 두 무릎을 땅에 끓었다. 함몰된 가슴과 젖혀진 고개만으로도 이미 충분히 공포스러운 광경이 연출되고 있었다.

언제나처럼 같은 느낌이다. 상대가 더 이상 움직이든 그렇지 않든 상관없다. 그저 무언가를 부수고 박살 내야만 손을 멈추었다.

수결이란 그런 것이다. 움직이고 판단하는 것은 이성의 몫이지만 멈추는 것은 이성이 하지 못한다. 상대가 완전히 움직이지 않을 때까지 이 빌어먹을 본능이 그만두질 않는다.

고오오오오!

온몸에 피어오르는 검은 아지랑이가 더더욱 커진다. 한순간 거친 살의와 요기가 같이 마음속에서 피어오른다.

그 대상은 괴물이 된 당일연의 머리다. 수박처럼 부수어놓아야 이 가슴속에 치밀어 오르는 기운이 해소될 것만 같았다.

왼손 가득 내력이 밀려간다. 의지가 하는 일이 아니라 그냥 무의식적으로 이동한다. 약간은 아득한 기분을 느끼며 항자웅은 몸이 하는 대로 놔두었다. 뒤틀어진 허리가 쭉 펴지며 내력을 가득 담은 왼손이 힘차게 내리꽂히는 순간이었다.

"……."

보인다. 이제 괴물이 되어버린 그녀의 두 눈이 말이다. 한데 이상하게도 그 눈 속에 작은 감정이 보였다.

안도감, 체념, 두려움……. 전혀 어울릴 것 같지 않는 감정들이 떠오르는 것을 본 순간 항자웅은 머릿속이 싸늘하게 식는 것을 느꼈다.

진소군의 모습이 기억난다. 마지막까지 자신을 위해 보여주었던 것들, 항자웅이 이렇게 변하는 것을 스스로의 책임이라 생각하며 그 해결책을 찾기 위해 노력해 주었던 사람.

퉁, 퉁, 퉁, 퉁…….

몸속에서 기이한 변화가 일어났다. 항자웅의 몸에 남겨진 진소군의 흔적, 그 흔적을 따라 내력이 이동하기 시작했다.

붉어졌던 눈동자들이 한순간 맑게 돌아온다. 그의 머릿속을 지배했던 살기와 요기들이 살짝 걷혀 나간 순간 항자웅은 기합성을 내었다.

"으아아아아아!"

왼쪽 어깨를 옆으로 틀어냈다. 팔이 튕기고 손목이 옆으로 밀려나는 가운데 항자웅의 주먹은 당일연의 머리를 스치며 내리꽂혔다.

쩌어어어엉!

바닥에 깔린 청석을 때리는 순간 항자웅의 몸 주변에서는 거대한 울림이 일어났다. 그를 중심으로 반경 일 장여의 대지가 움푹 파여 들어갔다.

파아아아앙!

채 다 해소하지 못한 기운은 허공에 정원을 그리며 퍼져 나갔다. 천천히 하늘로 올라가며 사라지는 그 고리야말로 귀월의 정체였다.

몸이 싸늘히 식는 것을 느끼며 항자웅은 일어섰다. 눈앞에 괴물이 된 당일연이 보인다. 그녀의 두 눈에서 조금씩 생기가 빠져나가고 있었다.

툭.

빠져나온 것은 생기뿐만이 아니다. 굵은 눈물방울도 같이 떨어지고 있었다. 항자웅은 손을 뻗어 그녀의 눈을 감겼다.

적어도 그녀는 죽을 때 사람으로 죽었다. 축생이 아닌 인간계로 가기를 축원하며 항자웅은 한 걸음 뒤로 물러섰다. 아직도 몸 안에서는 진소군의 밀어낸 기운이 왕성하게 움직였다.

그것들이 몸을 자극하며 항자웅의 정신을 일깨우고 있었다. 이전 같았으면 눈앞의 모든 것이 다 죽은 후에야 정신이 돌아왔지만 지금은 아니다. 그 한 가지만으로도 정말 대단한 변화가 아닐 수 없었다.

"네 의지대로 빠져나온 것… 처음이지?"

문득 손소의 말이 들려온다. 그는 어느새 옆으로 다가와 온전하게 시신을 보전한 당일연을 보는 중이었다.

"그래, 처음이네. 정말 처음이야."

아직 그의 몸엔 수결이 사라지지 않고 있다. 피어오르는 검은 아지랑이, 그것을 온전한 정신에 느낄 줄은 몰랐다.

사아아아아.

순간 아지랑이가 사라진다. 급격하게 치밀어 올랐던 살기와 요기도 한꺼번에 사라졌다. 더 이상 수결은 필요없는 것이다.

항자웅은 눈을 들었다. 한데 그 눈은 뒤쪽에 있는 진가장을 향한 것이 아니다. 반대로 진가장의 일주문 너머 저 멀리 어느 한 점이었다.

슷.

그의 손이 올라간다. 손가락 하나를 올려 눈 밑에 가져다 대더니 그대로 아래쪽 턱까지 내리그었다.

손소와 항자웅 두 사람은 그렇게 뚫어지게 같은 곳을 바라보고 있었다.

"훗, 하하, 아하하하하하!"

사내는 커다란 웃음을 흘렸다. 비단 무복을 입은 채 고개를 뒤로 젖히고 앙천대소하고 있는 것이다.

"대단해. 정말 대단해. 탄복했다, 항자웅."

한차례 미친 듯이 웃던 그는 다시 눈을 빛내기 시작했다. 백여 장이 넘는 거리지만 그의 안력은 모든 상황을 똑똑히 볼 수 있었다.

"무공도 대단하지만 스스로의 의지로 수결을 깨다니. 역시나 우리 사부들은 사천무성을 너무 무시했어. 내보기엔 사부들보다 나은데, 뭐."

그는 오른손을 들어 왼 뺨을 쓰다듬었다. 그곳엔 굵은 검상 하나가 길게 나 있었다.

눈 밑에서 턱까지 말이다. 항자웅의 손길은 바로 그 상처를 말하는 것이었다.

"기대하지. 맨손으로 이 정도인데 과연 월산도를 들면 어떻게 될까나? 아니지. 그땐 나도 도망 다녀야 하는 건가?"

말로는 두렵다 하지만 그는 전혀 두려워하는 얼굴이 아니었다. 싱글싱글 웃는 것이 오히려 즐기는 듯한 모습이다.

"당장 널 제거하는 것이 나을 듯도 하지만, 그거야말로 하책(下冊) 중의 하책이지. 암, 그렇고말고. 해놓은 것이 얼마큼인데 말이야."

투우웅.

발밑에 힘을 주며 그는 신형을 공중으로 띄웠다. 그가 있던 곳은 삼 장이 넘는 아름드리나무 꼭대기, 작은 나뭇가지 위였다.

"그러니 어서 오시게. 기다릴 테니 말이다. 그나저나……"

토오옹.

가지 위에서 널뛰기를 하듯 사내는 계속 몸을 움직였다. 한두 번씩 내려올 때마다 탄성이 붙어 점점 위로 올라가고 있었다.

"설마 내 얼굴이 보일 줄이야. 저 녀석은 대체 얼마만큼의 무공을 가지고 있는 거야?"

토오오옹.

나무 길이까지 합쳐 근 오 장이 넘는 높이로 그는 올라갔다. 아래의 나무들이 작은 점으로 보일 정도였다.

"뭐, 그래서 기대하는 거지만. 훗."

사라락.

한 번 더 들려야 될 소리가 들리지 않는다. 활처럼 휘어져야 할 나뭇가지가 그저 바람에 살랑이고 있었다.

사내는 그렇게 사라졌다. 처음 여기 있을 때처럼 그렇게 조용히 말이다.

『귀월』 3권에 계속…

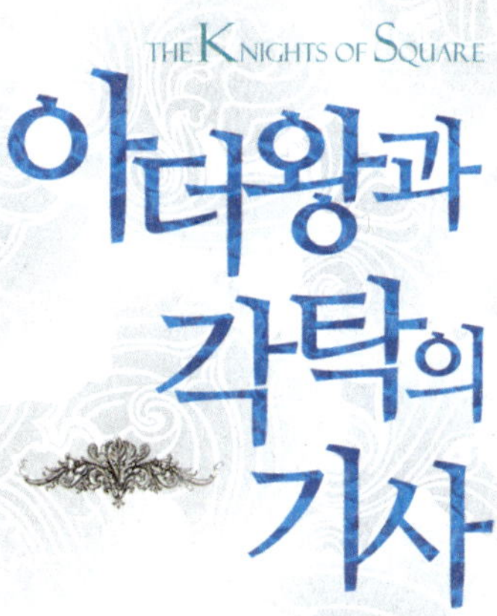

홍정훈 판타지 장편 소설

『비상하는 매』의 신선함, 『더 로그』의 치열함,
『월야환담』의 생동감.

그 모든 장점을 하나로 뭉쳐 만든 홍정훈식 판타지 팩션!

아더왕과 원탁의 기사.

전설의 검 엑스칼리버의 가호 아래 역사에 길이 남을 대왕국을 건설한
위대한 왕과 그의 충직한 기사들.

"…난 왜 이리 조건이 가혹해?!"

그 역사의 한복판에 나타난 이질적 존재, 요타!
수도사 킬워드의 신분을 빌려 아트릭스의 영주가 되어 천재적인 지략과 위압적인 신위를 휘두르며
아더왕이 다스리는 브리타니아에 정면으로 반기를 든다!

전설과 같이 시공을 뛰어넘어
새로운 아더왕의 이야기가 우리 앞에 나타난다!

Book Publishing CHUNGEORAM

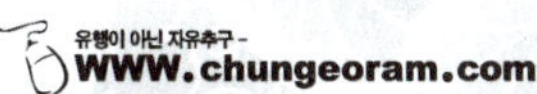

시공을 달리는 자

RUNNER

임영기 장편 소설

런너

내 꿈은
21세기 나의 제국에서 그녀와 함께 사는 것이다

나는 전쟁의 신이며 또한 전능자(全能者) 런너다.

이제 내 행동은 역사가 되고 내 말은 법이 될 것이다.

Book Publishing CHUNGEORAM

유행이 아닌 자유추구 -
WWW. chungeoram.com

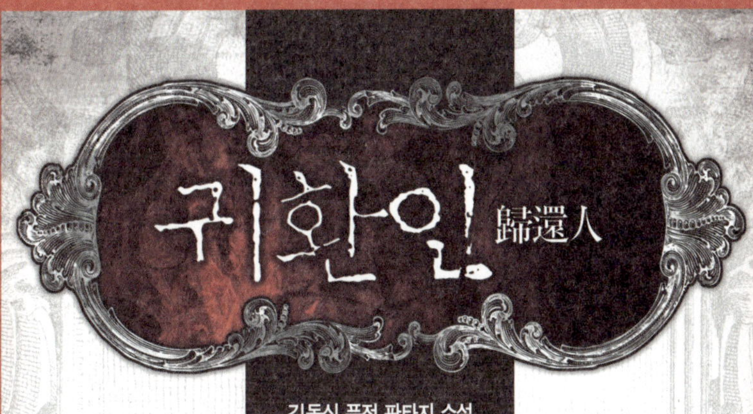

김동신 퓨전 판타지 소설

Book Publishing CHUNGEORAM

유행이 아닌 자유추구 -
WWW.chungeoram.com

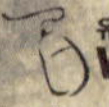

십검애사

十 劍
哀 史

설봉 新무협 판타지 소설

『사신』, 『마야』, 『패군』

무협계를 평정한 성공 신화를 계승한다.
한국무협을 대표하는 작가 설봉!
그 새로운 신기원을 열다!

『십검애사』

잠들어 있던 열 개의 검이 깨어나는 날,
전 중원에 피바람이 몰아친다.

유행이 아닌 자유추구 -
WWW. chungeoram.com
Book Publishing CHUNGEORAM